王　学　泰　文　集

郑雷 主编

中国笑话史

王学泰 著

GUANGXI NORMAL UNIVERSITY PRESS
广西师范大学出版社
·桂林·

中国笑话史

ZHONGGUO XIAOHUASHI

图书在版编目（CIP）数据

中国笑话史 / 王学泰著. -- 桂林 : 广西师范大学出版社，2024. 10. --（王学泰文集 / 郑雷主编）.

ISBN 978-7-5598-7237-1

Ⅰ. I207.7

中国国家版本馆 CIP 数据核字第 2024UL5882 号

广西师范大学出版社出版发行

广西桂林市五里店路 9 号　　邮政编码：541004

网址：http://www.bbtpress.com

出版人：黄轩庄

全国新华书店经销

广西民族印刷包装集团有限公司印刷

南宁市高新区高新三路 1 号　邮政编码：530007

开本：787 mm × 1 092 mm　1/32

印张：10.875　　字数：200 千

2024 年 10 月第 1 版　　2024 年 10 月第 1 次印刷

印数：0 001~5 000 册　　定价：72.00 元

目　录

第一章 绪论

一、笑和笑论

1. 千般声色，万象归春

许多评论家说这是个“娱乐至死”的时代，虽然言之过甚，但“娱乐”，特别是其中的“笑”还是备受关注的，受到普遍的欢迎。不用说综艺节目、联欢晚会，少不了取乐的小品、相声，就是其他类型的节目如魔术戏法、歌舞杂技也要向“笑”靠拢，有的传统的文艺形式为了追逐“笑”，发生了变异，如“东北二人转”本来是一种民间说唱小戏，现在变成类似相声的以说为主的逗笑节目；评书本来是演绎长篇故事的，现在也以“短”和“逗笑”为主了，出现了类似讲“笑话”的四川味儿的李伯清的散打评书、湖北味儿的何祚欢的“汉派脱口秀”，甚至连名门正派的话剧也要向脱口秀发展了，有些话剧演出甚至不再重视中外名剧，为了增加笑料而向“现挂”，甚至“无剧本化”发展，有点像清末民初的“文明戏”了。通俗文艺形式倾向和这种演变真有点像过去江湖艺人们挂在口头的“千般声色，万象归春（逗笑）”了。

社会生活中也是这样，笑话（简称段子）成了人们的新宠，举凡宴饮聚会或有公众参加的场合，能言善辩之士都会被邀请说个笑话、讲个段子，这就与中华人民共和国成立之初在有组织的集会上拉歌一样，欲罢不能。现在连姑娘找对象，也要找有幽默感的；老年人要想长寿，也被告诫要一天大笑三回……“笑”在生活中成为不可或缺的题目。因此这本谈中国笑话的小书，就要先从“笑”说起。

2. 笑是什么

这看起来是个很简单的问题，在先秦典籍中就有“笑”的记载，似乎人人皆知，不需解释。现存最早的词典——《尔雅·释诂》（秦汉之间）中仅有“戏，谑也”，把“谑、浪、笑、敖”都解释为“戏谑”（逗笑），这也是个图省事的法子，《诗经·终风》就有“终风且暴，顾我则笑。谑浪笑敖，中心是悼”的句子，《尔雅》只是照抄一遍，统统用“戏谑”来解释。其实四个词的意义是有差别的，有的差别还很大。东汉许慎的《说文》把“笑”解释作“喜也”，虽然简单了些，但其主要意思说清楚了。即使在两千多年后，与我们所理解的“笑”也差不太多。笑就是高兴、愉快、心情愉悦，一有喜事，非开怀大笑而不可；事事顺利，也会眉眼莞尔，忍俊不禁。汉魏以前的古人谈到笑，其理解也就到这里了。

现代科学试验证明，笑是猿猴与人类共有的能力。英国朴次茅斯大学等机构的研究人员最新发现，人类和猿猴的共同祖先在大约1600万年前进化出笑的能力，其后这种能力在不同地区开始出现分化。今天在亚洲分布的一些类人猿仍然只因开心而笑，非洲的类人猿则更进一步，已经知道用笑声来感染其他伙伴。参加这项研究的罗斯博士说，“人类可能在约500万年前把笑发展为一种社交工具，并成为唯一将笑声用于嘲讽的物种……”（引自马门俊杰译《笑与幽默感·译后散记》）。他还说“也许人不是唯一会笑的动物，但绝对是唯一会把笑声用于嘲笑和讥讽的智慧物种”。

古人对“笑”的生理因素和心理因素缺少深入探讨，人们也不关心情感、心理等领域“形而上”的问题，因此这本谈笑话的小书不能不从“笑”谈起，因为“笑”是笑话的基础。

①笑的生理基础——巧笑倩兮，美目盼兮

人为什么笑？笑能排解郁闷，振奋精神，使人心情舒畅。从生理角度看笑是呼吸器官、胸腔、腹部、内脏、肌肉等部分的协调运动，并反映到面颊上的笑容肌上。笑起来能使肺脏扩张，在笑声中不自觉地进行深呼吸，清理呼吸道，使呼吸更为畅通；笑能增强消化器官的活力，促进消化液的分泌；笑能调节植物神经系统，增强心血管系统的功能，促进血液循环；可

以解除神经和精神上的紧张，并从大脑中释放出快乐激素——内啡肽（endorphin），带来生理上的舒适，而且快乐激素是最有效的止痛化学物质，可以缓解身体内的各种疼痛。常笑会给身体带来实实在在的益处，所以养生家们提倡笑。笑是人类进化的产物，也是大自然赐给人类的礼物。设想一下，如果人类不会笑，是不是与人类眼睛不能分辨颜色，大自然在人类眼中呈现的只是黑白二色一样？心态正常的人也追求笑，笑是人类精神世界的花朵，不管男的、女的、老的、小的、美的、丑的，每个人都因为会笑而美丽："巧笑倩兮，美目盼兮！"

上述的笑可以说是原初的笑，每一个人都有这种原初的笑。婴儿是哭着来到人间的，当他开始与他人交流，逐渐适应了新的环境，有了愉快的体验，笑就产生了。我们轻轻地用手指触动一下婴儿的下巴，他就会发出咯咯笑声；有时婴儿躺着，看到什么也会不自觉地笑出声来，吓我们一跳，随之而来的是愉悦。

这种最早的笑叫作"自发性的笑"，也体现了婴儿的某种愉快的情绪。婴儿出生多少天才会笑，从达尔文开始，欧洲许多学者做过这项研究，结论是在一个月到两个月之间。一般认为婴儿最初会的是表示舒适或满足的微笑，其后出现的才是因受到刺激而快乐的大笑。中国古人没有分得这样细致，他们在分析感情时认为"情者，性之动也"（苏轼语）。人具有笑的生理功能，这叫"性"，人具七情，喜（笑）是其一，笑是人性被触动的结果。

每个民族正像每一个人一样，在其发展历程中都有过原初的笑，这种笑就像许慎在《说文》中讲的那样单纯，笑就是喜悦。据美国笑学专家统计，情绪正常的人每天要笑 15 次左右，思想单纯、性情开朗、精神愉快者每天可笑 300~400 次之多，笑会伴随着人们一生。此书所论述笑话的基础是真笑，这种真笑通过笑话向更广泛的人们播撒愉快情绪。那种不能使人们真笑的故事是不能称作笑话的。

②原初笑的演变

正像人类有自己的发展史一样，笑也有自己的历史。笑不能永远停留在原初阶段，除非人是长不大的孩子。即使是长不大的孩子，只要人的本性未泯，并具有一定的认知能力，他的笑就不可能永远保持原初的状态。我们说某人“脸上展现出孩子般的笑容”不过是一句用来形容的赞语罢了。

婴儿的笑很单纯，成年人复杂的笑是逐渐发展来的。20 世纪初英国著名心理学家兼哲学家詹姆斯·萨利（1842—1923 年）在他的《笑的研究——笑的形式、起因、发展和价值》中用一章（“笑在四岁以前的发展”）的篇幅来介绍幼儿成长过程中笑的变化。他利用一些心理学家对幼儿成长过程的观察来分析原初的笑是如何分化的。萨利说：“从本质上说，情感的发展就是情感的分化，不仅会分化成一种更明确的整体经验，而且会分化成几种可以辨别出来的附属感情。”也就是说随着年龄的增长，情感日渐丰富，自然可作分门别类的考察，而且笑从单一的情感（喜），发展为复合情感，许多其他情感或意识附属在“喜”上，并通过笑一起表达出来。

他以小女孩鲁思为例，她在婴儿时期只是感到舒适而笑，纯粹是一种“生的欢乐”，半岁以后，户外活动与任何运动（无论主动还是被动的）都能够激起她的笑声，这是生的欢乐的延伸。朱自清在其散文名篇《儿女》中写到他女儿“阿毛现在五个月了，你用手指去拨弄她的下巴，或向她做趣脸，她便会张开没牙的嘴咯咯地笑，笑得像一朵正开的花。她不愿在屋里待着；待久了，便大声儿嚷。妻常说，‘姑娘又要出去溜达了。’”鲁思也是这样，每天都要像鸟儿般，到外面溜一些时候。萨利说生的欢乐源于“一种隐晦的‘存在感’”，它是生命的本能。这种本能许多动物也有，如蹦蹦跳跳的宠物狗，在树丛中游来荡去的猴子。

其后鲁思的认知能力提高了，在出生 133 天时，祖父的脸在她眼前消失了后又重新让她见到了，引起了她的笑，亲人的出现给她带来快乐。222 天时，她睡醒后感到胆怯，当母亲进了房间后，便感到释然，从而快乐地笑起来。此时鲁思有了恐惧感，在获得安全感之后便产生了喜悦。10 个月后，当她做了一件花费心思的事情，比如正确指出别人要她指认的一幅图画，这会引起她的欢笑，此心态源于人对自己能力的自豪。白居易、顾颉刚记录自己生平时也有这种体验。这时的笑已经附加有成就感了。

1周岁以后的鲁思会因为战胜恐惧而高兴：姑妈牵着她的手到黑暗的房间找姑父，姑父从黑暗的地方跳出来，这小姑娘害怕得尖叫起来，“大声笑着，尖声叫着，一下子就逃走了”。萨利认为鲁思的笑也反映了她认知能力的提高：“这小姑娘意识深处相信一点：即将到来的冲撞和藏在黑暗里的人都不会伤害她。这个信念使她情绪镇定，也把这种历险变成了乐趣。”当前有些“愤青”常常会说些出格的话、做点出格的事儿，因为深信不会受到惩罚，因此把“出格”的“历险”变成了乐趣，因而屡屡表演而不惮烦。

幼儿认知能力包括发现“可笑”事物。“一个已大致懂得了事物常性的孩子，会开始嘲笑某些背离了这些常性的古怪事物”。比如妈妈穿了一件新潮的衣服，爸爸戴了一顶古怪的帽子都可能引起发笑，因为这给他们以新鲜感；小鲁思听见新奇的声音也会发笑。她1岁9个月时，母亲因为房屋漏雨，惊呼“老天啊”！鲁思竟能回应，也学着母亲的口吻惊呼“老天啊”，并随之“笑得浑身发抖”。这除了嘲笑母亲的惊恐之外，还夹杂有对自己表演能力的肯定和满足。

其他如古今中外通用的做鬼脸、躲猫猫等游戏都能给幼儿带来“永恒的笑”。这种笑带有嘲弄的性质，幼儿由于认知能力的提高，他们“愉快地认出别人行为中的不合规则之处，我们从中看到了对可笑之事的初步欣赏，不但将可笑之事看作破坏规则，而且看作尊严的丧失”。萨利举例说：“一个男孩在28个月大的时候，见到父亲戴着旧帽子的可笑模样时的大笑。这样的笑更复杂了，因为其中包含了一种新的成分，即意识到自己的优越。这种笑大概会发出‘咯咯’的声音，只是我们迟钝的耳朵可能不会清楚地分辨出这个变化”。男孩的这种笑是在意识到自己优越的情况下嘲笑仪容欠佳的老爸。幼儿到了3周岁的时候，如果生在一个有教养的文明家庭里，认知能力会有长足的发展，能够发现行为或服装不协调的可笑，会因听到人或动物的可笑故事而笑。

萨利还指出，人在幼儿时期就有了进攻性，并以此为乐。鲁思在6个月时就开始“嬉戏攻击”。她“执意要揪任何抱她的大人鼻部和耳部的毫毛，尤其是头发，大笑着，兴高采烈地叫喊着”；“一个同样年龄的男孩以揪姐姐的头发为乐，而只要姐姐被弄哭了，他便大笑起来。随着智力的增长，这些恶作剧也越来越巧妙”。除了对人类伙伴的戏弄，还有对动物的戏弄，甚至是虐待。鲁思从16个月就爱追小猫，一面追，一面笑，从中获得极大的乐趣。萨利还提到一个与鲁思年龄相仿的小男孩喜欢给小猫身上扑爽身粉，每扑一次他都会发出短短的、哧哧的笑声。他分析说：“毫无疑问，这种笑里一定包含着残忍的喜悦，而那是因为见到了对象在受苦。鲁思的那些恶作剧行为甚至都没有掩饰残忍”（书中例举这些幼儿的“残忍”行为，如果与我小时候见过的小孩以“残忍”手段虐待小动物相比，还算文明的，而且当时大人很少制止）。

这种进攻行为，有时表现为对于正常秩序和通行规则的破坏。鲁思 22 个月大的时候，“大人抱起她说‘晚安’，她常会拽下祖父的眼镜，甚至掀掉祖父的帽子，这些行为始终伴着她的大笑”。萨利分析说“在这些情况里，笑的情绪可以理解为幼儿刚刚领悟到的自身力量的骚动，理解为一种日益增强的喜悦。它来源于一种日益清晰的意识，即意识到自己能制造出惊人的效果”。当然这种伤害到其他的行为不会只停留在天真无邪、小打小闹的程度上，“在纵情于嬉闹游戏的鼓舞下，孩子汇聚了越来越多的精力，因而完全可能发展到做出明显带有粗暴性质的行为。例如，鲁思在大约 21 个月大的时候，有一次吃饭快要结束时，挑战式地爬到了餐桌上，抓了一把盐，然后大笑着到处爬。大约也在这个时期，这种粗暴行为的新精神也自动表现了出来。鲁思把盘子扔到了房间的另一头，此外还做出了其他粗暴行为”。这些是养育过孩子的成年人都很熟悉的，朱自清先生在他的散文《儿女》中就说到，他的 4 个儿女常常以捣乱为乐，把一个家庭弄得天翻地覆，仿佛兵荒马乱。在胡闹中胜利者开怀大笑，吃亏者或不能纵情胡闹的便放声大哭。

萨利分析说：“在这些带笑的粗暴行为当中，我们看到的不仅是被压抑能量的释放，不仅是‘欢乐精神’的纯粹外泄，一种新的因素、一种反叛者的挑战情绪，使这些粗暴行为更加复杂了。一个两岁的孩子曾有过几次真正的违抗行为，可以说，他已经形成了关于秩序和规矩的简单观念。因此，我们有理由做出推断，这种骚乱的乐趣中，存在着某种挑战规矩的意识。”萨利还说，这时的“笑”中包含了一种新精神，它已经不是单纯的自然的欢笑，这种“笑”是“粗鲁的”，是“取乐”。而且，鲁思“反复地尝试，想知道她能在做出无赖般的淘气行为上走多远而不受责备”，看来人类自幼儿时就觊觎着在破坏秩序后不受惩罚。

这是发生在孩子身上的事，萨利联想到成人发起和参与的社会运动：“我认为，我们在这种行为里发现了一个明显的例证，它表明在抛弃传统限制的心态中，笑正在变成其中的一种成分。在暴政统治摇摇欲坠的时代，这种成分会演变成暴徒砸碎窗户时的笑，演变成人们过节时、参与骚乱的享乐时的笑。”人，无论优点还是缺欠大部分都与人类本性相关，而人类本性在幼儿时代看得更清楚一些，因为他们还没有学会掩饰。

3. 笑的发展——笑与群体、社会

①传染性

人类原初的笑，不仅随着年龄增长、生理变化而发展，更多变化还是来源于人群、社会的复杂。前面说到类人猿就会用笑作“社交工具”，在进化成人之后，笑便成为群体和社会的维系力量。笑增加人类的亲和感，陌生人之间的笑体现了彼此的认同，笑是社会的润滑剂。

人类是需要群体生活的动物，建立了秩序的人群便形成了社会。人类一切情感都具有传染性、感染性，而笑的“传染性”尤强，它很容易在人群、社会之间散播。听相声只要有一个人笑，笑就会逐渐散播开来，这也更激发演员的表演热情，笑需要台上台下互相感染；相声演员最怕冷场，更怕没有观众参与的录音演出。郭德纲讲述他相声生涯中的发迹故事时说，德云社刚创办时，观众不了解，每天演员在小剧场门口打着竹板邀请观众进入欣赏，但观众很少光顾，怕上当受骗。有一次台上两个人说对口相声，台下就一个观众，突然，这位观众的手机响了，他要接电话，弄得台上演员无所适从，说还是不说？这大约是从事喜剧工作的人们最悲惨的时刻。

笑的传染性在家族、宗族以及亲朋好友间散播更快。这既有无意间的传染，也有有意识的传播。由于常在一起，彼此了解“笑点”的高低和品位，听到一个小笑话，看到一幅可笑的漫画或一首打油诗文，总愿意传给他们看一看，让大家笑一笑，轻松轻松。记得 20 年前，读到杨宪益先生不去参加“文代会”的打油诗中的妙语“好汉最长窝里斗，老夫怕吃眼前亏”，许多朋友击节称快。前些天在网上看到两个一两岁的半裸的小男孩相互争吵对话，每人说到自己的得意处，还拍掌自我欣赏，有时似乎能够相互沟通了，各自掩口大笑。可是他们说的什么谁听也不懂，仿佛是天外来客。我给许多朋友传去，有的朋友说这是传播笑声。

②趋同性

即使因为一时一事偶然聚在一起的，也会因为笑的传染而形成“情感的共同体”，这是“社交活动”的深度发展。这种“共同体”虽然是暂时的，但它的一致性也是对个人情感的自然或不自然的剥夺。明代赵南星的《笑赞》中有个笑话说：

> 一瞽者与众人坐，众有所见而笑，瞽者亦笑，众问之曰：“何所见而笑？”瞽者曰：“你们所笑，定然不差。”
>
> 赞曰：“瞽者之言，不为无见，即终身随人笑可也，但强笑不乐耳，人岂可无目哉！然有目而事事随人，人差亦差者颇亦不少。”

这是个有点悲哀的笑话，瞽者（盲人）是无所见，他跟着大家一同笑，只是表明我与诸位是保持一致的，彼此一样。可是“众人”还挑战似地追问：“你看到什么了，你也跟着笑？”这意思不仅是显示自己的优越，而且明明是在排斥“瞽者”，不屑为伍。正像萨利所说：“将自己的笑融入群体的欢笑中，暂时抹掉了一个人个性的边界。在缔结长久的同志之谊方面，与别人一起尽情大笑也像与别人一起痛哭一样有效，尽管它不能像与别人一起痛苦那样深地感动我们。”（《笑的研究——笑的形式、起因、发展和价值》第九章“社会进化中的笑”）赵南星的笑话中的瞽者，即使“暂时抹掉了一个人个性的边界”也不被接受，可见群体与个体之间关系的严峻和弱者向群体趋同的愿望。

闫广林、徐侗二人合著《幽默理论关键词研究》（下面简称“闫广林”）在“笑”一节中引用美国科学家洛伦茨的话，进一步说明个体向群体的趋同是包含着一种想把自己变成“局内人”的愿望。如果有对他者攻击的时候，这种愿望尤为强烈。“笑（作为幽默的公开表达形式）在参与者中同时可以产生出强烈的伙伴感情和对局外人的一致攻击性。对相同事物的开怀大笑可以形成一种紧密的默契，恰如人们对相同观念所报以的热情。……笑在形成默契的同时也就划定了一条界线。如果你不能同别人一起笑，你就会有局外人之感，即使笑并没有针对你自己或针对任何事物，也依然如此”。弱者害怕成为共同体的局外人。

敢于挑战笑的趋同性的，不是不肯轻易苟同的另类，就是目下无尘的强者。昆德拉曾说，在大庭广众说个笑话，大家笑得前仰后合，唯有一个人不笑，他必是克格勃。当时（1968 年）苏联剿灭了“布拉格之春”，克格勃在布拉格横冲直撞，他们是老百姓的“太上皇”。他们不笑，一是另有任务；二是不屑于与庸众混在一起，对于“趋同”采取蔑视态度。

随着社会与文明的发展，笑的趋同性演变成不单单是发笑的主体行为了，逐渐成为对于“调笑主体”（指搞笑者、演员）的要求了。不同“情感共同体”的人们会提出不同的趣味要求调笑主体与自己趋同，从而更进一步促进了笑的分化。于是就有了雅俗之争、文野之争、品味之争等等。

③攻击性

前面说到幼儿对自己攻击行为的成功会引发笑，而且往往会不断重复这种成功，继而哈哈大笑。待到成人以后，人类更是有意识地利用笑的攻击作用来整饬共同体中的秩序，从而纾缓了自己的内在压力，带来快感。萨利在“社会进化中的笑”一章中强调笑的攻击性：“笑提供了一种惩罚方式，其中结合了有效性、便利性和人性，为旁观者提供了大量的娱乐。在一切社会里笑都在各种社会力量中占有重要的地位，它能严惩恶习和罪过，力求降低恶习和罪过的活力。”他在考察原始人生活中发现，他们常用集体性嘲笑来攻击异类，保护自己。他们“嘲笑外来人的习俗和思想，这种本能的倾向代表了一个个共同体针对外界影响所采取的自我保护态度。希伯来人嘲笑巴力神（古代闪米特人信奉的太阳神，被希伯来人看作邪神）的崇拜者，以使自己的民族信仰不受损害。同样，这些处在文化阶梯底层的蛮族也嘲笑被他们看作外来影响的东西，其目的在于预防一切来自外界人群的污染”。这表明了笑的攻击性既可能是对秩序的破坏，也可能是对既有秩序的守护。

《阿Q正传》中鲁迅活灵活现地描写了阿Q带有攻击性的“笑”。他“又很鄙薄城里人，譬如用三尺长三寸宽的木板做成的凳子，未庄叫‘长凳’，他也叫‘长凳’，城里人却叫‘条凳’，他想：这是错的，可笑！油煎大头鱼，未庄都加上半寸长的葱叶，城里却加上切细的葱丝，他想：这也是错的，可笑！然而未庄人真是不见世面的可笑的乡下人呵，他们没有见过城里的煎鱼！”表面上看来阿Q是在品评是非，判断对错，实际上他是在“攻击”他人，抬高自己，以为自己非同凡类，其潜在意识虽是“保护自己，抵制污染”，保持未庄人的纯洁性（这是他的托命之所），但也有对未庄既有秩序的不满和嘲笑（因为他看到了外面的世界）。尽管这种意识极其幼稚可笑，但在未庄居民中十分普遍。阿Q和未庄的芸芸众生在长期皇权专制统治下，个性不发展，心智不成熟，他们的许多想法、做法以及潜在意识还停留在半开化阶段。

萨利认为这种攻击性对社会整合具有正面价值，但从社会进化、人类进步角度来看它又是抵制文化交流、抱残守缺的。

如果说萨利是从心理学角度来考察笑的攻击性问题，那么当代中国学者则从意识形态出发叙述这一现象：“值得重视的是，不论是作为生理的笑还是心理的笑，不论是作为社会性的笑还是文化性的笑，其中最吸引思想家们的还是那些否定性或批判性的笑。法国19世纪著名诗人波德莱尔就认为，其他的笑只是一种愉快，只有嘲笑才属于判断，双重或矛盾的判断，才更为复杂也更为重要。因此，人类关于笑的认识，并不是从同为快乐的微笑或大笑开始的，而是从否定性和批判性的嘲笑或讥笑开始的。《孟子·梁惠王》中的‘五十步笑百步’，即为此证。古希腊伦理思想中的笑论，亦复如此。”（闫广林《幽默理论关键词研究·笑》）过去我们对笑话的研究大多停留在揭示其内涵的攻击性、批判性上。

笑虽然有攻击性，但由于这种攻击性有“笑”作包装，被攻击者也较易接受。萨利看到原始部落人们笑的“锋芒只是代表了它对被嘲笑者的一种情感影响。野蛮人的生活已向我们表明，笑造成的不愉快结果可以用于伸张正义，它造成的愉快结果也能诱使其他人放弃敌意和顽固态度。笑作为一种根本上有害的处理方式却具有这种奇特的作用，这似乎主要可以从笑的嬉戏功能得到解释。用笑话取代辩论或强制压力，这就如同搔痒，是游戏式的挑战，并往往会在彼此的挑战中唤起游戏的情绪”。他发现嘲笑本来是有强烈的排斥功能的，但因为笑具有嬉戏功能，使得攻击却能造成“愉快结果”。

古代的学者也注意到这个问题，司马迁在《史记·滑稽列传》序中讲到淳于髡等滑稽人才，“谈言微中，亦可以解纷”就是说他们往往能在笑谈中击中要害，解决矛盾。淳于髡是齐威王的臣子。楚国发兵攻齐，齐国不支，齐威王派他携带一百斤黄金、十辆高级马车，去赵国请求救兵。淳于髡一听马上仰天大笑，连系帽的带子都笑断了。王说：“是不是淳于先生嫌寡人的礼物少了？”淳于髡说：“我怎么敢这样！”王追问：“那你为什么笑？有理由吗？”淳于髡回答：“我刚刚从东方来，看见道边有个农民祈求丰年，他拿着一个猪蹄儿，举着一杯酒，向上天祈祷说：‘让我那易旱的高地收获的粮食装满仓，让我易涝的低洼田收的粮食装满车，五谷茂盛丰收，多得家里装不下。’臣子见他贡献的祭品太少而想得到的回报又太多，我是在笑他呢！”齐威王马上就明白了，增加礼品：包括黄金千镒（一镒二十四两）、洁白的白璧十双、高级车马一百套。于是淳于髡辞别动身，到了赵国。赵王给他精兵十万、战车一千乘。楚国听到消息，连夜撤兵离去。淳于髡在齐威王面前的仰天大笑是极不礼貌的行为，而且就是当面嘲弄君王，这就是笑的“攻击性”。“王曰：‘先生少之乎？’髡曰：‘何敢！’王曰：‘笑岂有说乎？’”淳于髡的笑伤害了君王的尊严，仔细品味齐威王这两句问话时的氛围，那是很紧张的：真有点“大王很生气，后果很严重……”的意味。但善于搞笑的淳于髡把话锋一转，不谈出使之事，而是讲了一个笑话，马上峰回路转，紧张氛围消失了，淳于髡安全了，出使赵国的事解决了，赵国发兵了，楚国退兵了，一切都很圆满。这有赖于笑。对此司马迁赞美这种“笑”，说它像孔子教给弟子们“六经”一样，在“恢恢”的天道中发挥着不可取代的作用。

4. 对笑的规范

读到这里，读者也许不耐烦了，为什么写中国笑话史的书，竟用如此长的篇幅讨论“笑”的基本原理，介绍笑的发生及其与社会的关系？古人说起笑就是“笑”，乃至把能搞笑的人称作“滑稽”，而滑稽古代读音为“gǔ jī”，是古代的流洒器，由于其吐洒滔滔不绝，故引申为人的能言善辩，精于辞令，说起话来滔滔不绝。高级的滑稽人才能够通过语言技巧来打通人们心理上的纠结，说服有权的统治者，哄他们开心，做出一些他们本来不愿意做的事情，如优孟、淳于髡、触龙等，他们是和平解决问题的高手。然而魏晋以前人们很少对笑本身作深入解剖与分析，笑背后的意蕴也很少有人挖掘，更少关注笑与人性的关联，或者说我们缺少系统的“笑论”。当然，传统美学中并非完全没有这方面的思考，不过这些思考大多是片段性，不同时期也有差别，随着各章节展开我将陆续介绍。古代贤哲更注重对于笑的规范。

侯宝林的相声说到“旧社会”淑女要“行不动尘，笑不露齿”，在姑娘后面招呼她一声，大约一分钟才能转过身来；至于十七八的大小伙子来去如风，大声说笑，与姑娘完全不同。侯先生说的是“旧社会”的北京市井细民，他们确实如此。可是对于有教养的读书人，即使是男孩也不能像民间的“大小伙子”那样无拘无束，同样不能狂跑乱跳。《红楼梦》中的贾宝玉有良好的教养，举止得体，受到赞扬。“贾环带着几个小厮一阵乱跑”就受到父亲贾政的厉声呵斥，这是身为贵族所应有的教养。

自周代以来对于“君子”（贵族、统治者）就确立了许多规范，他们发明了以礼乐治国。“礼”是讲思想与行为规范的，依照礼建立人与人之间的区别与等级。所以说“礼义立，则贵贱等矣”。但是“礼胜则离”，“礼”也不能太过，这样会造成群体的分离倾向；于是需要“乐”（其中包括“笑”）来调节，因为“乐者为同”。“乐”是通过同歌共舞制造欢乐，使得群体谐和。同样，“乐”也不能太过，太过则人们忘记了自己的身份，没贵没贱，没大没小，上下躐等，使得群体丧失秩序，这就是“乐胜则流”。于是如何在礼乐之间找出一个适合的“度”就是统治者所关注的。近年发现《保训》（被认为是古《尚书》逸篇，见清华竹简）就有这方面的记载。《保训》是周文王临终时的遗嘱。他对其继承人太子发（周武王）讲了两则历史故事，一则是关于舜的，一则是关于商王上甲微的。周文王的话中数度提到“中”字，认为他们事业的成功就在于“中”。统治者行中道，他的任何事情都是在悄无声息中做成的，无过无不及。周统治者看不惯殷商统治者沉湎酒色，没日没夜地吃喝玩乐，成功了就纵情大笑，失败了就号啕大哭，认为这都是偏颇所致。《周易·旅》上九一爻就是描写这种情境：

上九，鸟焚其巢，旅人先笑后号咷。丧牛于易，凶。

这几句诗是写商人祖先王亥的故事。他经营贩牛的生意，路过有易之国，中了有易之君绵臣设下的美人计，追求享乐的王亥被绵臣谋害，牛群也让有易国掳去。这段卦辞中生动描写了这位商旅先大笑而后号啕大哭的情景。周人厌恶这种不加节制的做法。这种传统到了殷商末世更是变本加厉，殷纣王追求感官享乐，酒池肉林，放情纵欲，最后国破家亡。《诗经·荡》中周人列举殷商亡国之君纣几大罪状时有这样的诗句：

文王曰咨，咨女殷商。天不湎尔以酒，不义从式。既愆尔止，靡明靡晦。式号式呼，俾昼作夜。

在殷纣王的带领下，殷人没日没夜地喝酒，喝到大呼小叫，完全没有一点礼仪规范。这里的“呼叫”包括了酒醉后又哭又笑的种种醉态。周朝总结这种经验教训，周公在《尚书》许多篇章如《康诰》《酒诰》（写给封在殷商故地康叔的）都告诫周统治者要以殷纣王为借鉴，注意自己的修养。所谓修养就是礼乐和谐，对于享乐言笑都要有所节制。

《诗经·国风·卫风·淇奥》赞美卫武公（康叔之后）为人亲切风趣，“善戏谑兮，不为虐兮”。也就是说卫武公喜欢开一些小玩笑，但不过分，没有“攻击性”，不伤人。此后“谑而不虐”就成为儒家对“笑”的规范。继承周公之道，孔子很注意这方面的修养。读《论语》我们仔细体味其中孔子的为人，非常有趣。全书中没有孔子开怀大笑的记载，他的笑都是微笑，很有节制。书中用“莞尔”来形容这种亲切的微笑。“子之武城，闻弦歌之声。夫子莞尔而笑，曰：‘割鸡焉用牛刀？’”（《论语·阳货》）这里掺杂着嘲笑与轻视，是老师对学生带有点批评的赞许。即使否定性的嘲笑也用极轻微的“哂”。他不同意大徒弟子路的看法就用了“哂”。孔子也很注意以“言笑”得体与否评论一个人的修养。有一次他向卫国大夫公明贾问及卫国大夫公叔文子：“信乎，夫子不言、不笑、不取乎？”（听说公叔文子不苟言笑，不贪取财物）公明贾对曰：“以告者过也。夫子时然后言，人不厌其言；乐然后笑，人不厌其笑；义然后取，人不厌其取。”（回答说，他们说得太过了，公叔文子只是该说时说，该笑时笑，应该取的东西才取，所以他不招人讨厌）子曰：“其然，岂其然乎？”（《论语·宪问》）孔子把言笑合度的公叔文子真实情况记载下来，用以教育他的学生。这种规范是中庸的，是“无过无不及”的，是周文王所讲“中”的发展。当然，后来也有规范过度的，李白曾讽刺一些腐儒：

鲁叟谈五经，白发死章句。问以经济策，茫如坠烟雾。足著远游履，首戴方山巾。缓步从直道，未行先起尘。（《李太白集·嘲鲁儒》）

规范沦落到这种程度只堪一笑了。

5. 关于“笑论”

欧洲哲人思维更注重分析，这在笑（幽默）的研究中也有体现。总体上来说，他们对笑的理论的研究——“笑论”要比我们深入，介绍欧美“笑论”有助于我们对传统笑话的理解。

欧美许多学者从不同的学科介入笑的研究，如哲学、美学、戏剧学、生理学、心理学……众说纷纭，莫衷一是。英国哲学教授西蒙·克里奇利在《你好，幽默》一书说“关于幽默和笑有很多的解释。约翰·莫瑞尔（美国当代学者）曾经归纳出了三种理论：优越论、舒缓论和矛盾论”（下面所引关于“三论”的解释，除标明者外，皆见《你好，幽默》）。

①优越论

所谓“优越论”者“认为笑产生于一种优越于他人的感觉，‘一种突然的荣耀感，它产生于突然感受到我们自身的某种优越感，这是通过与别人的弱点作对照，或是与先前的自我作对照’。笑，是一种无名的激情，这种激情在柏拉图构想的哲学之城中可能会被卫道士们视为禁忌。直到18世纪，优越论一直统治着哲学界。”换句话说，这种理论认为，笑源于幸灾乐祸，或者说笑人家发生的小小的不幸（大灾祸会带来恐惧，抑制了笑）。这种理论起于古希腊的柏拉图，他认为笑往往是从别人的痛苦中获得快感。在《柏拉图文艺对话集》（朱光潜译）中借苏格拉底之口说："滑稽可笑在大体上是一种缺陷，具有这种缺陷的情况就叫作滑稽可笑的。"他批评荷马史诗《伊利亚特》中写到火神被宙斯从天上扔下来，跌断了腿，成为一个"跛子"，在宴会大厅里跛来跛去，引起众神大笑不止。在柏拉图看来笑是一种不高尚的感情。

亚里士多德的《诗学》中把喜剧致笑的原因归结为对"丑的模仿"。直到17世纪英国哲学家托马斯·霍布斯在其名作《利维坦》中仍然坚持优越说。他认为"笑的情感显然是由于笑者突然想起自己的能干。人有时笑旁人的弱点，因为相形之下，自己的能干愈易显出。人听到'俏皮话'也发笑，这中间的'机智'就在使自己的心里见出旁人的荒谬"。他强调这种"优越感来得突然"，他称之为"突然的荣耀"（sudden glory）。这种突然更易于点燃笑点。闫广林等认为"由于霍布斯的'突然荣耀说'延续并发展了柏拉图的心性阐释传统，以及亚里士多德的德性批评立场，更因为这种笑论比较契合冲突型的西方文化，以及贬损性的人类嘲笑，所以便成为西方笑论的一大理论支柱，历来拥者甚众，坚信不废。西方学者在谈论笑所引起的快感时，多引霍布斯而不引柏拉图，多说'突然荣耀'而不说'幸灾乐祸'"（引自《幽默理论的关键词研究·笑》）。

②宽慰论

宽慰论主张笑是对神经压抑的一种放松。这种说法最早出现于19世纪赫伯特·斯宾塞的著作中。不过这一理论被人所熟知是因为弗洛伊德1905年的著作《诙谐及其与无意识的关系》。弗洛伊德认为笑有效地利用了原本会被用作容忍和压抑思想活动的能量，这种能量被舒缓或者释放，从而产生了愉悦感。弗洛伊德的话说得很绕嘴，但意思很浅显。平时外部许多不愉快的事情，郁积在胸中，形成心理能量，使人有压迫感。突然有了一个契机，使这种能量得以舒缓释放，因而产生了笑。这种道理在明代王思任《屠田叔笑词序》中就写得十分明白：

> 笑亦多术矣，然真于孩，乐于壮，而苦于老。海上憨先生者老矣，历尽寒暑，勘破玄黄，举人间世一切虾蟆傀儡、马牛魑魅抢攘忙迫之态，用醉眼一缝，尽行囊括。日居月诸，堆堆积积，不觉胸中五岳坟起，欲叹则气短，欲骂则恶声有限，欲哭则为其近于妇人，于是破涕为笑。极笑之变，各赋一词，而以之囊天下之苦事。上穷碧落，下索黄泉，旁通八极，由佛圣至优旃，从唇吻至肠胃，三雅四俗，两真一假，回回演戏，绦龙打狗，张公吃酒，夹糟带清。顿令虾蟆肚瘪，傀儡线断，马牛筋解，魑魅影逃。而憨老胸次，亦复云去天空，但有欢喜种子，不知更有苦矣。

王思任说，人的笑以孩提时代最为真诚，壮年时期的笑还有点快乐，饱经沧桑的老人的笑就是苦笑了。屠先生老了（屠名本畯，字田叔，自号憨先生），他饱看世间牛鬼蛇神、魑魅魍魉，荒唐怪异。这些堆积在他的心中如五岳巨石，压得他喘不过气来。“欲骂则恶声有限，欲哭则为其近于妇人”，于是，把这一切付诸一笑，而且各填一词。把天下的苦事、怪事、荒唐事、不平事惟妙惟肖地描绘出来，也让读者开怀一笑，从此屠老先生身上的巨石飞走了，胸次开阔，任云来云去。这一段是不是可为弗洛伊德的艰涩的理论做一形象说明？

③乖讹论

乖讹论起源于1750年弗兰西斯·哈其森的著作《笑的反思》。不过我们现在所能看到的是经过康德、叔本华、克尔凯郭尔等人以自己独特的方式所阐释过的。正如詹姆斯·罗塞尔·罗威尔在1870年所写的：幽默在早期的分析中被看作是矛盾的产物。“幽默产生于我们认识中或期望中的状况与笑话、俏皮话或者插科打诨中的状况之间的矛盾”。这种由矛盾产生的“乖讹”，康德概括为“期待落空”。他在《判断力批判》中说，在一切引起活泼的撼动人的大笑里必须有某种荒谬悖理的东西存在着（对于这些东西自身，悟性是不会有任何愉悦的）。笑是一种从紧张的期待突然转化为虚无的感情。正是这一对于悟性绝不愉快的转化却间接地在一瞬间极活跃地引起欢快之感。

闫广林等认为“期待落空”，“提出了一个对后来西方笑论产生着重要影响的问题。即在笑所发生的瞬间，感性活动其实经历了两个阶段：第一是心理紧张或心理期待；第二是紧张期待的突然解除且使之显得有些多余而成为荒谬，于是令人发笑”。（见《幽默理论的关键词研究·笑》）这类“期待落空”的笑话在古代太多了。北宋文莹《湘山野录》中有个不足百字的小故事：

> 杨叔贤郎中异，眉州人。言顷有太守初视事，大排乐。乐人口号云：“为报吏民须庆贺，灾星移去福星来。”守大喜，问：“口号谁撰？”优人答曰：“本州自来旧例，止此一首。”

眉州新太守上任，地方上搞了个欢迎仪式，乐工排队演奏欢迎曲，司仪高唱“全州吏民共庆祝，灾星走了福星来”。太守听了很高兴，问是谁写的？他“心理期待”优人会说出一番追捧和欢迎的话来，读者也是顺此逻辑思考，而优人老老实实的回答却出乎意料。可以说这是一个典型的由于“期待落空”所引发的笑话。

④尼采的快乐哲学

莫瑞尔归纳的这三种“笑论”，闫广林等认为这些还是从“形而下”个人的情感经验出发的，而不是“形而上”的人类生存。他们认为：“真正完成西方笑论的第二次革命并使之升华为生存问题的当属西方现代哲学，当属西方现代思想史上最重要的尼采和他的快乐哲学。”（见《幽默理论的关键词研究·笑》）尼采笑论的根本“是对自我价值的思考和肯定”。他认为群体意识、道德意识以及宗教意识尤不以否定个体本性和自我为目的；他指出失去自我的人就会有畸形、懦弱、平庸、卑琐、笨拙、自我厌恶；因此他在《快乐的科学》中大声疾呼：“‘你要成为你自己！’要创造出‘自己的太阳’！”（见《幽默理论的关键词研究·笑》）笑就是使自己成为自己的催化剂。尼采的理论主要还是要人们通过笑来彰显自己，认识到自己的存在及价值，这种意识在中国传统文化中是稀缺的。传统文化中个人只作为角色而存在，特别是广大的底层民众。中国笑话大都来自民间百姓的情感经验，也活跃在底层社会，除了开心解闷之外，人们并没有意识到它的附加价值，尼采的分析似乎与中国笑话远了一些。这里不作过多的评介。

二、笑话作为一种文体

“笑话”这个词活跃在现今中国人的口头，要为“笑话”作史，首先要承认这是一种文学体裁，因此，就要弄清这种文体的样式及其所包含的内容。除了作者声称自己所作就是“笑话”之外，还有哪些传统的文体可以纳入“笑话”这个系统？

1. 从笑话的概念说起

①“笑话”这个“词儿”

“笑话”这个词儿大约最早见于宋代。《三朝北盟会编·卷二四二》记南宋虞允文在采石矶取得抵御金军的胜利后，建康（今南京）危机缓解，但并未彻底解除，建康知府张焘建议虞允文到镇江去讨救兵。虞笑着说：

“去不妨。然记得一笑话。人得一鳖，欲以计杀而食之。炽火使釜水百沸。横竹稍于鳖，誓曰：‘能渡此活汝。’

鳖知主人计以杀之，勉力爬稍竟渡之。人曰：‘汝能如此渡甚好，更为多渡一遭，我欲观之。’仆之此行，无奈类是？”诸公大笑。

《三朝北盟会编》成书于南宋绍熙五年（1194年），可见“笑话”二字在北宋南宋之际就已经很流行了。“笑话”一词并非书面上的文词，而是口语。这个故事的背景是绍兴三十一年（1161年）金帝（后来被黜为海陵王）统率大兵，决心一鼓作气荡平南宋，在形势万分危急的情况下，虞允文作为到前线慰劳军队的文官，冒着极大的危险把散处沿江无所统辖的军队，迅速组织起来，挫败金军渡江的计划，赢得了采石矶大捷。当金海陵王移兵扬州，再次组织军力反扑时，守土有责的张焘又要虞允文赴镇江组织军队阻截，对于虞允文这个文官来说，于情于理，皆属过分。然而，事关国家的安危，面对无能的同僚，虞允文不能不勉力从事，但又不免心怀怨气，于是他通过这个笑话来宣泄。虞把自己比作爬在沸水锅上过独木桥的甲鱼，冒着生命危险在筷子上爬来爬去。这个笑话流传很广，岳珂《桯史》中也有记载。后世只把虞允文当作抗金的民族英雄，其实他还很有幽默感呢！

“笑话”有时也写作“小话”。《桯史》中记载了一个发生在秦桧当权时的笑话。一次朝中众官僚到秦府赴宴，主人秦桧，架子很大，久久不出，让众人枯坐干等。有个好讲笑话的王仲荀对大家说："今日公相未出堂，众官久俟，某有一小话，愿资醒困。"这里的"小话"也就是笑话。两个词不仅音同，于义也通，因为笑话往往要刺伤人的，在动辄得咎的社会里讲笑话要与大道理、要与政治划清界限，否则祸患无穷，所以自贬为"小话"。

"小话"有时也称作"小话子"。《挥麈录》中记载了苏轼说的一个笑话："东坡先生出帅定武，黄门以书荐士往谒之。东坡一见云：'某记得一小话子。昔有人发冢，极费力，方透其穴。一人裸坐其中，语盗曰："公岂不闻此山号首阳，我乃伯夷，焉有物邪？"盗慊然而去。又往它山，镢治方半，忽见前日裸衣男子从后拊其背曰："勿开，勿开！此乃舍弟墓也。"'"

苏东坡知定州，其弟苏辙推荐一个士人到他那里打秋风。东坡说：我还记得一个小笑话，这个笑话就是盗墓的盗到伯夷、叔齐的墓。用以讽刺这个士人想沾苏轼、苏辙兄弟的便宜。

在元代的通俗戏曲中，"笑话"一词多作动词使用，如高明的《琵琶记》中赵五娘劝她公公"你休这般说，被人笑话"。关汉卿的《窦娥冤》中窦娥的婆婆被张驴儿父子救下，张驴儿父子要娶她们婆媳。婆婆自语："我的性命都是他爷儿两个救的，事到如今，也顾不得别人笑话了。"这种用法至今尚在口语中，但细究其原意还是由作名词用的"笑话"演变来的。因为"笑话"多少都带有一点嘲讽的意思，一个人成为笑话中的主体，如果他没有宽容的心态，往往会觉得不堪，所以被他人"笑话"

比受别人批评更具杀伤力。传统笑话中许多是具有杀伤力的。这是中国笑话与英国幽默很大的不同之处。

②叙事性的笑话

笑话作为一种文体是逐步确立的。“笑”比较容易理解，就是反映内心快乐的外在表情。“话”的含义是什么呢？《说文》用了“会合善言”四个字来解释。最早出现“话”的传统文献是《尚书·盘庚中》。其中有云：“乃话民之弗率，诞告用亶，其有众咸造……”盘庚迁都，很多人不同意，他把持异见的人们召集来想尽量说服他们。孔安国《传》中把“话”解释为“善言”，孙炎进一步引申为“善人之言也”。他们这种解释“会合”便没有了着落。顾颉刚在《尚书校释译论》把“话”按照于省吾的意见解释“䛡”“譮”义为“会合”，然而“善言”的意义消失了。其实“善”不只是价值判断，也就是说“善言”中的“善”不仅仅是指“好”，也包括善于沟通之意。所以许慎释“话”用了四个字。“会合”就是人们聚合在一起的时候，有人善于沟通，把自己的思想感情和意见传达给他人，这才是“话”。

“话”与“言”还组成“话言”一词。先秦的“言”是指不加修饰的“直言”，“话言”的释义应为经过修饰、便于沟通的话语。《左传》中多处用到“话言”，如《左传·文公十八年》的“颛顼氏有不才子，不可教训，不知话言。告之则顽，舍之则嚚”。这个“不才子”特点就是“油盐不进”，不能沟通，多少善言妙道一律听不进去。向他讲明道理，他顽固不化；不理他，则任意胡闹。可见“话言”这个词一产生就与简朴的“直言”（即现今所说的“大白话”）划清了界限，它是经过修饰和具有感染力的话语。要使话语具有感染力就有两个趋向，一是采用各种修辞方法，这就形成了“文”；二是使话语具有故事性，使人爱听。

《东观汉记》卷十一记载汉光武与其早年友人朱祜在长安求学时的情景：“初，光武学长安时，过朱祜，祜尝留上，须讲竟，乃谈话。”当刘秀到朱祜处拜访时，朱先是与刘讲论学问，说完之后才“谈话”，可见这个“话”是轻松的话题，或是一般闲话，或是“齐东野语”一类故事。晋人葛洪的《神仙传》中写了一个叫沈羲的神仙，他成仙400年后，突然回到老家，见到后人玄孙怀喜，怀喜热情款待他。沈羲就给这个孙辈讲“因话初上天时”的故事。这里“话”也指讲带有“故事性”的话语。

“话”早先包含有故事性，到了隋唐时期便发展成为“故事”。诗人元稹的《酬翰林白学士代书一百韵》有了“翰墨题名尽，光阴听话移”。所谓“听话”是听故事，具体到元稹与白居易等人听的故事，就是《一枝花话》。

《太平广记》中记载了许多侯白的故事，此公是隋代善于搞笑的名人。有一则故事说：

白在散官，隶属杨素，爱其能剧谈。每上番日，即令谈戏弄。或从旦至晚，始得归。才出省门，即逢素子玄感，乃云："侯秀才，可以玄感说一个好话。"

当时权臣杨素喜欢听侯白讲笑话，每到他值班的日子都要叫侯白来给他说故事。其子杨玄感碰到侯白也拉他说"好话"（好故事），侯白被缠得没办法，只得给他讲了个笑话。

此时"话"已经被视为一种文体，如《庐山远公话》《韩擒虎话本》等。表演这些"话"称之为"说话"，以"说话"谋生的称作"说话人"。那么引人发笑的故事自然也就是"笑话"了。

在笑话一词产生之前这一类文学作品早已经产生了，不过在魏晋之前它只是以附庸状态出现。先秦时一般附在诸子和儒家经典上，两汉之时是附在史书上。像"齐人有一妻一妾"这样的笑话就出现在《孟子》之中，作者的目的也非讲个笑话让大家开心，而是借以说明一个道理。《史记》中也有许多笑话，像汉高祖刘邦与臣下周昌闹的一些笑话堪入笑林，但这些并非司马迁编造，而是历史的忠实记录。

魏晋是个文学自觉时期，笑话这种文体也逐渐摆脱了附庸状态，成为面对受众的独立文体。其标志是独立的创作或搜罗笑话的著作出现了。《通志·艺文略》中载有《笑林》三卷，著者为后汉给事中邯郸淳。此人曾为曹操的记室参军。他用"笑"

命名了“笑话”，并编著了一本书。但此书已佚，鲁迅有辑佚本，收在《古小说钩沉》中。《艺文略》还有一种署名路氏的《笑林》也是三卷。隋代杨松玢有《笑苑》四卷，《解颐》二卷。

唐宋以后这类作品多了起来，名称也是五花八门，如称之为“谐噱（jué）”。唐朱揆有《谐噱录》。谐噱、谐谑都与“笑”这个动作相联系，并未表明这个“谐噱”是由故事引发出来的。其他如“启颜”（如隋·侯白《启颜录》）、“开颜”（如宋·周文玘《开颜录》）、“解颐”（笑时的样子，如隋·杨松玢《解颐》）、“拊掌”（拍掌，如宋·邢居实《拊掌录》）、“轩渠”（笑时的样子，如宋·吕居仁《轩渠录》）、“绝倒”（大笑不能自持，如宋·朱晖《绝倒录》）等等。这些名称很“雅”，或是在描摹读这类作品所引发的效应，或是“笑”的同义词。到了明代，笑话创作与搜罗达到高潮。明人直接用“笑话”命名这一文学体裁，这个词通俗、易于被大众所接受，特别适合这种文体本身的特点。如陈继儒（眉公）所辑的《时兴笑话》，赵南星编著的《笑赞》（即笑话赞），冯梦龙编著的《笑府》《广笑府》等都是以笑话命名的著作。

③冯梦龙对笑话的理解

冯梦龙是明末重要的通俗文学创作者和倡导者。他对笑话创作与普及的贡献本书后面还要谈到，此处不赘。

冯氏对于笑话的贡献是多方面的，对于“笑话”一词也有自己的理解。在其所编著的《广笑府·序》中冯梦龙说：

> 古今来莫非话也，话莫非笑也。两仪之混沌开辟，列圣之揖让征诛，见者其谁耶？夫亦话之而已耳。后之话今，亦犹今之话昔。话之而疑之，可笑也；话之而信之，尤可笑也。经书子史，鬼话也，而争传焉。诗赋文章，淡话也，而争工焉；褒讥伸抑，乱话也，而争趋避焉。或笑人，或笑于人，笑人者亦复笑于人，笑于人者亦复笑人，人之相笑宁有已时？《广笑府》，集笑话也，十三编犹云薄乎云尔。或阅之而喜，请勿喜；或阅之而嗔，请勿嗔。……古今世界一大笑府，我与若皆在其中供话柄。不话不成人，不笑不成话，不笑不话不成世界。布袋和尚，吾师乎，吾师乎！墨憨斋主人题。

所谓的“话”即“话儿”，也就是故事。金院本董解元《西厢记》中就有“话儿不提朴刀杆棒、长枪大马”，其意不是我说的“朴刀杆棒”“长枪大马”一类的武故事。这些古往今来所发生的种种事件，无论是天地剖判、混沌初开，还是圣贤揖让、文武征伐，在作者看来无非是故事而已。故事原本也有发生过的事情之意，然而这里的故事是指谈资，也就是《三国演义》开篇词《临江仙》下半阕中所表现的“古今多少事，都付笑谈中”的“笑谈”。把严肃的历史看作笑谈、笑话，反映了冯氏对于人生的失望，然而这种认识确实不是冯氏一人的。文人士大夫之所以参与笑话的写作，有些人是抒发自己的“一肚皮不合时宜”；有些则是一笑解千愁；有的就是对现实与历史的失望。从宋代苏轼的《艾子杂说》到明代刘元卿《应谐录》、江盈科《雪涛小说》《雪涛谐史》、赵南星《笑赞》都有此意，不过冯氏说得更明确罢了。这类笑话显然要比一般的笑话包含更多的社会内容。

冯梦龙把笑话的“话”理解为故事，那么笑话就应该是有人物、有情节、有引人发笑的故事。冯氏所辑录和编写的笑话绝大多数是符合他的定义的。冯梦龙出版了多种笑话作品，反映了明中叶以后笑话创作的繁盛和市场对于笑话作品的需求。

④笑话的“剧本性”

当代流行的“小品”实际上是滑稽小戏。这些“小品”就有传统笑话改编的，如《三近视看匾》等。许多笑话是具有“剧本性”的，稍加改编就可以演出。既然是剧本，必有虚拟的听众，这听众就是准备阅读其笑话的读者。笑话是介于文学与表演艺术之间的，它不只是单纯的文学作品。笑话编出来总是想逗他人笑的，仿佛作者写喜剧。虽然作者的动机也有差别，有的人讲笑话有功利目的（例如古代宫廷的俳优、现代的相声演员，他们都是为了生存）；有的人没有功利目的，就是想逗大家一乐，自己也快乐（我们通常称这种人为“耍活宝”。其实如果趣味不低级，这种“耍活宝”是很可贵的，因为他无偿地给人们带来了快乐）。在家庭里说个笑话，丰富了家庭生活；朋友聚会，讲个笑话，密切了彼此的关系。现今大多数宴集上都少不了有人说“段子”，也是这种风气的表现。不管作者的主观目的是什么，他们的共同点就是逗大家一笑。因此无论是说也好，还是写成文字也好，每个笑话的作者都有虚拟的听众，他们就是力图让这些听众发笑。这是笑话创作的一般规律。

有的作者为了使其笑话作品获得更好的效果，在其作品中还特地注明说此笑话在讲述时要配合一定的动作。例如清代《笑得好》（清初笑话集，作者石成金）中就有这样的注释文字：如《看写缘簿》题后注明“要脸色一喜一恼，身子一起一跪，才发笑”。《皮匠讼话》后注明“要学苏州话，手装样才发笑”。这些充分表明了作者编写笑话是有听众期待的，是以逗听众发笑为目的的。如果说故事者、或说话者没有听众期待，或者其目的不在此，他们只是为了严肃地述说某件事情，我们旁观者听着可笑，那是不能算作笑话的，但有时它被旁观者编纂为笑话，古代这类例子也很多，冯梦龙编的笑话集《古今谭概》（有的出版者题名《古今笑》，有的题作《古今笑史》）中就是采撷于历代史书，其中许多原本是史事，当时并未被视为笑话，但却很可笑，被冯梦龙采编后遂成为笑话。

2. 不设虚拟听众的另类笑话

当然也有例外，如果说故事者、或说话者目的不在此，他们只是为了严肃地述说某件事情，我们旁观者听着可笑，这可以看作是另类笑话。有报道说：在公安局预审室中，某小偷交代了他的犯罪事实以后，公安人员问：你的犯罪根源是什么？要好好挖犯罪根源。小偷学着电视上贪官在挖犯罪根源时常说的一句话：我没有认真读马列的书，没有好好改造世界观。预审人员好气又好笑地斥责说：你也配！这件事，在读者看来可笑之处很多，但身在其中者不会感觉到，甚至最初写这个报道的人也不一定有逗笑的意思。

古代这类例子也很多，特别是在春秋时代。例如《国语·吴语》“申胥谏夫差伐齐”中写到“楚灵王不君”不得好死：

> 王亲独行，屏营彷徨于山林之中，三日乃见其涓人畴。王呼之曰：“余不食三日矣。”畴趋而进，王枕其股以寝于地。王寐，畴枕王以墣而去之。王觉而无见也，乃匍匐将入于棘闱，棘闱不纳，乃入芋尹申亥氏焉。王缢，申亥负王以归，而土埋之其室。

申胥是把楚灵王的下场作为严肃的历史教训来讲的，以警戒夫差，他是不会笑的。《国语》的作者是把这件事当作悲剧来写的，可后世读者往往把这件事看作喜剧。楚灵王众叛亲离后，一点没有觉悟，自己没有一点生存能力。见了“涓人（太监）畴”还要大呼小叫，告诉他“我三天没吃饭了！”睡觉还要枕着“畴”的大腿，结果平日伺候楚灵王的太监“畴”给他换了一块土块，自己溜了。楚灵王想爬到棘围，当地人不接受他，最后只好自杀。《国语》给读者提供的故事，是很可悲的，楚灵王已经是众叛亲离，尚不觉悟，以为还像从前一样对下人颐指气使，结果与期待形成巨大的反差。当人们知道楚灵王的昏聩与暴虐后，他的悲剧故事则成为笑话。

东汉班固《汉书·陈万年传》所记陈万年教子的故事就与《国语》不同，不仅因为作者不赞成这种行为，而且在他看来陈万年这样做是荒谬的，不仅不合于儒者道德修养，也严重违背了社会上认可的做人规则。高官陈万年为人善于侍奉达官显贵，然而其子陈咸却为人耿直：

> 子咸字子康，年十八，以万年任为郎。有异材，抗直，数言事，刺讥近臣，书数十上，迁为左曹。万年尝病，召咸教戒于床下，语至夜半，咸睡，头触屏风。万年大怒，欲仗之，曰：“乃公教戒汝，汝反睡，不听吾言，何也？”咸叩头谢曰：“具晓所言，大要教咸谄也。”万年乃不复言。

陈咸数次上书言事，肯定得罪了不少人，而且讽刺的都是皇帝身边的近臣、权臣，所以被贬官。陈万年气病了，把儿子叫到床前，谆谆告诫，反复开导，直至夜深。陈咸困得很，头撞到床边屏风上了。陈万年发现儿子困倦打盹儿，勃然大怒。抄起了棍子："你老子深更半夜教育你，你倒睡着了，不听老子的教诲，为什么？"陈咸叩头谢罪说："您教育的那些我都听到耳朵里了，大要就是教给我要向达官贵人谄媚。"陈万年不再说了。陈万年半夜教子，不耐其烦，看来十分正当，养不教，父之过嘛；而陈咸却难抗睡魔，头触屏风，根本没有听进老父的教训。老头子盛怒，要动武了。儿子叩头谢罪，据实回答。这些在当事者看来都是再正常不过的事情，没有什么好笑的。可是班固在记录此事时，就有些把他作为笑料来写了，原来作为言为士则、行为世范的大臣，其道德修养就这样不堪。班固也认为很可笑，并把这些讲给世人听。但最后作者还是有些原谅陈万年，因为他还是清廉的。万年用来巴结权贵的钱，都是他的家资，为此"倾家自尽"，因此有"万年乃不复言"的句子。

最后我来总结一下，能引人发笑，但没有故事，或者不是作为可笑的事情讲给他人听的，不能叫作笑话，只应叫笑料，或笑事。它们大多是构成笑话的材料。

3. 广义的笑话——能够引人发笑的俳谐文字

冯梦龙为笑话所作的定义是狭义的，只是定义了被故事情节推动的笑话，生活中还有许多可笑文字或话语没有故事情节，但也一样逗人发笑，古人称之为俳谐诗文。所谓“俳谐”也就是逗笑的意思。现今的喜剧性作品（相声、小品之类）大量地运用这些作为包袱来搞笑。

俳谐文字大多没有情节，但作者利用文字的音、形、义或字词组织上违反常规，造成谐趣，逗人发笑，现在统称为幽默诗文。有些简单地活跃在人们口头的就是笑话。现今这类笑话极多，特别是在网络上流传的笑话中文字游戏占了很大一部分，有些精彩的段子，表面来看很像文字游戏，其本身没有人物形象和故事情节，然而其中人物形象与故事情节可由读者想象去补充，因为文字的巧妙激发了读者的想象。如有个段子：

某官僚对老婆说：吃饭，睡觉；对小姨子说：吃个饭，睡个觉；对美女说：吃吃饭，睡睡觉；对小蜜说：吃饭饭，睡觉觉。还有一个版本，主人公是老板，后面多了四句“对员工，吃什么饭、睡什么觉？加班！”这个段子从表面上看就是用“吃饭、睡觉”或重叠、或加上一些衬字展示不同的话语环境，引人发笑。实际上它既塑造了人物，又有较深的社会内涵。像这样的文字古人就称之“俳谐”，而且是讽刺性很强的俳谐。

①俳谐文

俳谐这个词首见于《三国志·蒋济传》中的“裴松之注”。其中有“豺獭之譬，虽似俳谐，然其义旨，有可求焉”的句子。这里的“俳谐”就是开玩笑的意思，然而它又不是单纯的玩笑，是有“义旨”可以探求的。南北朝期间，就有了俳谐文体，而且出现了以写俳谐文著名的文士袁淑，他著有《俳谐集》。其传世者有《驴山公九锡文》《大兰王九锡文》《鸡九锡文》全文或片段，从中可见俳谐文的风格取向及价值取向。

“九锡”本来是皇帝赐给建有丰功伟绩的诸侯、大臣的九种礼器，是朝廷对臣子的最高礼遇，汉献帝就给曹操封魏王之外，另加“九锡”。“加九锡”是当时最隆重、最庄严的大典，有资格接受九锡的无非是功臣、贤臣或权臣，而袁淑把“九锡”授予了驴（驴山公）、鸡（鸡山子）、猪（大兰王），使这些畜生都有了爵位（“公”“子”“王”皆为爵位）。作者用皇家专用的诏诰式的文体、夸张的文字，描述他们的功绩，例如《驴山公九锡文》：

> 若乃三军陆迈，粮运艰难，谋臣停算，武夫吟叹。尔乃长鸣上党，慷慨应官，崎岖千里，荷囊致餐，用捷大勋，历世不刊，斯实尔之功也。音随时兴，晨夜不默，仰契玄象，俯协漏刻，应更长鸣，豪分不忒。虽挈壶著称，未足比德，斯复尔之智也。若乃六合昏晦，三辰幽冥，犹忆天

时，用不废声，斯又尔之明也。青脊隆身，长颊广额，修尾后垂，巨耳双磔，斯又尔之形也。嘉麦既熟，实须精面，负磨回衡，迅若转电，惠我众庶，神祇获荐，斯又尔之能也。尔有济师旅之勋，而加之以众能。是用遣中大夫闾丘骡，加尔使衔勒大鸿胪、班脚大将军、宫亭侯，以扬州之庐江、江州之庐陵、吴国之桐庐、合浦之珠庐，封尔为中庐公。（见《太平御览》卷九〇一）

文分四部分，一写驴在作战之时的运粮之功；二写驴能应时而鸣；三写其外观的健美；四写其能够拉磨磨面。最后总结说“尔有济师旅之勋，而加之以众能”，因而派遣“中大夫闾丘骡”（骡子）封驴子为“中庐公”。现在由于时代与语言文字的隔阂，读到这些能发笑的恐怕不多了。如果能回到袁淑生活的南朝，当时朝代更迭如走马灯，易代之际，弱主、权臣屡屡演出封王、封公、“加九锡”的把戏。袁淑所侍奉的皇帝是南朝宋文帝刘义隆，文帝的父亲刘裕，是宋的开国皇帝。他原是东晋的权臣，晋安帝义熙十二年（416年），刘裕奉旨出兵北伐征秦，克洛阳后，有威望、有实力，晋安帝下诏命刘裕为相国，封十郡，为宋公，加九锡，位在诸王侯之上。了解了这个背景，再读《驴山公九锡文》不仅令人忍俊不禁，而且也会为作者捏把汗。俳谐诗文给作者带来的危险较笑话更大，因为这些多涉及高层人士。袁淑就是死于宋文帝之子刘劭的篡位争夺中。

唐代刘纳言也写过许多俳谐体文章，编为《俳谐集》十五卷。刘是唐高宗时代人，官为太子洗马，当时的太子是注《后汉书》的李贤，他曾把这个集子献给李贤，太子看了十分开心，“以为笑乐”。后来李贤被废，搜查太子宫，搜出了《俳谐续集》，高宗看到了十分生气：“经典诱人，犹恐不能迁善；排谐鄙说，是导之以邪也。”（《太平御览》卷六百一·文部十七）于是，刘纳言被贬斥到震州（今湖州）而死。这是写俳谐文的下场。

中唐时期，古文运动的旗手韩愈也热衷于俳谐文，他的《毛颖传》《送穷文》都有谐趣。《旧唐书》本传中说“《毛颖传》初成，世人多笑其怪”。直到南宋仍有人说这类俳谐作品“虽裴晋公（度）亦不以为可，惟柳子厚（宗元）独爱之。韩子以文为戏，本一篇耳，妄人既附以《革华传》”（《容斋随笔》卷七）。可见俳谐在当时正统人士心目中的地位。在正统人士看来文章是“经国之大业，不朽之盛事”，而不受绳墨约束的才人则偏偏以文为戏，笑在瓦解和消解着崇高或伪崇高。特别是宋代和宋代以后，大名鼎鼎的苏东坡就写了不少搞笑的文章和诗词，正统人士在才大如海的苏东坡面前只好无可奈何。

其后，特别是明清两代提倡性灵才情的作者们就以搞笑的文字为风流了。清中叶袁枚的《戏答陶怡云馈鸭》完全是篇俳谐文字：

赐鸭一只，签标“雏”字。老夫欣然，取鸭谛视，其哀葸龙钟之状，乃与老夫年纪相似。烹而食之，恐不能借西王母之金牙铁齿，俾喉中作锯木声；畜而养之，又苦无吕洞宾丹药，使此鸭返老还童，为唤奈何！

若云真个“雏”也，则少年老成与足下相似，仆只好以宾礼相加，不敢以食物相待也。昔公父文公宴露睹父，置鳖焉小，睹父不悦，辞曰：“将待鳖长而后食之。”仆仿露堵之意，奉璧足下，将使此鸭投胎再生，而后食之何如？（《随园尺牍》）

陶怡云这个青年送给袁枚一只鸭子，鸭子老了些，袁枚这个美食家，十分挑剔，把鸭子退了回去，并告诉陶生等待鸭子“投胎再生，而后食之”。这篇带有点挖苦的幽默文字，也许只有袁枚这种不拘礼法的文士才能写得出来。当然这些并不具有苏轼幽默文字深邃的社会内容。

②从俳谐诗到“钉铰体”

除了俳谐文外，还有俳谐诗。首先提出俳谐诗体的是杜甫，杜甫给后人的印象是一本正经，是诗歌创作界的圣人，但他却有幽默的一面（这一点与孔子相似），胡适在《白话文学史》中特别赞美这种精神。20 世纪 50 年代在批判胡适时，傅庚生先生说这是把杜甫歪曲成“小丑”，仿佛像如此关切民生疾苦的诗圣应该整天都处在愁眉不展之中。其实杜甫是善于发现生活中的趣事的，并在诗歌写作中时有流露。如《北征》诗中的“那无囊中帛，救汝寒凛栗。粉黛亦解苞，衾裯稍罗列。瘦妻面复光，痴女头自栉。学母无不为，晓妆随手抹。移时施朱铅，狼藉画眉阔。生还对童稚，似欲忘饥渴。问事竞挽须，谁能即嗔喝。”这首诗写于他最艰难的时刻，杜甫历经了许多苦难，然而在孩子面前他要展示的是诙谐幽默，给家庭带来欢乐。用俳谐诗排遣悲哀、痛苦也是杜甫的一种选择。他有时在题目上表明，如《戏作俳谐体遣闷二首》，垂暮之年的杜甫漂泊在充斥着奇风异俗的夔州，时刻想念家乡与朝廷，愁闷不能自遣，于是写下俳谐诗句，以纪念这段生涯。

“俳谐”对于多数人来说还是太文绉绉了，而搞笑的第一条就是要通俗易懂，人们见了就明其义，不能转了几个弯子才知道作者说的是什么。于是“钉铰体”或“打油体”出笼了，古人认为这两种体例，虽然文格不高，但人们读了会发笑，因而受到人们的重视，特别是宋代以后。

这两种诗体很多论者不加分别地一概认为起源于唐，有失准确。关于“钉铰体”产生的记载较为明确翔实，唐代咸通时人范摅所撰《云溪友议》中就有记载：

> 列子终于郑，今墓在郊薮。谓贤者之迹，而或禁其樵采焉。里有胡生者，性落拓，家贫。少为洗镜锼钉之业，

倏遇甘果、名茶、美酝，辄祭于列御寇之祠垄，以求聪慧，而思学道。历稔，忽梦一人，刀划其腹开，以一卷之书，置于心腑。及睡觉，而吟咏之意，皆绮美之词，所得不由于师友也。既成卷轴，尚不弃于猥贱之事，真隐者之风，远近号为“胡钉铰”，太守名流，皆仰瞩之，而门多长者。或有遗赂，必见拒也；或持茶酒而来，则忻然接奉。其文略记数篇，资其异论耳。《喜圃田韩少府见访》一首：“忽闻梅福来相访，笑着荷衣出草堂。儿童不惯见车马，争入芦花深处藏。”又《观郑州崔郎中诸妓绣样》曰：“日暮堂前花蕊娇，争拈小笔上床描。绣成安向春园里，引得黄莺下柳条。”《江际小儿垂钓》曰：“蓬头稚子学垂纶，侧坐莓苔草映身。路人借问遥招手，恐畏鱼惊不应人。”（《云溪友议·祝坟应》）

《云溪友议》的用意在于讲述一个与诗歌创作有关的离奇故事。胡生经常祭扫邻近的列子墓，列子的神灵回报了胡，使这个以洗铜镜、锔锅锔碗为业的手工业者有了学问和诗才，并能够写诗和被人们关注。唐代能写诗就会被视为士人，可以借此混饭吃了。许多士人或伪士人把诗文写在卷子上投献给名卿巨公，称之为“行卷”，如果不理，再献，称之为“温卷”，一般都会得到报酬或揄扬。然而，胡生不弃旧业，仍然以劳动谋生，从而被士林誉为隐者。《云溪友议》中没有说他叫什么名字。

五代时期何光远的《鉴诫录》中引其《题绣障子》，与《云溪友议》中的《观郑州崔郎中诸妓绣样》完全相同，并说作者是胡令能，我们得知胡生的名字。胡令能是唐代贞元、元和年间人，原籍莆田（今属福建）人，一说原籍河南中牟县，隐居圃田，其作品收入《全唐诗》仅存七绝四首。他的诗语言通俗浅显，有生活情趣，格调不高，从搞笑角度看，也属平平。传统诗论对他评价较低，往往与打油并论。真正搞笑的诗人们称之为“打油诗”。

③“张打油”与打油诗

后世论者多言“打油”体也产生于唐代，这是缺少可靠依据的。清代钱泳《履园丛话》中谈到“打油诗”时，言其“始见于《南部新书》”。《南部新书》作者钱易是北宋初人，如果该书中确有记载，说“打油诗”产生于唐还较可靠，然而传世的《南部新书》并无相关记载，钱易只记载了胡“钉铰”事，钱泳可能记忆有误，或者他把“钉铰”“打油”弄混了。传世的宋代著作中有两处提到“打油”，一是南宋末年杭州灵隐寺僧人普济编纂的《五灯会元》，其中有“留守陈丞相俊卿会诸山茶话次，举‘有句无句，如藤倚树’公案，令诸山批判。皆以奇语取奉。师最后曰：‘张打油，李打油，不打浑身只打头。’陈大喜。”陈俊卿是南宋孝宗朝宰相，于淳熙五年（1178 年）为江南东路安抚使，兼行宫留守。这段对话就发生在此时。这里所说的“打油”未必是指打油诗，而是指手工榨油。因为思考“公案”“奇语”需要绞尽脑汁思考，所以用榨油喻之，而且“不打浑身只打头”。另一处是南宋话本小说《冯玉梅团圆》（见《京本通俗小说》）中的《南乡子》：

帘卷水西楼。一曲新腔唱打油。宿雨眠云年少梦，休讴。且尽生前酒一瓯。

明日又登舟。却指今宵是旧游。同是他乡沦落客，休愁。月子弯弯照几州。

这里的“打油”是指具有“打油体”风味的诗词，但这篇小说已经是南宋末的作品了。

“打油”体的诗词流行大约始于两宋通俗文学大发展之时。北宋末东京汴梁说话艺人张寿（即张山人）自白“某乃于都下三十余年，但生而为十七字诗，鬻钱以糊口”（现在称之为“三句半”）。《东京梦华录》把这种艺术归为说“诨话”（说笑话）一类，可见用诗歌体裁来讲笑话，到宋代方兴，并可用来谋生。也许世间流传的打油体的创建者“张打油”也是张寿一类以说诗体笑话为生的江湖艺人。打油体的诗词与娱乐性的通俗小说最为匹配，因此一些话本小说以这类诗词为入话（演说正式故事之前的引子）也就不奇怪了。直到现在仍然有一些曲艺以通俗诙谐的打油诗作为将要演出正式节目的引子，用逗笑集中观众的注意力。已故的相声演员刘宝瑞常常以一首打油体的“西江月”作为其单口相声的入话：

远看忽忽悠悠，近瞧飘飘遥遥。不是葫芦、不是瓢，在水里一冲一冒。

这个说像足球，那个说像尿泡。二人打赌到江边瞧，原来是和尚洗澡！

为什么称这类搞笑诗为打油诗，我想大约取其“油嘴滑舌”之意。“油嘴”这个俗语在元初就已使用。关汉卿的《邓夫人苦痛哭存孝》一开场，李存信上场云：

我是李存信。他是康君立。两个真油嘴。实然是一对。

估计“张打油”这个名字也不一定是张某真实名字，而是绰号或艺名。两宋艺人有绰号或艺名的不少，如《东京梦华录》中记载的北宋艺人可知其必为绰号或艺名的就有：浑身眼、瘦吉、河北子、尹常卖等等，这是艺人使观众记住自己常用的手段。张打油也是如此。

“张打油”这个名字第一次见于元代散曲：

莲花落易学，桃李子难教。张打油啰啰连和得着，学不成打爻。牵着个狗儿当街叫，提着个爽儿沿街调，拿着个鱼儿绕街敲。这的是子弟每下梢！（《全元散曲》，《正宫·醉太平·叹子弟》）

这支曲子是讽刺不成器的纨绔子弟的。念书不成，落拓江湖，但吃江湖饭也要本事的，如唱“莲花落”，像张打油一样写“打油体”的诗词，或打卦算命，纨绔子一概不成，只好做乞丐。这里“张打油”被视为唱“啰啰连”（据考证这是流浪的吉卜赛人唱的一种曲调）的流浪艺人。

《中原音韵》的作者周德清（1277—1365，字日湛，号挺斋，江西高安人）批评于志能的散曲说：“‘此张打油乞化出门语也，敢云乐府？’志能深耻之。”周氏也把张打油视为以乞讨吃饭的江湖艺人，用来比喻于的散曲，使于志能很不高兴。

明代中叶的徐渭把张打油说成是“叫街的”。他有个很长的诗题——《郭恕先为富人子作〈风鸢图〉，偿平生酒肉之饷。富人子以其谩己，谢绝之。意其图必立遭毁裂，为蝶蝴化去久矣，予慕而拟作之。噫！童子知羡乌获之鼎，不知其不可扛也。虽然，来丹计粒而食，乃其报黑卵，必请“宵练”快自握，亦取其意之所趋而已矣。每一图必随景悲歌一首，并张打油叫街语也。亦取其意而已矣》，这里他用“张打油叫街语”谦称自己作品的格调低下。所谓“叫街”即乞丐，过去有些乞丐往往用“数来宝”“莲花落”等通俗的曲艺形式来乞讨，王世贞《艺苑卮言》批评唐伯虎诗“如乞儿唱《莲花落》”，也是说其诗格低下如“叫街语”。从这些话头可见徐渭也认为张打油是流落街头的江湖艺人。

由此可见，张打油不是唐人而是南宋末或元代初年的流浪艺人。他以说诨话为生，流传的一些打油诗可能就是开场诗或定场诗，如为人们熟知的《咏雪》：“江山一笼统，井上黑窟笼。黄狗身上白，白狗身上肿。”大家一乐，马上书归正传。

④打油诗进入搞笑文体

到了明代张打油与打油诗广为读书人所知，成为一种搞笑诗体，也渐成为热议的对象，其中以明中叶杨慎（升庵）为最。他在《丹铅总录》《丹铅续录》和《诗文集》多次论及张打油与打油体诗词：

> 《太平广记》有仙人伊周昌，号伊风子，有《题茶陵县诗》云：“茶陵一道好长街，两边栽柳不栽槐。夜后不闻更漏鼓，只听槌芒织草鞋。”时谓之“覆窠体”。江南呼浅俗之词曰“覆窠”，犹今云“打油”也。杜公谓之“俳谐体”。唐人有张打油作《咏雪》诗云：“江山一笼统，井上黑窟笼。黄狗身上白，白狗身上肿。”《北梦琐言》有胡钉铰诗。（《升庵诗话·覆窠俳体打油钉铰》）

杨慎从正统诗论出发，认为打油体格调不高，不仅不值得效法，而且在写诗填词时要警惕，不要堕入打油恶道。此后在正统诗论中“钉铰”“打油”成为贬义词，打算以诗名世的文人士大夫避之唯恐不及。

自唐代以来写诗是非常普及的事情，只要受过正规教育的人，都要学对对子、学写对联、学写诗。读书多的、熟读历代诗歌作品的，审美层次较高，他们倡导神韵、格调，甚至以学问为诗，都要回避打油，可是诗歌创作中还有追求个性表达、弘扬性灵的一派，他们不避通俗，有的甚至也不回避打油，因而打油体作品逐渐多了起来。杨慎在《升庵诗话》也载有搞笑的打油诗：

> 小市水涨，妓居北岩寺，黠少年作诗曰：“水涨倡家住得高，北岩和尚得松腰。丢开《般若经》千卷，且说风流话几条。最喜枕连添耍笑，由他岸上涌波涛。师徒大小齐声祝，愿得明年又一遭。”亦可笑。

小城涨水，北岩寺地势高，妓女搬到这个和尚庙里住，本来是“冰炭不可同器”的，突然搞到一起了，这刺激了许多人的遐想，“黠少年”把这种遐想用诗写了出来，便产生了笑点。明代周晖说：“诗至于打油，恶道也。就而论之，刺之不入骨，听之不绝倒者，弗工也。若施半村、王吉山、陈秋碧、郑玉山、

金幕桢、王次山、朱企斋、杨万壑、段钟石，皆擅此长。”（《金陵琐事·打油》）

从抽象原则上来说，周晖也不赞成打油体，也称之为“恶道”，但又赞扬打油诗的讽刺功能和娱乐性。他的这段话还透露了明末还活跃着一批写作打油诗的作者，他们中的许多人还是饱学之士。如著作等身、文韬武略冠绝一时的汪道昆也写打油诗。《野获编》中记载：

> 汪伯玉（道昆）司马乡人方于鲁，故以造墨知名，亦颇学诗。一日御新绒袍谒司马，时已及暮春，方矜庄就坐，汪口占谑之云：“爱着兰州跎踏绒，便教星夜赶裁缝。寒回死守桃花雪，暖至生憎柳絮风。尽日蒙眬捋细甲，有时抖擞挺高胸。寻常一样方于鲁，才着毛衫便不同。”方面赤急遁。

方于鲁是万历时著名的制墨工人，有个贵官送他一件毛料子制成的袍子，方穿上这件衣服，行动坐卧，均有异样，顿时显得庄严起来。喜爱通俗文艺作品的汪道昆写了这首打油诗嘲笑他。

当然，还是通俗文学作品不避讳打油。一些通俗小说中很坦然地将书中所附的诗歌作品称为打油诗。诗歌要押韵对仗，因而更易制造诙谐幽默的效果，人往往称其为诗，后一种称呼更普遍一些。它们共同的特点是通俗、搞笑。

戏曲、散曲往往是要面对广大观众的，因此它对通俗、搞笑也是欢迎的。王骥德《曲律》有专章论俳谐：

> 俳谐之曲，东方滑稽之流也，非绝颖之姿，绝俊之笔，又运以绝圆之机，不得易作。著不得一个太文字，又著不得一句张打油语。须以俗为雅，而一语之出，辄令人绝倒，乃妙。元人《嘲秃指甲》词："十指如枯笋，和袖棒金尊。搊杀银筝字不真。揉痒天生钝。纵有相思泪痕，索把拳头揾。"《中原音韵》及弇州皆极赏之，然首语及"揉痒天生钝"句，尚觉著相。此体亦是西楼最佳，如《失鸡》《转五方》等曲，皆极当行。吾乡徐天池先生，生平谐谑小令极多，如《嘲少发大脚妓黄莺儿》中二句"妆台上省油，厮打处省揪，未下妆楼，金莲一步，占著两块大砖头"，《嘲瘦妓》"四两面条搓，抹胸膛三寸罗，俏郎君一手挢（平声）三个"，《嘲歪嘴妓》"一个海螺儿在腮边不住吹，面前说话倒与傍人对，未抹胭脂，樱桃一点搓（去声）过鼻梁西"等曲，大为士人传诵，今未见其人也。（《曲律》卷第三）

王骥德虽然赞成搞笑，但觉得张打油体一味通俗缺少内涵，他觉得含蓄一些更好，但其所推举徐渭的几首嘲弄妓女的曲子也未必见得高明。他表彰的、但没有著录王磐写自己丢鸡和嘲讽作法事的和尚的小曲倒是很可读的。他认为这才是“正当行”的。录之如下：

平生淡薄，鸡儿不见，童子休焦。家家都有闲锅灶，任意烹炮。煮汤的贴他三枚火烧。穿炒的助他一把胡椒。到省了我开东道。免终朝报晓，只睡到日头高。(《满庭芳·失鸡》)

大扬幡做道场。齐秉烛斋神像。乱敲钹惊地府。蛮擂鼓震天堂，闹动衔坊。显手段的唐三藏，逞风流转五方。赤紧的行者能顽，又撞着东家好攘。(《南吕·一枝花》)

像这类戏谑性的通俗小曲在民间比比皆是。

三、引人发笑的几个要素

第一，说笑话者位置要低，要站在比听众低的位置，不能高高在上教训听众；第二，“只要对景就发笑”；第三，要在意想之外，在情理之中；第四，不能没有“皮”，但“皮”又不能太厚，太厚了只能回家去乐。

1. 说笑话者和笑话本身位置要低

前面说到笑话是有听众期待的，不仅期待听众听，而且还期待他们笑；听笑话者也在期待着笑。笑话所嘲笑的都是比常人还要低一些的人物或事情。喜剧大师卓别林说他的作品之所以令人发笑，就是善于把人们处在尴尬局面中的窘态表现出来，使观众陡然产生一种优越感，从而开怀大笑。柏拉图说笑是一种“鄙劣的情感”，就是指人们笑的总是别人小小的不幸，比如在庄重的场合大人物滑了一跤，整装的警察巡逻时帽子被风吹走了……古代讲笑话的优人非常懂得这一点，他们有时故意装出自己有多高大，实际上是为自己的渺小做铺垫：

高祖尝令人读《文选》，有郭璞《游仙诗》，嗟叹称善。诸学士皆云："此诗极工，诚如圣旨。"动筩即起云："此诗有何能！若令臣作，即胜伊一倍。"高祖不悦，良久，语云："汝是何人？自言作诗，胜郭璞一倍。岂不合死！"动筩即云："大家即令臣作，若不胜一倍，甘心合死。"即令作之。

动筩曰："郭璞《游仙诗》云：'清溪千余仞，中有一道士。'臣作云：'清溪二千仞，中有两道士。'岂不胜伊一倍？"高祖始大笑。(《中国笑话大观·启颜录》)

"高祖"是北齐时皇帝高欢，他是残暴的皇帝。石动筩是宫廷艺人，周旋于皇帝宫嫔之间。人说伴君如伴虎，动筩更为不易。当高欢赞美郭璞《游仙诗》时，连诸学士都齐声赞美，可是动筩却独立于诸人之外，而且似乎高明于皇帝，引起了高欢愤怒。可是这一切都是为了展示自己的"清溪二千仞，中有两道士"。"高祖始大笑"正是他发觉了石动筩的"愚蠢"和自己的"优越"。

"较常人低"不等于肆意丑化自己或贬低笑话中的人物。在揭示他们让常人感到可笑的一面时，并不妨碍展示他们可爱的一面。如《拊掌录》记北宋初年武将韩简：

魏博节度使韩简，性粗质美，对文士不晓其说，心常耻之。乃召一孝廉讲《论语·为政篇》，翌日，语从士曰："近方知古人淳朴，年至三十方能行立。"闻者大笑。

韩简虽然弄错了"三十而立"的含义，但读者却感到这位以不学为耻并勇于发表自己读书感想的粗人的可爱。一些笑话的作者在揭示一些可笑的社会现象时并未把自己排除在外，正如冯梦龙所说"还有古今世界一大笑府，我与若皆在其中供话柄"（《广笑府序》）。因此这与尖酸刻薄、专门搜罗与他人缺欠是根本不同的。在文人士大夫创作的笑话中，这类作品是主流，是应该肯定的。

2."只要对景就发笑"

这句话是《红楼梦》中的薛姨妈说的。《红楼梦》第五十四回贾母讲笑话，说吃了孙悟空尿的儿媳妇嘴巧。凤姐刚卖弄完了巧嘴，大家听了贾老太太的笑话都笑了起来，认为这是指凤姐说的。薛姨妈说："笑话儿不在好歹，只要对景就发笑。"不对景的笑话就像走了电的电池，外观没有变化，却没有动力了。

古代优人们传下的笑话相对来说针对性强。俳优的笑话大多属于这一类。北宋真宗、仁宗朝西昆体流行时期，馆阁学士们以唐代李商隐为模仿对象，生吞活剥，摘其成句与典故以拼凑自己的作品。这种风气弥漫诗坛。此时一次文士宴集，有位优人扮作李商隐，穿得破破烂烂。另一位优人问："先辈为什么如此败落？"那位优人回答说："我被馆阁诸公撕拉剥取至此。"这句话引起了人们的哄笑，这正是"对景"的结果，如果没有那个典型环境是不可能达到如此强烈的效果的。

这类例子很多。现在的一些曲艺和戏曲中即兴的"抓哏"就是古代俳优即兴表演的遗留。例如 20 世纪 40 年代末喜剧电影《二百五小传》写一个爱国的京剧艺人二百五演《法门寺》，他扮演小太监贾桂。大太监刘瑾在审郿坞县知县赵廉，贾桂把百姓告发赵廉的状纸拿给他看："你做了一任好父母官，儿女百姓无恩可报，弄了这么一张擦屁股纸，就把尊驾您给刷下来啦！我说赵廉，你认识字吗？"赵廉回答："我二甲进士出身，焉有不识字的道理。"贾桂在此插了一句："我以为你读日本文，把中国字都忘了呢！"当时，日本人占领北平，强迫学日文。二百五这句打诨，"对了景"，观众哄堂，但也招致日本占领军的愤恨，把他抓了起来。

20 世纪 70 年代天津某剧团演《沙家浜》。在阿庆嫂与刁德一周旋时，递给刁德一一支烟，并说："烟不好，阿尔巴尼亚的。"这句打诨也引起观众的哄笑。现在读者很难理解了。那时人们笑，因为有对两个神圣物（样板戏、阿尔巴尼亚）的亵渎，使平庸人们产生了优越感。另外，它也很"对景"，当时阿尔巴尼亚香烟，包装精美（与国产香烟相比），适于敬客；价格便宜（每盒不到两角钱），因为它是土耳其香型的，国人不习惯，把它称作“穷人美”。这些都是引起观众强烈反应的原因。结果演员以“丑化样板戏”的罪名被判刑。

3. 意料之外与情理之中

写作笑话者要有想象力，敢于夸张与遐想，突破听众的思维定式才能引起人们发笑。

> 鄠县有人将钱绢向市，市人觉其精神愚钝，又见颏颐稍长，乃语云：“何因偷我驴鞍桥去，将作下颔？”欲送官府。此人乃悉以钱绢求充驴鞍桥之直，空手还家。其妻问之，具以此报。妻语云：“何物鞍桥，堪作下颔？纵送官府，分疏自应得脱，何须浪与他钱绢？”乃报其妻云：“痴物，傥逢不解事官府，遣拆下颔检看，我一个下颔，岂只直若许钱绢？”（隋·侯白《启颜录》，见《中国笑话大观》）

这个笑话开篇就有三奇。这个鄠县的“市人”竟说入城的“鄠人”脸是他“驴鞍桥”，这是一奇；而且要到官府去告他，这是二奇；“鄠人”竟把钱绢给了“市人”，以偿其驴鞍桥，求他别打官司，这是三奇。然而这还只是铺垫，更令人叫绝的是“鄠人”回到家与妻子那段争论，妻子责备他为什么不到官府理论，白白把钱绢给了“市人”？“鄠人”回答更出于意外，他反问妻子，如果碰到不解事的官府，要拆下我的下颔看一看，我怎么办？“鄠人”看起来糊涂，其实他对官府的昏聩有足够的估计和认识。

又如：

> 三人同卧，一人觉腿痒甚，睡梦恍惚，竟将第二人腿上竭力抓爬，痒终不减，抓之愈甚，遂至出血。第二人手摸湿处，认为第三人遗溺也，促之起。第三人起溺，而隔壁乃酒家，榨酒声滴沥不止，以为己溺未完，竟站至天明。
> （冯梦龙《笑府·殊禀》，见《中国笑话大观》）

这是一个荒诞而精彩的故事，写的都是日常生活中的小事，但又非常离谱。故事中三位仿佛现今心理学所说的“心理错位者”。外国荒诞派的荒诞作品往往是悲剧，而国人却能用荒诞制造“笑”。故事中三人一个比一个更严重地丧失了对现实生活的感觉。他们在现实中受到刺激后不能作出正确的反应，这样他们不仅不能斥拒刺激、保护自己，反而伤害了他人。而且第三位竟被虚幻的想象引得自己白白地站了一宿。你说它好笑吗？却也令人深长思之。五六十岁的人们或许都有过这样的体会，过去对一些刺激的反应是不正常的，也曾被幻象折腾了不少年头的。我们做过的一些事情可能比那位“以为己溺未完，竟站至天明”者更可笑。因此，稍有阅历者都会感到，它是合乎情理的。荒诞的想象往往在其深处却暗含着生活的逻辑。

4. 笑话的“皮”不能太厚

所谓“皮”是借用相声术语。相声把笑料叫作“包袱”，相声在引人发笑之前都要有个铺垫过程，叫“包包袱”；铺垫圆满后，最后把包袱皮一撤，叫“抖包袱”。这时听众大笑。相声艺人认为，不能没有“包袱皮”和“包包袱”，没有则不能把观众的思维引向自己所需要的轨道。“抖包袱”则是最后亮出底牌，这个“底牌”大悖于观众的思维，脱出原来的轨道，这个意外才引起观众的发笑。如果包袱皮太厚，则抖得不响，观众对于“结论”不理解或一时绕不过弯儿，也不容易笑。

笑话也有这个问题。前面《启颜录》“鄠人”的笑话前面的“三奇”都是包包袱皮的过程，读了这些，读者会觉得这个“鄠人”是个糊涂虫，或是个傻子吧！最后与妻子的争论才是抖包袱，他才不傻，甚至是个智者。违背了读者原来的认知，从而引起发笑。

侯宝林相声中的《改行》，前面的垫话中说皇帝死了不许有喜庆颜色出现，不许见红。蜡烛不能卖红的，家里的红柱子要包上蓝布，连红萝卜、红辣椒都不能卖，要卖就要做套把它套上卖，这些虽然也荒谬，但大体上还不离谱（也就是人们受点罪还能做得到），但都是铺垫，表明皇权专制管制的严酷。最后引出“我大爷是酒糟鼻子赤红脸”，脸和鼻子都是红的，大爷一出门，就被看街兵打了一个嘴巴，并喝令：“回去”，“要出门先把鼻子染蓝了”。这样把“不能见红”推到了极端，这是正常人思维所不能达到的，所以也能发笑。

明代陈皋谟的《笑倒》中有《凶人》：

> 一翁好施，天大雪，见一人避雪于门，怜而延入，暖酒与敌寒，遂留一宿。次日雪又下大，不可行，又留之，如是三日。天晴，此人将别去，因向翁借刀一用，翁取刀出，持以谓翁曰：“素不相识，承此厚款，无可以答，唯有杀此身以报耳。”遂欲自刃。翁惊止之曰：“如此则害我矣！”其人曰：“何也？”翁曰：“家中死了一个人，零碎吃官司不必说，一切无事，烧埋钱也要十二两。”其人曰：“承翁好意，不好算得许多零碎，竟拿烧埋钱十二两与我去罢。”翁大怒，遂喧嚷惊动邻里，为之劝解，减其半六两与之。临去，翁叹息曰：“谁想遇此凶人！”其人曰：“不说你凶，倒说我凶？”翁曰：“如何是我凶处？”其人曰：“既不凶，如何留得我三夜，就扣除我二两一夜？”

这个笑话是一步一步剥开这个“凶人”的无赖面孔。最后他竟把“凶人”的帽子戴到乐善好施的老翁头上，真是可笑又可恨。这也是一个很典型的“包包袱”与“抖包袱”的过程。

这些笑话应该说“包袱”的“皮”的厚薄处理比较适当，因为在当时很容易引起读者发笑。时代的流转、社会生活的变迁，许多古代的笑话现在读来不笑了，例如前面“郢人”，缺少古代文学知识的读者由于文字的障碍，恐怕连内容都读不懂，例如“钱绢”“颏颐”“鞍桥”“下颔”“浪与”等确切的含义也不一定知道，因此“包包袱”说的什么都弄不清楚，这就是“皮”厚，那么“抖包袱”不响自然也就在情理之中了。

四、幽默感是笑话创作的心理基础

笑，人人都会，而笑话创作非有幽默感的人不办，幽默感是笑话创作的心理基础。生活中有许许多多可笑的事，有的人一笑之后，没有很多的心理感受，可是有的人就久久难忘，会写的人就会把它记录下来，以供他人一笑；不会写的人，也会把它记在心里，转述给他人。这些人是有幽默感的，正是这种心理，使得他们能够认识到笑、笑的意义，并有了把它们表达出来的欲望。古人有的人喜欢笑、对于笑很敏感、对于笑有独特感受，如《诗经·淇奥》赞美西周末的卫武公“善戏谑兮，不为虐兮”，说他喜欢开玩笑，不刻薄待人，这是一个有幽默感的国君。后来人们会用“滑稽之雄”“善诙谐”“诙谐善谑”等来指称这些善于说笑话和对于笑话很敏感的人物，但似乎都不那么准确。现今有了“幽默感”这个词才能把它表达出来。

那么什么是幽默感呢？这要从幽默谈起。

1. 什么是幽默

幽默是个外来词语。那么什么叫幽默呢？“幽默”这个词古已有之，《九章·怀沙》中就有“孔静幽默”的句子，但那时“幽默”作“寂静无声”解，与现代意义上的幽默不相干，现代意义的幽默是林语堂于1924年从日本引进的，他在北京《晨报副刊》发表《征译散文并提倡“幽默”》和《幽默杂话》。这里的幽默只是英语humour的音译。一般英文词典把“幽默”解释为“滑稽、可笑、有趣”。《大英百科全书》把“幽默”和“机智”列为一个词条。这可以视为一种广义的幽默。这个词一出现，马上就有人应用。20世纪一二十年代的文人曹绣君，在他编纂的《古今情海》中改写古人遗文时多次用到“幽默”这个词。

然而这个解释并没有被中国学术界广泛接受，当然，这与那万方多难的时代有关。鲁迅就讽刺说：“我不爱‘幽默’。”又说：“中国向来不大有幽默。”幽默是从日本转口的二手货，所以日本关于幽默的理论对当时的知识界有很大影响（日本则是受到德国哲学的影响）。鲁迅先生说中国没有幽默正是根据日本理论家对幽默的理解而做出的论断。日本《万有百科大事典》对幽默的解释颇有代表性，书中写道：曾经有人把“幽默”译成“有情滑稽”，这虽不成熟，但却有一定道理。幽默中的笑并不是那种无情的嘲笑（笑别人的愚蠢、笑自己所看不起的人）。它凝聚着对人类，包括自身的可悲性格的爱怜之情，这是比较高级、复杂的笑。这可以说是对“幽默”的狭义解释。这种理解在中国的理论界与文艺界占主导地位。因此人们不得不把一些廉价的笑料——诸如丑角的插科打诨、矫揉造作的喜剧动作、智力上的自我炫耀、变着法骂人的低级笑话、对弱智者或残疾人的恶意捉弄等等——看作幽默。“论语派”作者的许多文字流于此道，所以受到鲁迅以及后来的钱锺书等人的讥刺，这不是没有道理的。

“幽默”这个词在中国存在及流行了近七十年，其间虽然也是几经风雨，但学界对它逐渐形成了共识。幽默从高层次说，它是人的一种气质、一种心态、一种人生态度，具有幽默感的人们善于以温厚的诙谐和同情的愉悦待人接物，拉近了人与人之间的距离，克服了人我之间的隔阂。从浅层次来说幽默是一种艺术手段，是一种特殊的喜剧形式，是一种轻快、诙谐而且意味深长的笔调，是一种风趣而机智的思考问题的方法。它的本质是用“神形倒错”的方法来表现美压倒丑的优势。其表现效果则是一种轻松而有深意的笑。幽默不是挤出来的，只有具有幽默感的人才能有幽默艺术的表现。所以鲁迅说一个月挤出两本幽默杂志本身就不幽默。从深层次说，幽默是一种人生态度，是以博大宽广的胸怀对待人生，以悲悯同情的眼睛去看待世界。因此，笑过之后往往是深思与眼泪。

幽默与诙谐、机智、讽刺关系最近，它们的表现效果都是令人发笑。如果仔细审视，它们之间还是有差别的。诙谐或者说滑稽一般没有什么深刻的内容和对现实的针砭意义，有的只是逗人一笑。一些喜剧、闹剧的夸张动作，滑稽戏、相声、幽默小品中的噱头，如无社会含义皆属诙谐，而幽默一般具有严肃的社会内容。机智主要指人们在应对时反应敏捷、能言善辩、随机应变、富于机趣。这种品质是构成幽默不可或缺的要素，但它本身并非幽默，过分卖弄机智甚至可以说是一种反幽默现象。机智只有伴之以思想与宽容，又能把握好分寸，才能构成幽默。有的幽默也含有批评之意，但一般说来讽刺在批评丑恶现象时比较尖锐，所指也较为具体，而幽默则较为温和，较为虚泛、含蓄。这里我们可以举两个例子体味一下幽默与讽刺的区别：

齐奄家畜一猫，自奇之，号于人曰："虎猫"。客说之曰："虎诚猛，不如龙之神也，请更名曰：'龙猫'。"又客说之曰："龙固神于虎也，龙升天，须浮云，云其尚于龙乎？不如名曰'云'。"又客说之曰："云霭蔽天，风倏散之，云故不敌风也，请更名曰'风'。"又客说之曰："大风飙起，维屏以墙，斯足蔽矣，风其如墙何！名之曰'墙猫'可。"又客说之曰："维墙虽固，维鼠穴之，墙斯圮矣，墙又如鼠何！即名曰'鼠猫'可也。"（明·刘元卿《贤弈编·应谐录》）

局里要求给毛驴写鉴定。狗熊写上："头脑迟钝，固执己见"。狐狸说："别犯傻了，你不知道上级要提拔他？""那叫我写什么好呢？"狐狸写上："毛驴同志稳重谨慎，立场坚定"。（苏联《鳄鱼》杂志）

上面两个例子题材相近，主题都是"名""实"问题，作者对名实不符的社会现象也皆持批评态度。前者态度较为温和、含蓄，作者感慨人们追逐美名而失去了物的"本真"，欲益反损。而后者态度较为尖刻，对于那些仰承领导鼻息之人的丑陋，批评也很尖锐。因此，前者近于幽默，后者近于讽刺。

当然，在具体的艺术实践中这些相近的范畴还是很难分清的，互相比较时还都属于朦胧概念。一般说来，如果做到"诙谐重内容，宽广避肤浅；讽刺磨而钝，去其酸与刺；机智富情趣，远离油滑调"。那么虽非有意追求幽默而离幽默不远矣。幽默，特别对人生来说是可遇而不可求的。

2. 什么是幽默感

幽默感说得直白点就是对幽默的感觉。其表现有二：一是理解与接受；二是反映与表现。前者是由内到外的体验，后者是由内到外的散发。

林语堂说："幽默本是人生之一部分，所以一国的文化，到了相当程度，必有幽默的文学出现。”（《论幽默》）基于这种认识，他认为中国的幽默源远流长，“中国人人都有自己的幽默”。鲁迅的见解与此针锋相对，他说：“我们有唐伯虎、有徐文长，还有最有名的金圣叹……和‘幽默’是并无什么瓜葛的。”因为“皇帝不肯笑，奴隶是不准笑的。他们会笑，就怕他们也会哭、会怒、会闹起来”。“这可见‘幽默’在中国是不会有的”。鲁迅所说是皇权专制主义社会的总体情况，并根据他对当时政治现实的感受，这也是有道理的。因为专制主义是反人性的，而幽默是从人性中引申出来的。幽默要有两大支柱：一是文明，一是自由（没有恐惧），缺一不可，而这两者都是与皇权专制主义水火不相容的。我们不妨看一看西安临潼出土的秦兵马俑。那些披挂齐整、全副武装的将士，作为战斗群体确实是威风凛凛、势不可当的；可是作为个人，它们个个面孔严肃、目光呆滞，毫无喜怒哀乐的表情，可以说没有个性，哪来的幽默呢？它们正体现了秦始皇统治的威严、残酷。他把统治下的百姓整治成为毫无灵性的“一段呆木头”。鲁迅也说：“专制使人变成死相。”因此，封建社会里，从整体上来看，国人是严肃有余、幽默不足的。正人君子，不苟言笑；斗筲小人，不敢言笑；上人下人之间不会笑；男女之间不能笑。宋代诗人陈师道有句云：“不惜卷帘通一顾，怕君着眼未分明。”虽有寄托，亦不免被道学家责为轻薄。连侠肝义胆的胡诠被贬到海南十多年，回来时与海南女子黎倩告别时写下“君恩许归此一醉，旁有梨颊生微涡”。朱熹对此都要讽刺：“十年湖海一身轻，归对梨涡却有情。世路无如人欲险，几人到此误平生。”倒是陈后主之妹乐昌公主亡国之后，没入豪门，得见到前夫徐德言所写的两句诗“今日何迁次，新官对旧官”颇能反映专制下知识阶层的心态；“啼笑俱不敢，方验做人难”。这是受到文明熏陶的士大夫的心态，至于广大劳苦民众连“啼笑”的能力也被剥夺了，他们过的是“辛苦麻木”的生活。这仅是问题的一面，当然是主流的一面。中国封建社会长达两千多年，各个时期的专制程度是大不相同的，因而人们的心态也就大有区别。首先，是在皇权专制社会上升时期与没落时期不同，鲁迅也说过遥想汉唐时期的闳放就与宋以后国粹气味熏人大不相同；其次，国家的统一与分裂、皇帝才智的高低及其信仰何种学说，以及统治集团的腐败程度都对一个时代的政治气候有所影响，而政治气候是严酷还是宽松都直接影响当时人们的心态。例如先秦时期皇权专制统一的国家还没有建立，只是诸多大大小小的诸侯国，除了一些暴君统治的国家外，大多诸侯国的统治较为宽松。我们还可以从《诗经·国风》中的一些篇章中想象当时青年男女嬉笑戏谑的情景。于是就有《卫风·淇奥》中“善戏谑兮，不为虐兮”的名句。这种相对宽松的政治气候与社会氛围给幽默以滋生、成长的空间。不仅先秦，汉、唐期间也有过统治相对较为宽松的时期。另外，专制社会中人与人之间不单纯是君臣、父子这种上下之间统治与被统治的关系。五伦之中还有平等或接近平等的夫妇、朋友、师友、兄弟之间的关系。统治与被统治之间很难以幽默沟通，而平等或接近平等的人们之间则较宜于以幽默交流，这主要取决于交流主体的文明程度与时代氛围。即使政治气候比较严酷，如果主体胸襟开阔、气度超脱，其幽默仍不可灭。北宋苏东坡因诗文触时忌而被迫害，朝廷派钦差到湖州拘捕他，一家人非常紧张。妻子王氏哭得死去活来，东坡却十分镇定，给她讲了一个故事：宋真宗时有个隐士叫杨朴，能作诗。真宗召见他，问他能否作诗？杨说不能。真宗问："临行有人作诗送行否？"杨说只有老妻作了一首七绝：且休落托贪杯酒，更莫猖狂爱咏诗。今日捉将官里去，这回断送老头皮！意思是为担心会被官家捉去，再不要贪酒吟诗，否则要把老脑壳葬送掉的。真宗听了大笑，把他放回了家。讲完这个故事苏东坡就风趣地说："你难道不能像杨隐士妻那样作一首诗为我送行吗？"这句话把王氏也逗笑了。可见幽默没有完全因为专制而绝迹。幽默还与一个人的主观世界，也就是他的学养、阅历有着深刻的联系。先秦是中国知识阶层最活跃的时期，也是幽默及幽默文学大放光芒的时期。那时的许多学者都有幽默感，特别是各个学派的领袖都是极富幽默感的人。被后人奉为"大成至圣先师"的孔子并不像电视剧所演的那样永远板着脸"做思考重大问题状"。我们从《论语》及其他有关记载看，他是一位极有风趣并具一定平等精神的学者。林语堂说："当今世人只认孔子做圣人，不让孔子做人，不许以有人之常情。"又说："孔夫子一多情人也，有笑、有怒、有喜、有憎，好乐好歌，甚至好哭，皆是一位活灵活现人的表记。”（见《思孔子》）《论语》所记多是孔子雍容、和易、幽默的一面。孔子与学生交流过程中也很少有居高临下、盲目维护师道尊严的一面。例如有次他带着学生从武城经过，其时孔子弟子作为“武城宰”的言偃正在武城推广礼乐教化。他莞尔笑曰：“割鸡焉用牛刀”，有嘲笑言偃小题大做之意。言偃听了反驳说：“君子学道则爱人”，意为：自己学习儒道就是推行礼乐以爱人，难道因为治理的地方小就不奉行此道了吗？孔子也感到自己说错了，并不固执己见，也没感到伤了面子。他说：“二三子，偃之言是也，前言戏之耳。”无论是前面说的“错话”，还是后面的更正，都可以看出孔子为人的豁达坦荡和他在与学生沟通时的幽默态度。

孔子在回答学生问题时也常常表现出宽厚、机智和诙谐，极有幽默感。例如子路问事鬼神，孔子回答说：“未能事人，焉能事鬼？”又问“死”，孔子说：“未知生，焉知死。”孔子对子路的提问是有所不满的，但又不正面批评他，而是温和地加以引导，可见孔子宅心仁厚。其他如老子、晏婴、庄子、孟子、荀子无不具有幽默感。他们也写过许多幽默故事。甚至看来苛酷寡恩的法家代表人物韩非在其著作《韩非子》中为大家所熟知的“郑人买履”“守株待兔”“滥竽充数”“郑人争年”“卜妻为裤”“矛盾”等等可笑故事中也可想见他并非全无幽默感的人，在他写这些故事时嘴角一定会流露出笑意。

先秦以后的一流学者、文士皆可以说是富于幽默感的。这里仅举几个尚未被读者普遍认可的例子以说明之。如谈到司马迁给读者印象最深的是他受腐刑后的“肠一日而九回”的痛苦与惋愤。其代表作品《史记》也被称为“无韵之《离骚》”。固然《史记》有着强烈的爱憎倾向，但司马迁又是历史的观察者，他有超越世俗与常人的冷静、客观和理性，因此在他笔下许多历史事件与人物是富于喜剧性的，不必说他在描述汉高祖刘邦的游民无赖作风与平凡小事时处处流露出幽默感，令人忍俊不禁，即使写到秦皇汉武这些直至今日仍令许多具有奴性的人士仰望的人物时也多有喜剧性的情节（如秦始皇为巩固其政权所做的种种努力与二人对长生和求仙的企望）。《外戚世家》写汉景帝的窦皇后与失散多年的弟弟初次相会，话及昔日艰辛时“于是窦后持之而泣，泣涕交横下。侍御左右皆伏地泣，助皇后悲哀”。用笔简洁，不加评述，只从旁观者角度再现其场景，但其可笑便展现在读者面前。又如《万石君列传》写石奋一家“无文学，恭谨无与比”之情景，亦足令人喷饭，石奋的一个在礼数上最“简易”的儿子石庆，为皇帝驾车出行，“上问车中几马，庆以策数马毕，举手曰‘六马’”。石家就靠谨小慎微，也一个个位至公卿。司马迁在客观地描写石家为了“恭谨”而超常地做作与虚伪时也流露出对他们的悲悯，因为在严酷的统治下，祸不旋踵，“恭谨”是维持生存的手段。因此，仔细体味这篇列传，其中的幽默是大于讽刺的。

杜甫作为诗人给读者的印象是“贫病老丑”，有人冠以“村夫子”之称加以讥笑。近几十年来，研究者又只强调其作品的“批判性”“战斗性”的一面，于是杜甫似乎在叹老嗟卑、哀痛伤感之外就是横眉立目了。其实杜甫自有其温厚、幽默的一面，这些亦时时从其作品中流露出来，特别是在与朋友的交往和家庭生活中，杜甫的幽默性格表现得更为充分，比如他写给不拘形迹的朋友郑虔的诗：

广文到官舍，系马堂阶下。醉即骑马归，颇遭官长骂。才名三十年，坐客寒无毡。赖有苏司业，时时乞酒钱。

郑虔诗书画皆佳，唐玄宗亲自品题为“三绝”。可是这样的人才竟然求温饱而不可得，时时仰仗朋友接济。诗中有对统治者轻视人才的愤怒，但更多的还是对好友的同情与安慰。可以想见郑虔读到此诗时会开心一笑吧！对于家中的老妻稚子则更是如此，不论环境如何困难，诗人在妻子儿女面前总是带着微笑，以博大的胸怀抚慰他们。即使反映战乱之苦和自己对朝廷大政意见的《北征》中也没有忘记以谐谑的笔调写到自己归来给妻儿们带来的欢乐：

那无囊中帛，救汝寒凛栗。粉黛亦解包，衾裯稍罗列。瘦妻面复光，痴女头自栉。学母无不为，晓妆随手抹。移时施朱铅，狼藉画眉阔。

“痴女”晓妆狼藉，胭脂粉黛涂了满脸，与女儿的调笑也正是对妻子的幽默。其他这类例子还很多。可见杜甫也不是总板着面孔的。

幽默在民间更没有绝迹，这主要表现在民间文学的创作中，如歌谣、笑话、民间故事、曲艺、相声等皆与幽默有不解之缘。它们不仅是民众情绪的反映，也是他们智慧的结晶。幽默与智慧是孪生姐妹。《左传·宣公二年》记宋国将领华元率宋军与郑楚联军交战，战败被俘，宋以“兵车百乘，文马百驷”将他赎了回来。他还神气活现地巡视民工筑城工地，于是民工们唱道：“睅其目，皤其腹，弃甲而复；于思于思，弃甲复来。”寥寥数语为这位丢盔弃甲的败军之将描绘出一幅极可笑的画像。他瞪着圆眼，腆着肚子，挓挲着络腮胡子在城墙上走来走去道：“牛则有皮，犀兕尚多，弃甲则那。”牛皮、犀牛皮还很多嘛，损失一些甲胄又算什么呢？用现在的话说交这点儿学费算什么呢？民工们又接着唱道：“从其有皮，丹漆若何？”纵然还有各种皮子，但没有丹漆彩绘怎么办呢？意为您的学费交得太多了吧！华元语塞，对副手说“他们人多，我们说不过他们”，于是狼狈而去。看来华元还很大度，他没有恼羞成怒，这也正是民工们敢于对他幽默的前提。统治的宽松是幽默赖以生长的土壤，否则人们救过不赡，又怎么幽默得起来呢？

后世好多笑话出自民间，但由于制度的变化，专制日益强横严酷，像敢于这样当面嘲笑统治者的幽默不多见了。对自己生活处境不满时往往变成自嘲，这在历代笑话作品中很常见。明代徐渭在《答张太史》的信中记杭州脚夫的话说：“风在戴老爷家过夏，我家过冬。”只一句话便把“戴老爷家”的生活环境与“我家”的生活环境的巨大差别形象而幽默地表现出来了。民众的机智幽默有时也是难以企及的。

幽默与幽默文学还有一个来源，那就是古代宫廷俳优的戏谑。宫廷俳优大约在夏商之时即已存在，春秋时代引起社会的关注。如晋国的优施、楚国的优孟、齐国的淳于髡都是以其大胆参与朝政而载诸史籍的。俳优的职责是娱乐君王与后妃。他们是职业的滑稽家、幽默家，如果说以“卖笑”为生的话，首先应该是指他们。不过这个“卖笑”与我们通常所说的娼妓卖笑略有区别。娼妓卖笑是用自己的“笑”去取悦他人，换得一碗饭吃；而俳优“卖笑”往往是自己不笑而使他人笑。宫廷俳优多非俊男靓女，有些还是残疾人，要把他人逗笑还是不容易的，这就要求他们掌握笑的规律、笑的艺术。由于宫廷俳优地位特殊，整天与帝王后妃打交道，所谓“职位不高地位高”。其耳濡目染的又多是国家大事，因此他们在逗君王一笑的同时，往往融入了自己对于时政、社会、人生的意见。又由于他们精通笑的艺术，善于把一些尖锐批评化为“婉而多讽”的幽默表达出来，使听者在笑过之后，比较易于接受。这类事例极多，任二北先生曾辑《优语集》，收录历代俳优带有幽默色彩的讽谏之语。

《史记·滑稽列传》记录先秦至秦汉俳优事迹，并赞美他们“不流世俗，不争势力，上下无所凝滞，人之莫害，以道为用”（《太史公自序》），也就是说这些敢于讽谏、敢于表达自己意见的俳优，以他们的幽默打通了上下之间的阻隔，是颇有点儿超脱精神的，因此，他们机智而又富于谐趣的“微言”是可以起到“排难解纷”作用的。幽默自先秦之后不绝于世，基本上是沿着士大夫、民间、俳优这三条线索发展。一般来说，宋代以前幽默精神多体现在文士各种著作中（如史籍、子书、笔记以及各种诗文集），而且往往是妙笔偶得之，并非刻意追求，如宋、元以后浪漫才子所作“幽默”小品。宋以后的幽默精神则多表现在能够反映民间意识的通俗小说与笑话之中。

3. 创造笑话的三种人——幽默人、怪人、优人

笑话最初来源于民间，只是口耳相传，自我娱悦的。富于幽默感的人士有发现的眼睛，他们把这些采撷来，经过加工和创造，使之能够流传下来。前面说到的先秦诸子中带有诙谐色彩的寓言就多是古代的笑话，因为诸子用它们说理，使之获得了永恒的理性。人们读这些寓言的目的不是为了笑，而是启发思考某个严肃的问题。幽默本来就与理智有着天然的联系，它

是不动感情的，动感情则不笑。

富于幽默感的人士大体可细分为三类：

一是心胸超脱，能够以幽默的态度看待世界与人生的人。因此，他们说出引人发笑的话做出引人冁然一笑的事，往往都是不经意而为之，如孔子、庄子、司马迁的前半生等等。这类人我们可以称之为幽默人。

二是怪人，或者说是不同于平常的人。这种人品类不一，或基于愤怒、或出于悲哀，万不能解，于是借助一笑，化其胸中的垒块，比如明代的徐渭。有的或食古不化，或头脑拘于某种信仰，不知变通，做出许多怪事引人发笑，比如春秋时期的宋襄公、西汉末年的王莽。有的就是愚昧，不仅昧于大道，就连普通的人情世故也弄不明白，所以做人行事，处处留下笑柄，历代笑话作品中就有这类典型人物，如迂公。

三是优人，或叫艺人。搞笑是他们的职业，也是其生存来源所在。如古代的宫廷俳优，后来参军戏、杂剧乃至近世的滑稽戏、相声等艺术形式的演员。他们为了引人发笑殚精竭虑。也有并非是艺人，或就是喜欢为他人创造快乐，或为了讨好大众，用鲁迅的话说就是“大众的帮闲”。这些非专业的“优人”大多有些才能，对于笑话的创作与流传贡献尤为重要。多半还是靠这些人使得不登大雅之堂的笑话能够以文字的形式流传后世。

第二章　笑话的萌芽时期

本书所写笑话史是从西周时代开篇的，这也许为人们所不解。写作文学或艺术史大多是始自人类进入文明时代（有的甚至追溯到旧石器时期），中国有文字的历史就有6000年之久，我们发现商代有了成熟的文字——甲骨文，但这些发现与发掘出的文字多是中商以后（公元前14世纪以后。我们推断整个商代都有文字，商代开国在公元前17世纪距今3000多年）。如果加上传说时代，按照《史记·五帝本纪》所记载，中国大约有4000多年的文明史。翻开哪本文学史或文化史不从这里开始呢？本书讨论的对象与一般文学艺术不同。笑话是一种叙事文体，文字和文字的组织能力发达到一定程度后，这种文体才会产生。也许在没有文字，或文字组织能力不发达、或记载工具不便（商代用刀刻字记事，就很难留下长篇记叙性的文字）的时期也可能有口耳相传的笑话，但因为上述原因，这些没有记录流传下来，我们便不能论述，不能凭想象揣测写史。因此，实事求是，笑话史只能从西周开始。

一、西周到春秋时代的社会状态

西周到春秋就是公元前11世纪到公元前476年。本书称作“笑话的萌芽时期”。在论述这个时期的笑话之前，应先对这个时期的社会生活、政治生活有所了解，因为毕竟是社会存在决定了社会意识。

周灭殷商之后，把自己的统治由关中拓展到中原地区，周统治者实行分封制度，从而把宗法制度也推广到他所统治的区域。正如赵冈先生所说：

> 周王朝只能把他的部众分成若干股，加上殷王朝遗民中臣服后表现特别忠诚可信的氏族，分派到各地，进驻广大占领区，建立军事据点，进行武装殖民，“以藩屏周”。《汉书·地理志》说周初分爵五等，加上附庸，共分千八百国。（赵冈《中国城市发展史论集》第37页，新星出版社，2006年）

虽然在分封诸侯国的数目上有不同的记载，但分封是确定无疑的。分封到异地的武装周族居民，夯土筑城，建立国家。周天子还分封了一些有功之臣（如姜尚封在齐）和古代圣贤之后（如虞舜之后封在陈，大禹之后封在杞）。城中之居民称国人，“造国以居人”，所居者即国人，即殖民单位原来带来的全班人马。城郭以外散居的是原住民的土著部落及其他被征服之人民，称为野人，或鄙人……

由周天子权力所及的地区叫作“天下”，他所分封的国家，史称诸侯国，其主持者就是诸侯。在诸侯国中诸侯再把他所属的土地分封给近亲和有功人员，这些人就是大夫，大夫所有的土地与臣属就构成所谓的“家”（就是《大学》所说的“修身齐家治国平天下”中的“家”），大夫的家臣就是“士”，士也有大夫分给他的一块土地或禄米以代耕。由周天子、诸侯、大夫、士所组成的社会集团是统治阶级，身份是贵族。这些贵族财富与权力虽然皆拜周天子所赐，但在其所统治的地方，他们还是有一定权力的，这种分封制度政治架构的权力基础是分权制。

周代有国人野人之分，是政治身份的划分，是统治氏族与被统治民族的划分。当然这也是居住区的分别，即城里人与郊外人，但这种地域区分不重要。国人是统治集团的族人，政治身份高于鄙人，享有若干特权。譬如说，国人受到城池的保护，比较安全；鄙人散居郊野，没有这种保护，但是鄙野之人绝非种族奴隶，受国人奴役的奴隶。周王室的武装殖民，没有实行高压政策的迹象。以少数民族统治多数民族，只能采取怀柔政策。鄙野之人称为庶人或众人，基本上仍是自由民，只是受到若干限制而已。他们不能进城与国人混杂而居，只能住在城外乡间。国与鄙之间有一圈狭窄的地带，称为郊，算是两者的分界，或是缓冲地带。郭外郊内的土地，是附郭土地，供城中国人使用。野鄙之人的职业主要是农业、渔业以及狩猎；手工业及商业是国人的职业。鄙野之人从事农耕者，可以从公家受领定额的公有耕地。农户只有此份地的使用权，而无所有权。受领耕地者要在助法或彻法的课征制度下提供劳役或实物，但这不是奴役，而是相当于后世公民的纳税义务（《中国城市发展史论集》，第 39—40 页）。

那时人口不多，估计也就一千万左右 [晋人皇甫谧《帝王世纪》关于周成王时人口 1355 万 3923 人的记载虽不可靠，但葛剑雄从战国期间的战争所能动员的战士的数目推算战国时期人口两千多万（葛剑雄,《中国人口发展史》，四川人民出版社，2020 年），那么考虑到春秋战国以来五百余年的战争对人口的损耗，说西周初有人口一千万左右，大体不谬]。地多人少，鄙野之人，从事农耕渔猎，生活大体上过得去。就华北平原来说，还有大量的土地没有开垦，虎兕纵横。因此，如果统治者对于他们管辖所及的“鄙野之人”压迫、剥削过甚，他们可以弃家而去，到别的“乐土”上去开辟自己新的生活。

至于在城中居住的国人则比较复杂。周族武装殖民是氏族为单位的，凡是有血缘关系的人全部跟着走。这些人在氏族内部的身份有高低之别，职业也不一致。此外，还要夹带若干殷族遗民中专业氏族一同前往指定的辖区。而周人长于农业，周王室派出武装殖民任务的氏族到达辖区，许多人仍是以务农为主。周代各国城市中仍有农民。他们耕种郭内和郭外的附郭的土地。城中除了专门从事政务的统治者之外，就是手工业者和商贾。

周代的宗法制度是宗君合一的制度。周天子嫡长子继承天子之位，众庶子（嫡长子以外的儿子）分封到各地做诸侯。诸侯的嫡长子继承自己的位置，庶子封为大夫（大夫也有自己一块土地）；大夫的嫡长子为大夫，庶子封为士（士有一块更小的土地），庶子为一般国人。可见周天子除了是世俗的最高统治者外，也是家族的大家长。

从上面对西周到春秋时期的政治结构和社会生活的介绍中可知那时土地较多，务农者每个人都能有一块土地谋生，如果没有大的天灾人祸，人们还都可以过得去。社会各个阶层之间差距不大，社会矛盾不激烈。特别是在城郭中居住的人们，他们大多有血缘关系，统治者与被统治者之间对立程度不高。另外，不论是鄙野之人，还是城郭中的农民。他们的生活是悠闲而单调的：日出而作，日入而息。凿井而饮，耕田而食。帝力于我何有哉！《击壤歌》最早载于《帝王世纪》，今见沈德潜《古诗源》卷一，虽然不可能是帝尧时代的诗歌，但它确实反映了早期文明时代一般农民的生活。

生活的简单使他们的思想意识有些还处在"原始思维"时代："立我蒸民，莫匪尔极。不识不知，顺帝之则"（《康衢谣》，出处同上）。这首歌谣载于《列子》，也被认为是帝尧时代的。尧微服出巡，见一个小孩，唱此歌谣。当然这也是后人所造，但"不识不知，顺帝之则"的状态，颇能反映氏族社会中多数成员的精神状态，因为个人思维没有成熟，大多被"集体表象"（见［法］列维–布留尔《原始思维·绪论》，商务印书馆，1994年）所支配。像幽默感这种属于理性思维发展阶段的意识还处在萌芽状态。此时人们在生理舒适的体验下，有了笑，但这种笑还处在原始激发阶段。

随着社会的变迁，中原发展，局促在西北一隅的周王室日益衰微，但有的诸侯国、有的士大夫的"家"则日益强大，原有社会等级逐渐瓦解。及至周幽王宠褒姒乱政、平王东迁，西周遂灭。到了春秋时期，士阶层活跃，成为文化创造的主要力量。本来官学教授的经典"诗""书""易""礼""乐"（这些可称为"元典"，当时官学中教授的就是这些，贵族子弟就学，学的也是这些），自孔子首办私学，创立儒学，后来儒分八派，诸家遽兴，争议纷起，为了宣传自己的主张，论学著文，遂有诸子之文的出现。这些诸子之文尚属最初的论辩文字，在论述抽象的道理时，多采用说故事的办法，使得其道理通俗易懂。这些故事中有不少具有笑料的，我们不妨看作笑话。

我们自古就十分注重保存自己的历史。近百年来我们发现甲骨文龟甲的卜筮文字中就包含着史事的记载。上面说到的“元典”中，例如“诗”“书”“易”中就包含了商、周两代历史。另外，各个诸侯国也各有自己的史官，专司本国历史的记录。孔子的《春秋》有人就认为是鲁国春秋，所谓“解经”的《左传》则是叙事详备的历史，当然其中记载了更多的情节曲折的故事。战国时期供游说之士揣摩的《战国策》中多是涉及国家大政的故事，更为精警动人。这些故事中富于笑料的就是笑话。

二、最早的笑话与笑事

笑话是可笑的故事，叙述一个故事需要理性的支持，当人类理性初期发展阶段时，其叙事能力很差，记录故事能力更差的时候，不可能有笑话流传下来，但处在幼年时期的民族像一个人一样，越年轻越纯洁就越爱笑，而且笑得很单纯、很灿烂、很有感染力。这一点我们从中国早期文献中（现存的《周易》《诗经》中保存了许多上古生活资料。《周易》所反映的历史和生活场景大多是周灭商以前的事情。《诗经》中所反映的生活大多是西周至春秋初的事情）所记载的事情可以看得清清楚楚，那时的情感是直白而简单的：高兴就笑，痛苦不堪就哭，很少有伪饰。我们从中摘取一些与情感有关的句子：

九五，同人，先号咷而后笑。大师克相遇。（《周易·同人》）

“同人”一卦写聚众出征，先败而后胜，先是号啕大哭，后则放声大笑，直至大军会师。这种哭笑都是具有震撼力的。

初六：有孚不终，乃乱乃萃。若号，一握为笑。勿恤，往无咎。（《周易·萃》）

“萃”卦是写人们的偶然遇合。人们虽然偶然相遇也要守信，守信不终则乱，但人们终归还是和好了，相逢握手一笑，这种笑是真诚的。萍水相逢，不要忧虑，吉祥如意。

震，亨。震来虩虩，笑言哑哑。震惊百里，不丧匕鬯。（《周易·震》）

“震”卦，写震天雷声前的态度：霹雳震天，有人吓得直哆嗦（虩虩）；有人谈笑如常；有人持酒杓舀酒，也不会震洒一滴酒，非常镇定。这里的“笑”写实，而且还有“哑哑”（音：峨峨）之声。

上九：鸟焚其巢，旅人先笑后号咷。丧牛于易，凶。（《周易·旅》）

“旅”是写商人祖先王亥经营牛的生意，路过有易之国，他在有易过度享乐被人谋害，丢失牛的故事，这位“旅人”先高兴，而后哭，因为财产被人谋夺了。

> 巧笑倩兮，美目盼兮。（《诗经·卫风·硕人》）

《硕人》是描写卫庄公夫人庄姜的。此之前是写她的手、皮肤、脖子、牙齿、眉毛、面庞之美，最后是这两句，把这位美女写得活灵活现。

> 不见复关，泣涕涟涟。既见复关，载笑载言。……总角之宴，言笑晏晏。信誓旦旦，不思其反。（《诗经·卫风·氓》）

《氓》是一个少女与“氓”相爱，最终被抛弃的故事。“复关”是“氓”的代称。“载笑载言”把少女与爱人相见时的兴奋、愉快写得多么生动。当少女被“氓”抛弃之后，少女还想起他们青梅竹马的年代，那时是那么快乐，一见面，有说有笑，有说不完的情话，还发誓终身厮守。

> 似续妣祖，筑室百堵，西南其户。爰居爰处，爰笑爰语。（《诗经·小雅·斯干》）

这首诗是写周族营造宫室时的欢乐。这个大家族，在先人生活过的地方重建新房。整个家族都住在一起，房子造得很大、很多。族人搬入新家了，生活安定了，家族发展了，从窗户里飞出了笑语欢歌。这不是发自内心的欢笑？

可以看出不论是情窦初开的少男少女，还是经历战斗、行旅或艰苦劳动的成年人，他们的情感都那么纯朴，很容易笑，也很容易哭，不管是笑还是哭，都是发自真心的，因此这些哭笑对于后世也更具有感动力量。龚自珍有诗云“歌哭前贤较有情”，说的就是因为纯朴，所以是“情动之于中，形诸于外”的真哭真笑。当然，这不是说，那个时代就没有不是表达快乐的“笑”了。例如《诗经·邶风·终风》就有“终风且暴，顾我则笑。谑浪笑敖，中心是悼”的诗句。读者从诗中女主人公的反应——“中心是悼”——也会感到对方的“笑”是不正常的。“顾我则笑”的“笑”大约是不怀好心的。“谑浪笑敖”的“笑”明显是对女主人公的调笑。这种笑距离“喜”是很远的。我们上面所举的《氓》中有正常的笑，也有不表达喜悦的非正常的笑。在诗中那位少女与“氓”分手之后，少女愤而归来，她的兄弟对此并不理解：“兄弟不知，咥其笑矣。”这种笑带有嘲笑之意。

不过上面所举这些变态的笑文献记载较少，说明那时这一类的“笑”也较少。因为处于文明早期的人类毕竟是比较纯朴的，无论是好还是恶，大多是直白地表达，很少有曲折。由此，上古时期的“笑”就显得比较自然，遇到高兴的事儿就笑，反之则哭。

三、记录笑事的文献

这里用了“笑事”这一概念。通俗地说笑事就是笑料，不过“笑料”这个词在生活中使用广泛，带有些负面色彩。因而，自出心裁，杜撰了“笑事”这个中性概念，用以指原作者并无逗笑之意但确实能够引发读者或听众笑的文字或语言。它们可以成为笑话的原料，但其本身尚不是笑话。因此，我们称这个仅有笑事，还没有完整意义上的“笑话”的时期为“笑话的萌芽时期”。

这个时期不乏读来令人感到可笑的文字，但这些可笑的文字缺少我们前面为笑话定义时所说的第二、第三点。但有了第一点，也就是能令读者发笑，也就具备笑话的初步素质。本书在讨论笑话历史时，采取前宽后严的态度，特别是战国以前，许多可以引人发笑的文字没有情节，如果把这些都排除在笑话之外，那么这个时期可讲的笑话就很少了。而且这些幽默诗文对于后来笑话进入“自觉时期”（魏晋以后）确有影响，甚至是推动。因此我把这些有笑料的文字视作笑话的源头、滥觞，称作笑事，视为笑话的萌芽，因为后世笑话这棵小花正是从这个萌芽生长出来的。

那么反映这个时期社会生活的文献都有哪些呢？除了模铸在周代青铜器的金文外，主要就是“六经”[1]和部分解经文字。特别是其中的《诗经》《易经》，以及《春秋左氏传》（简称《左传》）等。经古文学派提出了“六经皆史”说[2]，认为“六经”都是记录古代重要的历史事件的。古文学派的学者把儒家经典与记载古代历史事件联系起来，否认这些典籍完全是圣人孔子为万世垂教而作，这一点是正确的，但把所有经文一一对应历史上发生过的重大事件则不免胶柱鼓瑟。因为既然承认“六经”是记述事情的，那么就该承认其中难免有描写斗筲小民日常生活的文字窜入，这些日常生活与重大历史事件无关。当然，如果把平民百姓日常生活也纳入“史”的范围的话，那么，我认为“六经皆史”说就是非常正确的。当然即使是重大的历史事件，也不免会有笑话发生，司马迁用生花妙笔写出不少刘邦和他的开国重臣的笑话。

早期文明的人类思想感情比较简单，与此相对应的“笑”也是简单的。这在上面已经说到。由此我们设想那时逗人笑的

---

① 今人周予同为皮锡瑞《经学历史》作注言：“《六经》或称六艺，专指《诗》《书》《礼》《乐》《易》《春秋》六者。《乐》今不传，故去一经而曰《五经》。”

② 见清代章学诚《文史通义》卷一《易教上》，中华书局排印本，1994；又近人章太炎《国故论衡》卷中《原经》。见《章氏丛书》，上海右文社排印本。

笑话也应该是比较简单的，太复杂了不仅人们领悟不了，不会笑，而且根本不会产生。因此，这时的笑话有些在今人看来简直不像笑话。

我们给一个单纯女孩讲的笑话，不用特别曲折复杂、不用“包袱”就能逗得她前仰后合，而我们可以完全不笑。可是当你给一个老奸巨猾或老谋深算的人讲同样的笑话，可能他会毫无反应。早期文明的人们更像小孩或少女，是很容易发笑的。今天看来并不可笑的故事，而那时的人们听了还是会笑的。

那时没有特别记录笑话的书籍，一些笑话散见于各种典籍之中，只要这种典籍有记事的文字。笑事发生了，人与人之间就喜欢口耳相传，互相娱乐，就变成了笑话。传播笑事者的本人往往也会得到愉快（从事职业性传播的例外）。这样笑话流播于社会就像多米诺骨牌，感染一大片，就不免被收入载记。

如何判断哪些是笑事，哪些是一般记事呢？其标准是它是否能够引人发笑。当然不是引发今人笑，而是是否能够引发当时人笑。

1.《易经》中的笑事

《周易新探》[1]认为《易经》“泰”卦六五爻辞“帝乙归妹，

① 李大用，《周易新探》，北京大学出版社，1992 年。

以祉元吉”及“归妹”一卦都是写商王为了搞好与逐渐强大的周民族的关系，把一位少女（妹）嫁给刚刚与商交过手，但战败、落于下风的文王。商周交恶已久，商王只是因为腾不出手来，才勉强做出友好姿态。当时贵族之间的婚嫁，女方陪嫁不仅要有许多男女奴隶作为媵，女方的妹妹侄女等也要随嫁过去成为男方的妾。商王嫁过来一堆人，周人还不太买账，在他们眼中是因为商人不敢打了，嫁过许多“残次品”来，并把这件事编成顺口溜在民族中流传：

归妹：征凶，无攸利。

初九：归妹以娣，跛能履。征吉。

九二：眇能视，利幽人之贞。

六三：归妹以须，反归以娣。

九四：归妹愆期，迟归有时。

六五：帝乙归妹，其君之袂不如其娣之袂良[①]。月几望，吉。

上六：女承筐，无实；士刲羊，无血。无攸利。

如果我们除去占卜程式的文字，可以翻译如下：

① 李大用认为“袂”应该是“炔”的借字，意为“鼻目间貌”。见《周易新探》第38页。

出嫁的少女

去打仗征讨吧！得不到什么便宜，不如找个妹子嫁过去。

陪嫁的妹妹腿不好，将就能走，出门大吉。

妹子的眼力有点差，正好深居简出，守好作女人规矩。

嫁来的妹子有胡须，妹子、陪嫁的应该一起请回去。

妹子还是个“过时货”，您别说什么晚来有期。

商王嫁来少女脸蛋儿，还不如那位瘸妹妹美丽。

新媳妇采不来野菜，新郎官不能屠宰牛羊，祖宗不肯接受，婚姻只好告吹。[①]

这一段诙谐的韵文，想来在周族中流传很广泛，后来被采入《周易》。这段笑话中对于新嫁娘的褒贬，不仅是政治性，也反映了人性中的某些弱点。正像北京俗话所说的“褒贬的是买主”，作为主人一方的周族太刻薄了。

还有一些与重大政治不相关的笑话。如“贲”卦“六四”爻辞：

贲如皤如，白马翰如。匪寇，婚媾。

---

① 李大用认为“上六”爻辞是写商族女子嫁过来三月而祭于祖庙，用他们无以祭祖庙，以说明祖宗不接受他们的婚姻，因此婚姻告吹。见《周易新探》第38页。

这也是韵文，意为：光彩照耀白马群，飞奔而来扬沙尘，别把我们当强盗，我们来结百年好。

“贲”卦本是讲文明的，但这一爻，白马飞来，鞍马照耀，仿佛要通过暴力干些不文明的勾当了。这是出人意料的，但下面通过来者的自白，发生转折，构成笑料，化解了原来的恐惧，引发了轻松的笑。

“颐”卦是讲养生的。“初九”爻辞：

> 舍尔灵龟，观我朵颐，凶。

掌握“灵龟”是卜者。周代卜者地位很高，是沟通天人关系的巫师。人们问卜也是一件很严肃的事。可是在卜卦的时候，却专注看来求卜的人吃东西，一副很馋的样子，仿佛要流口水了。这位问卜者一定会把这个笑话广为传播，因为他的失范，让问卜者失望。

“大过”卦中“九二”和“九五”爻辞：

> 枯杨生稊，老夫得其女妻，无不利。
>
> …………
>
> 枯杨生华，老妇得其士夫，无咎无誉。

这是世俗社会中非常态的事情，自然就构成了笑话，民众特别爱津津乐道这类事情。现在仍是如此。

枯杨树，发新芽，老头娶个女娇娃。大吉大利。

…………

枯杨树，开新花，未婚小伙娶个老妈妈。没有大害，也得不到称誉。

可见周族也是以男性为中心的社会。老夫少妻，受到人们的羡慕，称赞为大吉大利。老妻少夫，《周易》编者评论为中中。可见当时男性中心还不太绝对，可是到了《象传》（写作时代晚于爻辞）中就说："'枯杨生华'，何可久也；'老妇士夫'，亦可丑也。"不仅担心小伙子生命，而且把这种婚姻看成伤风败俗的丑事。

《周易》这类带有笑料的句子举不胜举，可见民间的智慧和幽默。如"噬嗑"卦中的"噬肤灭鼻"，吃大块肥肉，整个鼻子都陷入肉中了，一副贪吃的可笑模样。"大壮"卦中的"羝羊触藩，不能退，不能遂"描写一只公羊的角触在篱笆上了，进退不得的尴尬处境。这些描写已经带有很强的文学性，很吸引人。《周易》《诗经》两书总的倾向带有忧患意识、悲剧意识，正如《周易·系辞》中所云："作《易》者，其有忧患乎！"但也应该看到读者在受到悲剧感震撼之后，往往又会出现笑料或诙谐笔墨，令人解颐。

2.《诗经》中的笑事

《诗经》与《周易》相比，与现实生活更为贴近。特别是十五国风，不少是来自民间的歌唱，甚至是痴男怨女的咏叹，被宫廷职掌音乐的官吏收集起来。《小雅》和《大雅》虽然是写贵族生活为主，但贵族在长期的骄奢淫逸的生活中，原有的、灭商时的气概丧失殆尽。他们生活能力低下，作风日益腐败，也闹过不少笑话，这些在《诗经》中有所反映。

《诗经》中有许多篇章能够引人发笑，有的甚至是记述了可笑的故事。很像一篇带有喜剧色彩的小说。《陈风·株林》：

胡为乎株林，从夏南兮？匪适株林，从夏南兮！
驾我乘马，说于株野！乘我乘驹，朝食于株。

这是围绕着一个女人丑陋的笑话，夏姬是郑穆公的女儿，嫁给陈国大夫夏御叔，御叔死后，夏姬与陈国王灵公和他手下两个大臣陈宁、行仪父私通，而且，他们三个人穿着夏姬赠给他们的内衣在朝堂上互相戏谑。一次陈灵公等三人在夏姬家饮酒取乐："公戏二子曰：'徵舒似汝。'二子曰：'亦似公。'徵舒怒。灵公罢酒出，徵舒伏弩厩门射杀灵公。"（《史记·陈杞世家》）明白了背景，再读《株林》，就可以看出这是一首政治笑话诗，当写于陈灵公因为淫乱亡身亡国之后。前四句描写陈灵公每天早晨骑马飞奔，似乎有什么紧急要务，直奔“夏南”（隐指夏姬），实际上是找死。后四句，到了夏家，马放于株林，悠然自得，似乎陈灵公正在夏家逍遥，实际上是灵公已经死于夏南之手。

《诗经》中有幽默意趣的作品不少，但真正能成为“笑话诗”的不算多，《豳风·狼跋》应该算一篇：

> 狼跋其胡，载疐其尾。公孙硕肤，赤舄几几。
>
> 狼疐其尾，载跋其胡。公孙硕肤，德音不瑕。

这首诗以漫画笔法勾画一个贵族的可笑形象，但这种笑并没有恶意。公孙高大肥胖，大腹便便，穿着官服和木底官靴，安步当车，彳亍街头。诗人觉得他似乎有些艰难，有些痛苦，好像一匹肥硕的老狼，往前走，踩踏了下巴底下的悬肉，往后退又会踩到自己的尾巴，无所适从。最后诗人安慰说，不要发愁，你的好人缘，大家都是知道的。汉代经师认为这是写周公，武王死后，周成王继位，还是个小孩。周公摄政，流言四起，包括亲族之间的怀疑。周公非常痛苦，曾祷天以解。诗人把他可笑的形象勾画出来，也是为了逗他开心。周初，族间民众关系还比较平等，出出摄政王的丑也算不了什么。当时，人们已经懂得笑的功用，它是能够驱散心头的愁云的。

3.《左传》《国语》等史书中的笑事

传统上《左传》是被当作《春秋》的注释文字来看的。《春秋》记载春秋时代二百多年的历史，文字至简，一个历史事件，只是提纲挈领地记录，仿佛现今报纸的大标题，有事件无内容。《左传》一书是专门填补这"大标题"下内容的，其写作时代及作者为谁，还有写作的目的是不是为注解《春秋》都有争议。然而有一点是确定的，其中所记载的事情绝大部分是春秋时代的，而且基本准确。《左传》文字优美，记录了春秋时代各个重大事件、政治运作、风俗制度、人情往来等。因此，我们把《左传》看作史书，但它不仅有历史宏观场面的展现，也有事件细节的描绘，这些细节有些就是笑话。另外《春秋》三传[①]中的其他二传《谷梁传》《公羊传》也留下了一些春秋时的史料。《国语》[②]二十一卷，也记载有春秋时许多史料。

春秋时代战争频仍，250 年间，一场接着一场，很少有间断。不过那时战争规模小，贵族社会虽然逐渐在解体，但千百年来形成的贵族社会的战争规则还没有完全消失。例如"凡师有钟鼓曰'伐'，无曰'侵'，轻曰'袭'"。正式的讨伐要敲

---

① 儒家经典注本称之为"传"。《春秋》三传为《左氏传》《公羊传》《谷梁传》。

② 包括《周语》《鲁语》《齐语》《晋语》《郑语》《楚语》《吴语》《越语》所记载各国历史，多通过人物言论表现，故名。起自周穆王十二年（前 990 年），终于周贞定王十六年（前 453 年）。传为左丘明所撰。

锣打鼓，带有礼仪性质。可是《左传》作者对于这些不甚理解，往往把它当作笑话来写。《左传·僖公二十二年》记宋襄公与楚国战于泓。宋军已经排列整齐，严阵以待，而楚军尚未渡河。司马主张趁楚人渡河时袭击，宋襄公非要等楚军渡河后、列阵整齐才与之交战，结果宋军大败，宋襄公还受了伤。宋人都责备襄公，襄公说：君子与人交战，不杀伤已经受伤的人，不俘虏头发花白的人。古人打仗还不靠地势险要，完全凭个人的能力。宋襄公的一套规则在《左传》作者看来是笑话。《左传·宣公二年》记宋国与郑国之战：

> 郑公子归生受命于楚，伐宋。宋华元、乐吕御之。……狂狡辂郑人，郑人入于井，倒戟而出之，获狂狡。……
>
> 将战。华元杀羊食士，其御羊斟不与。及战，曰："畴昔之羊，子为政；今日之事，我为政。"与入郑师，故败。……
>
> 宋人以兵车百乘，文马百驷，以赎华元于郑。半入，华元逃归。立于门外，告而入。见叔牂曰："子之马然也。"对曰："非马也，其人也。"既合而来奔。
>
> 宋城，华元为植，巡功。城者讴曰："睅其目，皤其腹，弃甲而复。于思于思，弃甲复来。"使其骖乘谓之曰："牛则有皮，犀兕尚多，弃甲则那？"役人曰："从其有皮，丹漆若何？"华元曰："去之。夫其口众我寡。"

这个故事很像一篇诙谐小说。宋国上下都是有点特殊性格的人。郑国伐宋，由宋国华元为主帅出兵抵御。战争不利于宋。宋的一个将官狂狡积极迎战，但他看到一个郑人逃到井里，便把戟柄递给郑人，救他出井。不料郑人借此俘虏了狂狡。华元也被俘虏了，他是因为在战前宴会上忘了给自己战车的驭手羊斟分羊肉。当两国交兵时，这个驭手说："分羊肉时，你做主；现在打仗了，我做主。"于是把兵车驰进郑国军队。华元被俘。后来，宋国用 100 辆兵车、400 匹战马赎回华元。赎金刚送了一半，华元趁机偷跑回来。到了宋国城外，他立在城门口报名而入。羊斟先跑了回来，华元见了他说："不赖你，是你的马出了问题了吧？"羊斟回答："是我故意的，不能怨马。"羊斟回答了华元，便跑到鲁国去了。宋国加固城墙，防备郑国再来入侵。华元主持这件事。一次，他在巡视工程时，筑城的民工唱起打夯歌："瞪着大眼睛，腆着大肚子，败军之将挺神气！浓密的胡子长满腮，丢盔卸甲逃回来！"华元让自己副手回答："牛儿全都长着皮，旷野的犀牛还很多，丢点盔甲算什么？"筑城工又唱："纵然犀牛都有皮，您到哪里找油漆？"华元对副手说："他们人多，我们说不过他们，赶紧走吧！"这是宋国战史的记录，也是宋人性格的展现。狂狡这个人勇敢善良，但不宜于做将帅。华元也是如此，他有贵族全部的教养，勇敢、遵守制度、有礼貌、宽容……然而这一切都因为他打了败仗，成了"弃甲归来"

的败军之将，因此，那些好的品质都成了笑料，上上下下，包括《左传》的作者都不原谅他。战胜对方几乎成了当时唯一的价值，其他都可以忽略不计了。后世人们常常说的“成王败寇”，其实从这时就开始了。

然而这毕竟还是处在过渡时期，战争有时还是保留了些贵族风度。读者从晋楚邲之战的过程中可以看到这一点。《左传·宣公十二年》记载，晋楚双方本来谈判和平了，结果楚国一方战将许伯与车上驭手乐伯，车右摄叔突然驾车冲向晋军营垒。各自还展现向敌人挑战等绝技。此时：

> 晋人逐之，左右角之。乐伯左射马而右射人，角不能进。矢一而已。麋兴于前，射麋丽龟。晋鲍癸当其后，使摄叔奉麋献焉，曰：“以岁之非时，献禽之未至，敢膳诸从者。”鲍癸止之，曰：“其左善射，其右有辞，君子也。”既免。
>
> …………
>
> 晋人或以广队不能进，楚人惎之脱扃。少进，马还，又惎之拔旆投衡，乃出。顾曰：“吾不如大国之数奔也。”

楚国乐伯三人逞能，冲击晋军大营，召来晋军三面包抄。虽然乐伯很勇敢，抵挡晋人不能进，但很快，他们就只剩一支箭了。此时有只麋鹿跑过来，乐伯用仅剩的一支箭射死了麋鹿，并派摄叔把鹿献给从后面追击的晋军将领鲍癸，并很有礼貌地说："现在不是狩猎的季节，您可能还没有收到猎物。现在我们把麋鹿先给您，犒劳您的下属吧。"鲍癸听了，觉得楚国将领勇敢、射技精良，又懂礼，是君子（合格的贵族），放了他们。

后来晋楚战争中，晋国兵车陷于洼地泥泞之中，跑不脱了。后面楚国追兵给晋军出主意说，去掉兵车上的护栏。晋军去掉护栏，车子出来一点，但马还在原地打转。又教给晋军说拔去车前的大旗，放在车衡上省得兜风。晋军照做，车子出来了，晋军逃脱了，可是他们还没有忘了回头说了句便宜话："我们可不像贵国在战场上逃跑这么有经验！"作者轻松写来，我们读到此处不禁莞尔一笑。

《左传》还记载了政治和外交中追求笑事也会发生大问题，甚至导致战争。《左传·宣公十七年》：

> 十七年春，晋侯使郤克征会于齐。齐顷公帷妇人，使观之。郤子登，妇人笑于房。献子怒，出而誓曰：所不此报，无能涉河。

这个记载可能简单了一些，《谷梁传·成公元年》记载此事说：

> 季孙行父秃，晋郤克眇，卫孙良夫跛，曹公子手偻，

同时而聘于齐。齐使秃者御秃者，使眇者御眇者，使跛者御跛者，使偻者御偻者。萧同侄子处台上而笑之。闻于客。客不说而去，相与立胥闾而语，移日不解。齐人有知之者，曰："齐之患，必自此始矣。"

"萧同侄子"就是《左传》中说的"妇人"，她是齐顷公的母亲。鲁国（季孙行父）、晋国、卫国、曹国四国使者同时出使齐国，尽管他们都有生理缺陷，但他们都是一个国家的代表，是有其国家尊严的。齐顷公作为一国之君连这点简单的道理都不懂，派相应残疾者为他们驾车。尤为可恶的，还让他们的母亲站在高台上"观赏"，这些妇女还大笑不止。这不仅是对他们的侮辱，也是对他们所代表的国家的蔑视，从而激怒了这些使者。后来终于发生了晋齐鞌之战。《左传》和《谷梁传》所记载的只是笑事，所反映的齐顷公对国家不负责任和对残疾人无礼的悲剧。后来齐顷公在战争中被俘，付出巨大的代价。

《国语》是以记言为主的，其中就有了有意为之的笑话。《晋语》中有一则类似《史记·滑稽列传》中的故事：

董叔将娶于范氏，叔向曰："范氏富，盍已乎。"曰："欲为系援焉。"他日，董祁诉于范献子曰："不吾敬也。"献子执而纺于庭之槐。叔向过之，曰："子盍为我请乎？"叔向曰："求系，既系矣；求援，既援矣。欲而得之，又何请焉？”

董叔就是董祁。这位董郎巴结晋国豪门范家，要娶范献子的妹妹为妻。当时叔向就劝他，范氏太有钱，恐怕不般配。董说，结这门亲，正是希望能够得到范家的“系援”（依附支援）。可是结婚不久，董向范献子告状，说范献子的妹妹对他不尊敬。范献子听了，不仅不责备自己的妹妹，反而把妹夫捆在槐树上。正赶上叔向从这里过，董求叔向为他求情。叔向说：“你想求‘系’，人家不是把你捆（系）起来了吗？你想求‘援’，你不是牢牢地攀缘（援）在树上吗？你的目的，不是都达到了吗？你还求什么呢？”这里叔向巧妙地运用了汉语一词多义的现象讽刺了董祁。这种手法是后来的笑话中常用的手法。

我们从《易经》《诗经》到《左传》《国语》等著作可以感受到时代在发展，社会逐渐活跃，人们交往的增多，社会生活的丰富，书写和记述事情能力和技术的进步。这些都为笑话的产生奠定了基础。

第三章　笑话的附庸时期

一、说故事的时代

这一个时期从先秦的战国时代一直到东汉灭亡，也就是从公元前475年到公元220年，长达近700年。为什么把这么长的时间划为一个时期。重要的理由就是一个：这个时期虽然有了笑话，但它还不独立，主要还是人们说明某一道理的工具。它的存在附庸在“子书”或“史书”当中，还没有独立的记载笑话的书籍出现。

自春秋末年，王纲解体之势已成。其中重要的几个标志是鲁国的“三分公室”中鲁哀公被“三桓”逐走（前468），齐国的田氏代齐（前481），晋国韩赵魏三家逐渐强大，逼迫晋室。晋室仅有绛、曲沃等地。反向韩赵魏三家朝见（前433）。从中可见，随着社会动乱，自西周以来的贵族等级制度逐渐解体。周朝被挤压成为一个小国，周天子变成了小国之君。有的诸侯国被兼并，有的诸侯国改朝换代，有的诸侯国被本国大夫欺压，日益衰退，甚至灭亡。也有坐大的诸侯国，如后起的秦国、奋进的楚国、换了姓的齐国等都想取周天子而代之，由自己来一统天下。西周以来的贵族阶层都在重组。诸侯、大夫都可能从原有的地位堕落为“士人”，士人也可能失去原有的地位，个别的上去了，但大多数丧失了生活来源和独立性成为庶民。

原来在贵族位阶中处于最下层的“士”，逐渐从原有的贵族体系的等级流离了出来，变成了“四民之首”。然而，“士”有文化，不少人有管理国家、统率军队、处理国与国之间关系的外交技能等，而且更重要的是为了适应新的时代，许多士人就社会问题做了新的思考，提出许多新的方案，以强国富民。士人为了维持生存和发展，也为了实现他们的政治主张和通过社会改革的方案，他们游走于诸侯之间以售其技。当时天下未定，社会转型，原有的统治方法，即“周礼”所倡导的一套，大多不适用了。原有的统治者所熟悉的统治术，用场不大了，这些贵族统治者腐朽了，不能适应新的情况了。国家要强大，要在兼并中不被吃掉，最好还能吃掉别国，就要寻求士人的辅佐。各国统治者无不争取士人的来归，形成了“得士者昌，失士者亡”的从未有过的局面。士人之间也有竞争，谁都认为自己的方案最佳，最能解决当前的社会问题，于是都积极地批评或丑化别家，宣扬自己这一家，以踢开别家。历史上称之为“百家争鸣”。

从当时思想意识领域看来，已经没有能够“定于一”的东西了。当“百家”第一家——儒家创始人孔子刚刚宣传自己主张的时候，由于那时“周礼”尚未完全破产，孔子的治世方案中还强调“克己复礼”，要恢复周礼，以重建社会秩序。他还把周礼视作可以整合各阶层共识的权威意识形态。到了战国时期则完全不行了。这一百多年中，几乎起了翻天覆地的变化。顾炎武谈到这一点时曾说：

> 自《左传》之终以至此（指战国之初），凡一百三十三年，史文阙轶，考古者为之茫昧。如春秋时，犹尊礼重信，而七国则绝不言礼与信矣；春秋时，犹宗周王，而七国则绝不言王矣；春秋时，犹严祭祀，重聘享，而七国则无其事矣；春秋时，犹论宗姓氏族，而七国则无一言及之矣；春秋时，犹宴会赋诗，而七国则不闻矣；春秋时，犹有赴告策书，而七国则无有矣。邦无定交，士无定主，此皆变于一百三十三年之间。史之阙文，而后人可以意推者也。不待始皇之并天下，而文武之道尽矣。汉，此风未改，故刘向谓其“承千岁之衰周，继暴秦之余弊，贪饕险波，不闲义理”。观夫史之所录，无非功名势利之人，笔札喉舌之辈，而如董生之言“正谊”“明道”者不一二见也。盖自春秋之后，至东京（指东汉），而其风俗稍复乎古，吾是以知光武、明、章果有“变齐至鲁”之功，而惜其未纯乎道也。自斯以降，则宋庆历、元祐之间为优矣。嗟乎，论世而不考其风俗，无以明人主之功。余之所以斥周末而进东京，亦《春秋》之意也。（《日知录·周末风俗》）

所谓“尊礼重信”“祭祀聘享”“宗姓氏族”“宴会赋诗”“赴告策书”等一套都是“周礼”中所规定的，是政治、外交行为，是建设和调节社会秩序的。到了战国时期，统统不讲了，其关键在于“宗周王”这一政治权威垮掉了，意识形态的权威自然消失，一切都以实力消长为转移了。孔子以后，很少有人敢再拿周礼所确定的思想路线作为最高权威了。每个思想家，不管他向前看也好，向后看也好，都要提出自己的方案，向各国推销。他们要借助统治者的武力为自己的学说开辟道路。但如何让统治者接受自己呢？这就要“说”。于是产生了“游说”和“游说之士”这两个词。其实想为世用的一切士人哪个不需要“游说”呢？哪个不是“游说之士”呢？正像顾炎武所说“邦无定交”“士无定主”。士人多是“功名势利之人，笔札喉舌之辈”。这时士人的心态大多是“游说万乘苦不早”，要早早地、锲而不舍地到处游说。他们还研究了游说的技巧，例如孔子的“循名责实”，墨子的“言必有三表”，荀子的“解蔽”，以及老庄要超越语言的“玄之又玄”等。不论是注重现实，还是追求超脱，他们都有共同点，这共同点就是善于“说”。虽然孔子早就说过“刚毅木讷近仁”，但是如果他的弟子和后学真的“木讷”起来，儒家学说不可能弘扬，儒生也不会为各国君王所用。孔门四科——“德行”“政事”“言语”“文学”，就有一门“言语”，其他科目除了“德行”外也都与“言语”密切相关。因此，从孔子开始就已经关注言语训练了，教授学生如何打动人主，为其所用。

游说风气，不仅行之于战国时期，汉朝建立之后也未杜绝，因为当时还有诸侯国存在，诸侯有一定的用人自主权，有些士人能够通过游说得到任用。东汉荀悦在《汉纪》中提出“世有三游，德之贼也”，其中的一“游”就是“游说”。所谓“饰辩辞，设诈谋。驰逐于天下，以要时势者，谓之游说”，说的就是西汉和东汉的一些情况。

既然已经没有了权威的意识形态，要打动人主就要靠说服力。言说的说服力有赖于逻辑性，可是中国古代逻辑思维不发达，言说者的游说大多爱用形象说话。他们从民间采撷了大量生动有趣的故事，自己也编写了一些，用这些以吸引和说动人主。这些生动有趣的故事中有不少就是笑话。此时的笑话多附诸子的言说论述以传世。

二、诸子讲述的笑话

先秦诸子政治和社会主张不同，性格也有很大差别，但他们大多都有幽默感，喜欢说笑。像孔子、墨子、孟子这些积极入世、热爱生活的思想家讲些笑话易于为人理解。令人奇怪的是超然世事、脱屣人生的庄子，冷酷剖析世态人情的韩非子反而讲的笑话最多，真是有些匪夷所思。这也说明说笑话是个工具，是为了推行自己的学说，与个人性格关系不大。

1. 儒家诸子著作中的笑话

①幽默风趣的孔子

孔子（前551—前479）名丘，字仲尼。前世为宋国贵族，实为殷人之后，其祖父奔鲁。其父为鲁大夫。孔子早年丧父，幼贫贱，但非常好学，青年时就有“知礼”和“博学”之誉。他创办私学，广收弟子，突破了学在官府、由贵族垄断知识的现象。他集学问之大成，编著“六艺”作为上课教材，成为后世的经典。他还创立儒家思想体系，影响中国两千余年。孔子处于春秋之末，当时周礼还有一定的权威性，他周游列国，以其丰富的知识和积累的声誉向各国推行他的主张。孔子处于原有的等级社会解体、人的存在逐渐被人们关注的时代。孔子所倡导的"仁学"，实际上是高扬一种"同类意识"。这在"非我族类，其心必异"（《左传·成公四年》）受到普遍赞同的时期是个了不起的创见。但他也强调社会秩序的重要，他认为"周礼"是这种秩序最完美的体现。孔子还是个胸怀开阔、富于幽默感的人，但他不必靠讲故事、说笑话，求得诸侯信任和理解他的学说。记载孔子及其弟子言行的《论语》为我们勾画出这位有深邃智慧、仁爱胸襟和幽默有趣的思想家面貌。有一则故事很能体现孔子的为人：

> 子之武城，闻弦歌之声。夫子莞尔而笑，曰："割鸡焉用牛刀？"子游对曰："昔者偃也闻诸夫子曰：'君子学道则爱人，小人学道则易使也。'"子曰："二三子！偃之言是也，前言戏之耳。"（《论语·阳货》）

孔子的学生言偃（字子游）为一个小县——武城的长官。他按照老师的教导，用周礼建立秩序的原则——礼乐来实现治理。孔子率领学生到了武城，听到便笑了起来："割鸡焉用牛刀？"孔子这话可能是无意的，也可能是感慨不能用以治国。但无论是哪种意思，都是对言偃的做法的轻视，于是言偃提出批评，孔子悚然，觉得错了，于是马上向言偃道歉，并向诸弟子做了自我批评。这是很有趣的一幕短剧，读了之后，其情其景仿佛就在目前。我们举这个例子，用以说明中国最有影响的、第一位思想家的人生态度。

孔子对生活采取审美的态度，这是折中于现实与超验之间的一种选择（如他倡导的“祭如在”“敬鬼神而远之”等），这种态度也就是其幽默品格的基础。但他对于玩笑、笑话等过度的戏谑还是不提倡的。孔子用以教育学生的《诗经》中有“善戏谑兮，不为虐兮”的句子，后来这被视为孔子对戏谑的态度。唐代柳宗元说“而俳又非圣人之所弃者。《诗》曰：‘善戏谑兮，不为虐兮’。”这也就是中庸的态度。

孔子之后，儒分八派，但对后世影响比较大的还是孔子之孙子思之儒、孟轲所倡导的儒学与荀况儒学。不过子思除了《礼记·中庸》和近来发现的一些出土竹简外，没有更多的文字传世。而孟轲、荀况则都有专著传世。

②咄咄逼人的孟子

孟子（前372？—前289？）名轲，字子舆，邹国（今山东邹县）人。先世也为鲁国贵族，到孟轲时已经家道衰落，受学于子思（孔伋）门人。孟子一生崇拜孔子，以弘扬孔子仁学自命，以“王道”“仁政”学说，游说齐威王、梁惠王等，曾到鲁国、滕国。当时正是纵横捭阖之道畅行于各国之间，而孟子倡导“仁义”“重义轻利”和体现“仁政”的井田制被视为迂阔、根本无法实现。遂不见用，退而授徒、著书，有《孟子》七卷行世。孟子在儒家学派中有着重要的地位，后世称其为“亚圣”，其影响力仅仅逊于孔子。

孟子说“吾善养浩然之气”，又说“说大人，则藐之，勿视其巍巍然”。是当时统治者对士人的迫切需求，也由于孟子道德学养高深，这些使他在与统治者打交道时，占据了心理上的制高点。他为人、游说的确有一股咄咄逼人之气。他在游说中运用了讲笑话这一手段，但与俳优给在上位者逗笑时不同，他的笑话往往含有嘲笑、讽刺：

> 梁惠王曰：“寡人之于国也，尽心焉耳矣。河内凶，则移其民于河东，移其粟于河内。河东凶亦然。察邻国之政，无如寡人之用心者。邻国之民不加少，寡人之民不加多，何也？”
>
> 孟子对曰：“王好战，请以战喻。填然鼓之，兵刃既接，弃甲曳兵而走。或百步而后止，或五十步而后止。以五十步笑百步，则何如？”
>
> 曰：“不可，直不百步耳，是亦走也。”
>
> 曰：“王如知此，则无望民之多于邻国也……”（《孟子·梁惠王章句上》）

这是一段完整的游说词。梁惠王把自己描绘成“爱民模范”。他说，河内闹灾，把河内的老百姓移居河东，把河东粮食运到河内；河东闹灾，则反之。比起他国，我对老百姓够用心了吧？奇怪的是别的国家的老百姓没减少，我的国家的老百姓也没有增多。孟子马上给他讲了一个笑话：“你喜欢打仗，我说个战争的故事。两国交兵，战鼓擂响，短兵相接。有的士卒丢盔弃甲，狼狈逃窜。有人逃了百步，停了下来；有人逃了五十步，停了下来。那个逃了五十步的，嘲笑逃了一百步的。您觉得怎么样？”梁惠王说：“不应该，他只是没有逃到一百步罢了。他也是逃跑啊。”孟子让梁惠王自己承认，那个笑话对他的嘲笑是合理的。这实际上否定了“爱民模范”之说。实际上，当时的各国君主对百姓盘剥无厌，连年的战争把老百姓拖入苦海，使老百姓没有时间和精力种地。孟子讲这个笑话是为了宣传自己“仁政”的政治主张。他主张让老百姓有地可种，而且能保证他们按时种地（不违农时）。这才是增加人口、使国家强大的关键，这才是国家存在的理由和关键。

戴盈之曰：“什一，去关市之征，今兹未能，请轻之，以待来年，然后已，何如？”孟子曰：“今有人日攘其邻之鸡者，或告之曰：‘是非君子之道。’曰：‘请损之，月攘一鸡，以待来年，然后已。’如知其非义，斯速已矣，何待来

年？”（《孟子·滕文公下》）

“月攘一鸡”的笑话也是用来说服统治者放弃不义政策的。戴盈之是宋大夫，他向孟子请教，想恢复古代的“十一之税”（十取其一），废除从关卡和商品上征税。但又认为现在条件不具备，今年还办不到，预备先减轻一些，等到明年，然后完全实行，于是便有“月攘一鸡”的笑话。

孟子说：“现在有一个人每天偷邻人一只鸡，有人告诉他说：‘这不是正派人的行为。’他便说：‘预备减少一些，先每一个月偷一只，等到明年，然后完全不偷。’——如果晓得这种行为不合道理，便赶快停止算了，为什么要等到明年呢？”小偷的许愿很大方，从“日攘一鸡”到“月攘一鸡”，一下子减少到三十分之一，但您能相信吗？这个笑话是很有说服力的，既然知道错了，为什么不改呢？不改实际上就是不知道错（不过关税的改革毕竟与改掉小偷小摸的盗窃行为不是一码事，后者是个人品德问题，前者则涉及国家开支等一系列机构的变革）。这类的笑话还有宋人“揠苗助长”：

宋人有闵其苗之不长而揠之者，芒芒然归，谓其人曰：“今日病矣，予助苗长矣！”其子趋而往视之，苗则槁矣。（《孟子·公孙丑上》）

这是从正面讲个人的修养（包括“养气”）的，它与改过正相反，改过要与之一刀两断，越快越好。而修养则是日积月累的结果，非一朝一夕之事。

孟子还有一著名的笑话就是“齐人有一妻一妾”，这个笑话被后世改编为戏剧、鼓词等通俗文艺形式，影响极大。

> 齐人有一妻一妾而处室者。其良人出，则必餍酒肉而后反。其妻问所与饮食者，则尽富贵也。其妻告其妾曰：“良人出，则必餍酒肉而后反，问其与饮食者，尽富贵也。而未尝有显者来。吾将瞯良人之所之也。”蚤起，施从良人之所之，遍国中无与立谈者，卒之东郭墦间，之祭者乞其余，不足，又顾而之他，此其为餍足之道也。其妻归，告其妾曰：“良人者，所仰望而终身也。今若此！”与其妾讪其良人，而相泣于中庭。而良人未之知也，施施从外来，骄其妻妾。由君子观之，则人之所以求富贵利达者，其妻妾不羞也，而不相泣者，几希矣！（《孟子·离娄下》）

这个笑话精警短小，寓意深刻。而且在不长的篇幅中塑造了一个鲜明生动的人物形象。齐人品格卑琐，不知羞耻为何物；而其归来之后洋洋自得，装模作样，骄其妻妾，其外在形象与内在品质形成了强烈的反差。作者还设计了一个疑念，即齐人妻子所说：“良人出，则必餍酒肉而后反，问其与饮食者，尽富贵也。而未尝有显者来。”都是达官贵人请“良人”吃饭，怎么不见他们来访呢？因为有了这个悬念，就有了妻子的跟踪，随之就发现齐人在坟墓间向人家乞讨祭祀之余的丑态。谎话已经破产了，妻妾正在为有这样的“良人”“相泣于中庭”，而“良人未之知也，施施从外来。骄其妻妾”，当场出彩，可笑，更令人可恶。从塑造人物、心理刻画到情节设置、矛盾冲突来看，应该算一篇小小说了。

这篇笑话不是用来游说人主的，而是孟子在游说列国不遇之后用以自励的。“富贵利达”时时在诱惑着每一个普通人，孟子把无原则地追求“富贵利达”，看作乞食于坟墓之间还骄其妻妾的无耻之徒。这样才能给他以心理支持。

《孟子》的笑话情节简单，趣味深长，孟子在讲说故事时往往带有强烈情感，因而具有杀伤力，在他的论辩中起了重要作用。

③冷峻而深刻的荀子

荀子（约前313—前238）名况，字卿，时人或称作孙卿、荀卿，赵（今河北中南部一带）人。少时游学于齐，后至楚。齐襄王时，荀子再至齐国，与稷下学者交游，“荀卿最为老师”，三次被推为祭酒（学长）。范雎相秦期间（前266—前255），荀子到秦国见过秦昭王，不遇，离秦归赵。晚年游楚，为兰陵令。遂定居兰陵，著书授徒，法家重要人物韩非子、李斯等皆出其门。著有《荀子》。荀子文章长于说理驳难，剖析入微，条分缕析，冷峻而深刻。他在文章中很少讲笑话，因为他擅长逻辑思维，多用排比铺陈，善用比喻（多以物喻之），不必用故事、笑话去说动人主，相信自己能把道理讲透。荀子为人也比较严肃，偶尔讲个笑话，也有些趣味。他在《解蔽》篇中讨论人们认识往往有所障蔽的时候，谈到人们心态对认识的影响：

夏首之南有人焉，曰涓蜀梁。其为人也，愚而善畏。明月而宵行，俯见其影，以为伏鬼也；卬（通“仰”）视其发，以为立魅也。背而走，比至其家，失气而死。岂不哀哉！

涓蜀梁胆子太小了，他老自己吓唬自己。明月当空，涓蜀梁行走在路上，看到自己在大地上的投影，以为是趴着的鬼；仰望上面自己的头发，以为是鬼魅就站立在自己的面前。于是转身逃跑，等他跑到家，连吓带累，气绝身亡。这个笑话有些像黑色幽默，在笑的后面总有些苦涩的感觉。荀子告诉我们，人类最大的敌人就是自己。

2. 墨家著作中的笑话

战国时期，孟子曾感慨：“圣王不作，诸侯放恣，处士横议，杨朱墨翟之言盈天下，天下之言，不归杨则归墨。”（《孟子·滕文公下》）可见墨家学说盛于一时。2000 年后《四库全书目录》的“子部”不列墨家,《墨子》一书与《公孙龙子》等同列于“杂家”之中，一代显学，归于沉寂。这也是因为能够列于“墨学”著作多的缘故。

《墨子》是墨家著作的主体，作者为墨翟（约前 468—前 376），战国初期鲁（今山东曲阜一带）人，或曰宋（今河南商丘一带）人。墨翟出身下层，曾就学于儒家，其后，聚众授徒，自立门派，创立了属于墨家的“兼相爱”“交相利”“非攻”“节用”“明鬼”“天志”“尚贤”“尚同”等学说，形成了独特的墨家学派。墨学是一种应时救世的学问，墨子的种种政治主张都是为应付当时诸国所存在问题而提出的。墨子本人就为了应时救世,“摩顶放踵”，四处奔走，游说于诸侯之间。在楚制止了一次攻打宋国的侵略战争，一度在宋国做官，也曾游于卫国、齐国、越国等。墨子及其信徒结成相对牢固的组织，并向有需要的国家输送自己的弟子到该国做官，是为墨家集团。墨子在游说诸侯时也有意识地运用类似笑话的故事为喻以说服对方。如《墨子·公输》记录了墨子到楚国劝阻楚攻打宋国的故事。公输盘为楚国造了云梯这种新式攻城武器，楚王就要用这种武器拿下宋国。墨子从遥远的齐国徒步跑了十日到达楚国首都郢，向楚王进言：

子墨子见王，曰："今有人于此，舍其文轩，邻有敝舆，而欲窃之；舍其锦绣，邻有短褐，而欲窃之；舍其粱肉，邻有糠糟，而欲窃之。此为何若人？"王曰："必为窃疾矣。"子墨子曰："荆之地，方五千里，宋之地，方五百里，此犹文轩之与敝舆也；荆有云梦，犀兕麋鹿满之，江汉之鱼鳖鼋鼍为天下富，宋所为无雉兔狐狸者也，此犹粱肉之与糠糟也；荆有长松、文梓、楩、楠、豫章，宋无长木，此犹锦绣之与短褐也。臣以三事之攻宋也，为与此同类，臣见大王之必伤义而不得。"王曰："善哉！虽然，公输盘为我为云梯，必取宋。"

这仿佛是在讲笑话，墨子用了几个比喻突出了一个反常的人。自己有华丽的车子不坐，却偷人家的破车；不穿自己的绫罗绸缎，却偷人家的破衣烂衫；不吃自己家的大鱼大肉，却偷人家的糟糠。这种怪癖连楚王自己听了都感到不正常、十分可笑，仿佛患了偷窃病。"必为窃疾矣"，这句说得多么肯定。这个笑话正是给楚王预备的，楚王就有"窃疾"，而且还是他自己认定的。楚王虽然肯定墨子说得好，但并没有遏止住贪心，他还迷信新式武器，相信有了云梯参战，拿下宋国是轻而易举的，有了新式武器而不一试，那也是非常遗憾的。墨子也懂得口舌不如实力，于是有了下面的故事：

于是见公输盘，子墨子解带为城，以牒为械。公输盘九设攻城之机变，子墨子九距之。公输盘之攻械尽，子墨子之守围有余。公输盘诎，而曰：“吾知所以距子矣，吾不言。”子墨子亦曰：“吾知子之所以距我，吾不言。”楚王问其故，子墨子曰：“公输子之意，不过欲杀臣。杀臣，宋莫能守，可攻也。然臣之弟子禽滑釐等三百人，已持臣守围之器在宋城上而待楚寇矣。虽杀臣，不能绝也。”楚王曰：“善哉！吾请无攻宋矣。”

子墨子归，过宋，天雨，庇其闾中，守闾者不内也。故曰：“治于神者，众人不知其功，争于明者，众人知之。”

这个故事是充满了幽默机趣的。墨子与公输盘在楚王面前演习攻守宋国都城的方法和机变，结果公输盘失败了，他起了杀心，想在肉体上除掉对手。可是作为专业人士和老乡的公输盘难于把这个想法直接说出来，于是就有了“吾知所以距子矣，吾不言”这句暗藏杀机的话。墨子也与他打哑谜：“吾知子之所以距我，吾不言”。只有在一旁观战的楚王糊涂，问其故。墨子透露了天机，并指出自己的学生禽滑釐带领三百人，持有墨子的守城兵器，正在宋国都城严阵以待呢！此时楚王才彻底打消了攻宋的念头。这个故事的结尾更是意味深长。这位保护了宋国，不仅使宋免于灭亡，而且使它免于战争灾难的英雄，在他回家途中，正逢大雨，他想在宋都城门洞避避雨都受到宋国士卒的拒绝，看来感冒是不可避免的了。

鲁迅的《故事新编·非攻》的结尾更具有幽默色彩：墨子在归途上，是走得较慢了，一则力乏，二则脚痛，三则干粮已经吃完，难免觉得肚子饿，四则事情已经办妥，不像来时的匆忙。然而比来时更晦气：一进宋国界，就被搜检了两回；走近都城，又遇到募捐救国队，募去了破包袱；到得南关外，又遇着大雨，到城门下想避避雨，被两个执戈的巡兵赶开了，淋得一身湿，从此鼻子塞了十多天。

真正的喜剧往往有悲剧相伴，真正有贡献的，大多是人不知其功的。这也许是古今中外的通例。《墨子》也开始了以讲小笑话为比喻的风气，如：

> 昔者，楚灵王好士细腰。故灵王之臣，皆以一饭为节，胁息然后带，扶墙然后起。比期年，朝有黧黑之色。（《墨子·兼爱》）

楚灵王喜欢细腰之臣，于是朝中之人节食成风，把腰勒得很细，乃至扶着墙才能站起来。过了一年，满朝之人，瘦骨嶙峋，面目黧黑。用此以强调君王在一个国家的主导作用，也就是说君王倡导什么，什么就会成为大家追逐的对象，就会形成风气。用此以说明统治者要谨言慎行。

又如：

有人于此，其子强梁不材，故其父笞之。其邻家之父，举木而击之，曰：“吾击之也，顺于其父之志。”则岂不悖哉！（《墨子·鲁问》）

这也是个很可笑的故事，父亲管教儿子是为了儿子学好，有些体罚也是用竹板。不识相的邻家老头，抄起棍子也去打这个“强梁不材”之子，还自以为是帮助邻人管教孩子，这多荒谬！这类故事虽然短小，但颇有内涵，也可看作是短小的寓言。墨子是较早用说笑话的方法论述自己观点的诸子之一，这种做法到了战国中期则成为风气。

3. 晏婴和《晏子春秋》

晏婴（？—前500）字平仲，其祖上为宋穆公后代，父弱，封于夷维（今山东潍坊市高密），遂以为家。据考证其享年95岁，曾事齐灵公（？—前554）、齐庄公（前554—前548）、齐景公（？—前490），辅政五十余年。春秋时期著名政治家、外交家。博闻强记，通于古今，能言善辩，为人节俭力行，尽忠极谏。孔子称赞他是“不以己之是驳人之非，逊辞以避咎，义也夫”（见《晏子春秋·内篇杂上》）。

齐景公时期为国相的晏婴，为政尚清简，对外主张与邻国

（如鲁国）和平相处，反对以大欺小，不事挞伐；对内主张节俭爱民，遇到灾荒，他主动拿出自家的粮食赈救灾民，用以感动齐景公。其为人也特别克己，他廉洁从政，自奉甚俭，从居住的屋舍到使用的车马和穿用的衣裳的水准都是低于其身份地位的。由于晏婴的生活作风和政治主张很近于墨子，记载其故事与某些政治主张的《晏子春秋》有些近于《墨子》，因此有学者将他列于墨家，甚至有的人认为《晏子春秋》是墨家门徒所著。墨子生于晏婴死后三四十年。

《晏子春秋》是关于晏婴故事与传说的结集，带有小说色彩，其中有的来源于齐国史官，有的采摭于民间，详细地记述了三朝贤相晏婴的生平轶事及各种传说、趣闻，它们相互补充，塑造了栩栩如生的晏子形象，也反映了晏婴的政治思想。其中有不少笑话，表现了晏婴的幽默品格。

在先秦诸子中，《晏子春秋》语言通俗明快，幽默风趣。人物对话富于个性，增加了故事性、文学性。书中一些富于生活哲理的比喻，给读者以启发。《晏子春秋》经过刘向的整理，共有内、外八篇，二百一十五章。注释书籍有清末苏舆的《晏子春秋校注》、张纯一的《晏子春秋校注》，近代有吴则虞的《晏子春秋集释》，参考价值较高。过去一些学者认为此书为后人伪作，1972 年山东临沂银雀山汉（文景至武帝时期）墓出土的竹简中有《晏子春秋》十六章，遂确认此书最晚写定于秦统一之前。

晏子还是一个有礼有节、机智善变并有卓越的外交才能和政治远见的人：

晏子使楚，以晏子短，楚人为小门于大门之侧而延晏子。晏子不入，曰："使狗国者，从狗门入。今臣使楚，不当从此门入。"傧者更道，从大门入。见楚王。王曰："齐无人耶？"晏子对曰："临淄三百闾，张袂成阴，挥汗成雨，比肩继踵而在，何为无人？"王曰："然则子何为使乎？"晏子对曰："齐命使，各有所主。其贤者使使贤王，不肖者使使不肖王。婴最不肖，故直使楚矣！"

晏子将至楚。楚王闻之，谓左右曰："晏婴，齐之习辞者也，今方来，吾欲辱之，何以也？"左右对曰："为其来也，臣请缚一人，过王而行。王曰，何为者也？对曰，齐人也。王曰，何坐？曰，坐盗。"晏子至，楚王赐晏子酒，酒酣，吏二缚一人诣王。王曰："缚者曷为者也？"对曰："齐人也，坐盗。"王视晏子曰："齐人固善盗乎？"晏子避席对曰："婴闻之，橘生淮南则为橘，生于淮北则为枳，叶徒相似，其实味不同。所以然者何？水土异也。今民生长于齐不盗，入楚则盗，得无楚之水土使民善盗耶？"王笑曰："圣人非所与熙也，寡人反取病焉。"(《晏子春秋·内篇杂下》)

这些几乎是人所共知的。与诸子中讲说的故事不同，这是晏婴自己经历演绎出的笑话。故事中突出了晏婴作为外交人员的机智，不仅避免自己受辱，而且维护了国家的尊严。楚王处心积虑侮辱对方，但晏婴聪明异常，随机应变，表现出机智。晏子本身就构成了一个喜剧形象。晏婴个头很矮，当时宫廷里专门负责逗笑的俳优许多就是个子矮的侏儒。这种身长本身就有喜剧性，晏婴本人又喜欢开玩笑，下自车夫，上至君王（齐景公），他都开玩笑，即使在行使外交使命时也没有离开玩笑。“使狗国者，从狗门入。今臣使楚，不当从此门入”；“婴最不肖，故直使楚矣”；“今民生长于齐不盗，入楚则盗，得无楚之水土使民善盗耶”等等这种言辞或正或谐、亦正亦谐，既完成了使命，也维护了国家的尊严。

《晏子春秋》富于文学性，许多带有笑料的故事都像一篇小小说，虽然不能算是笑话，但其中描绘的有滑稽色彩的人物还是能使人发笑的：

景公游于麦丘，问其封人曰：“年几何矣？”对曰：“鄙人之年八十五矣。”公曰：“寿哉！子其祝我。”封人曰：“使君之年长于胡，宜国家。”公曰：“善哉！子其复之。”曰：“使君之嗣，寿皆若鄙臣之年。”公曰：“善哉！子其复之。”封人曰：“使君无得罪于民。”公曰：“诚有鄙民得罪于君则可，安有君得罪于民者乎？”晏子谏曰：“君过矣！彼疏者有罪，戚者治之，贱者有罪，贵者治之；君得罪于民，谁将治之？敢问：桀纣，君诛乎，民诛乎？”（《晏子春秋·内篇谏上》）

齐景公是嘲笑和讽刺的对象，其言行往往荒唐而滑稽，与其所处的地位不相称。齐景公游猎时到了齐国边境麦丘（今山东省商河），见负责边界的官员（封人）很老了，就问他的年龄，封人回答“八十五了”。景公非常羡慕。俗世三福——富、贵、寿，景公已有其二，未可知的就是“寿”了，所以他很可笑地请这位老寿星为他祝福一下。封人说：“希望您的年寿超过我们的先君——胡公静，这是齐国之福。”景公很高兴地说：“好呀！你再祝福一回。”“祝您的继承人像我一样长寿。”景公更高兴了：“好呀！再祝福一回。”封人又说：“希望您别得罪老百姓。”本来正在兴头上的景公听了这句真话、老实话好像凉水浇头，不高兴了：“只有百姓得罪君王的，哪有君王得罪百姓的？！”景公要兴问罪之师了！从高兴到发怒，景公这个转折与其期待的落空都是具有喜剧效果的。晏子最后的论定等于在凉水之中又加了一块冰——“君王要是得罪了老百姓除了被推翻外没得救了”！

上面的小故事是写景公的昏聩颟顸，也就是孟子所说“望之不似人君”的人物。其实他不仅不适合做齐国的最高统治者，甚至缺少常人之感：

> 景公之时，雨雪三日而不霁。公被狐白之裘，坐堂侧陛。晏子入见，立有间，公曰："怪哉！雨雪三日而天不寒。"晏子对曰："天不寒乎？"公笑。晏子曰："婴闻古之贤君，饱而知人之饥，温而知人之寒，逸而知人之劳。今君不知也。"
>
> 公曰："善！寡人闻命矣。"乃令出裘发粟，与饥寒。令所睹于涂者，无问其乡；所睹于里者，无问其家；循国计数，无言其名。士既事者兼月，疾者兼岁。（《晏子春秋·内篇谏上》）

"怪哉！雨雪三日而天不寒"一句使人觉得这是一个晋惠帝式的人物。可笑但更可恶。

齐景公也像一切没有约束的专制统治者一样，行为荒唐，追逐享乐：

> 景公饮酒，夜移于晏子，前驱款门曰："君至！"晏子被元端，立于门曰："诸侯得微有故乎？国家得微有事乎？君何为非时而夜辱？"公曰："酒醴之味，金石之声，愿与夫子乐之。"晏子对曰："夫布荐席，陈簠簋者，有人，臣不敢与焉。"

公曰："移于司马穰苴之家。"前驱款门，曰："君至！"穰苴介胄操戟立于门曰："诸侯得微有兵乎？大臣得微有叛者乎？君何为非时而夜辱？"公曰："酒醴之味，金石之声，愿与将军乐之。"穰苴对曰："夫布荐席，陈簠簋者，有人，臣不敢与焉。"

公曰："移于梁丘据之家。"前驱款门，曰："君至！"梁丘据左操瑟，右挈竽，行歌而出。公曰："乐哉！今夕吾饮也。微此二子者，何以治吾国；微此一臣者，何以乐吾身。"

君子曰："圣贤之君，皆有益友，无偷乐之臣。景公弗能及，故两用之，仅得不亡。"（《晏子春秋·内篇杂上》）

齐景公追逐饮食享乐与桀纣的酒池肉林不同，他是深夜里带着酒食女乐到臣子家中玩乐。先到文臣晏婴家，晏婴拒绝了；又到武将司马穰苴家，司马穰苴也不客气地拒绝了；最后来到梁丘据家，不用景公召唤，梁丘据左手拿着瑟，右手举着竽，一边唱、一边跳迎接出来，可以想见景公也与他一起唱着跳着进了梁丘据家，作长夜饮。这一对君臣真是"珠联璧合"。

这一类嘲讽齐景公的故事在《晏子春秋》中很多，他的许多非正常的行为，因为违反常理常情，所以引人发笑，作者把这些记录下来，以为讽谏。

从上面"景公游于麦丘""景公饮酒"两个段子中可以看出

作者在情节安排、制造笑料上已经很接近现今相声中经常运用的“三翻四抖”了。所谓“三翻四抖”是一种搞笑技巧。表演者经过多次铺垫使观众形成一种思维走势，然后突然一转，打破这种定向的思维走势，从而引发了笑。第一个故事中景公要求封人祝福他，封人前两个祝福都很称心，阅读者也会就此想下去、形成思维惯性。第三次祝福突然转向，突破了这个惯性，引起了发笑。第二个与此相同。后世许多笑话，包括一些喜剧组织笑料也是运用这种技巧的。在中国的笑话史上，《晏子春秋》是最早使用这个手段的。

4. 道家著作中的笑话

道家是先秦一个重要的学派，是老子创造的。然而老子是谁？从两千多年前司马迁给老子作传时就闹不清了，不过老子在人们心目中是“一段呆木头”，不会有什么幽默感 。老子传世的著作主要是五千言《道德经》，这是一部诗歌体的哲学格言集，没有叙事，当然也就没有笑话了。道家著作中有笑话传世的主要是《列子》《庄子》。

①《列子》中的笑话

列子，名御寇，或写作列圄寇、列圉寇。战国初郑国人。与郑繻公（前 422—前 396 年在位）同时，被当时人称为“有道之士”。他很穷困，面有饥色，时人言于郑国相子阳，子阳派使者赠粟，列子不受。隐居郑国四十余年。《庄子》中多次提到列子，“杂篇”中并有《列御寇》篇。他还屡屡受到庄子的称赞。《吕氏春秋·不二》言“子列子贵虚”。可知他应是道家一流的人物。后世被奉为道教的仙人，唐玄宗天宝元年（742）封为“冲虚真人”。《列子》一书为西汉末年刘向校订，班固所著录。东汉末年刘向校本散失，现代传本为东晋张湛所整理，补订为八篇。有人认为此本为伪书，甚至有人认为即张湛所撰。现今许多学者认为《列子》并非出于一人之手，大多篇幅当为列子或列子后学所著，其中可能窜入了两汉甚至魏晋时的文字。从《列子》原文看，它与《庄子》有传承关系。分析这些有承继关系的地方应该是《列子》在前，《庄子》在后。如“朝三暮四”的故事，《列子·黄帝》中叙述得有头有尾，而且说这是“以智笼群愚”。《庄子·齐物论》中也有这个故事，但这是用来说明“劳神明为一，而不知其同也。谓之‘朝三’”。然后是“何谓‘朝三’”，可见《庄子》是在引用已经有的故事，于是，在下面叙述“朝三”时就很简略。从《列子》《庄子》中有传承的故事分析都可以看到前者早于后者。

列子与庄子一样都是当时政治风云变幻社会震荡的旁观者，不过列子生活的时代动荡还不严重，列子这样的人“居郑圃，四十年人无识者。国君卿大夫视之，犹众庶也”。在国都生活四十年，而能不被关注，像平民一样生活；战国末期，争夺士人更加剧烈，庄周这样的人士想逃名也不可能。因此，《列子》中表现的心态更平和一些，《庄子》则反之。

《列子》一书可以说基本上是由许多故事串连而成的，其中不乏可笑的。这些故事不是讲给统治者听的，许多是说给他的学生和后世读者听的。列子讲的故事有丰富的想象力，还保存了许多来源于上古的神话。例如“杞人忧天”“愚公移山”“夸父逐日”等。列子很注意观察人情世态，他讲的许多小故事是人们日常生活中常常发生的，但列子说来娓娓动人，亲切有趣。

> 燕人生于燕，长于楚，及老而还本国。
>
> 过晋国，同行者诳之，指城曰：“此燕国之城。”其人愀然变容。指社曰：“此若里之社。”乃谓然而叹。指舍曰：“此若先人之庐。”乃涓然而泣。指垄曰：“此若先人之冢。”其人哭不自禁。同行者哑然大笑，曰：“予昔绐若，此晋国耳。”其人大惭。及至燕，真见燕国之城社，真见先人之庐冢，悲心更微。（《列子·周穆王》）

这本来是生活中的小玩笑，但却反映了《红楼梦》中所说的“假作真时真亦假”。这个燕国人第一次把晋国的城社庐冢真的当作了自己的家乡，“反认他乡是故乡”，并为此透支了感情，第二次到了真实的城社庐冢的时候，反而没有什么真的情感可以付出了。

杨朱之弟曰布，衣素衣而出。天雨，解素衣，衣缁衣而反。其狗不知，迎而吠之。杨布怒，将扑之。杨朱曰："子无扑矣！子亦犹是也。向者使汝狗白而往，黑而来，岂能无怪哉？"(《列子·说符》)

人有亡铁者，意其邻之子。视其行步，窃铁也；颜色，窃铁也；言语，窃铁也；动作态度，无为而不窃铁也。俄而扣其谷而得其铁，他日复见其邻人之子，动作态度，无似窃铁者。(《列子·说符》)

昔齐人有欲金者，清旦衣冠而之市，适鬻金者之所，因攫其金而去。吏捕得之，问曰："人皆在焉，子攫人之金何？"对曰："取金之时，不见人，徒见金。"(《列子·说符》)

这三个都是带有点哲学意味的小笑话。第一个讲认识一个事物都是从外观开始的，换了衣服，狗不认识主人了，同样现在宠物市场对狗外观的改造也使得购买者目迷五色。第二个讲人的成见、偏见对人们判断影响之大。丢了斧子的人，已经认定是邻人偷的，于是，他对邻人每一个行为的判断都由此出发，这个判断又影响了他的观察。因此人的感觉是不可靠的，凭感觉处理问题是极易产生冤案的。第三个是个财迷心窍的人，到了市场的“鬻金者之所”（卖金子的店铺），除了金子他什么也看不见了。这种人真是可笑又可鄙。这些笑话是有笑料又有智慧的。

春秋战国时期，笑话多以嘲弄愚人、庸人为主题。其中的主人公常常是宋国人。这是从《列子》一书开始的：

> 昔者宋国有田夫，常衣缊黂（麻絮的衣服），仅以过冬。暨春东作，自曝于日，不知天下之有广厦隩室，绵纩狐貉。顾谓其妻曰：“负日之暄，人莫知者；以献吾君，将有重赏。”里之富室告之曰：“昔人有美戎菽，甘枲茎芹萍子者，对乡豪称之。乡豪取而尝之，蜇于口，惨于腹，众哂而怨之，其人大惭。子此类也。”（《列子·杨朱》）

这是一个很可笑的故事，易于满足的小人物，他们本来穷困不堪，却把自己短暂的舒适，看作是人间最大的享受，而且认为一切人都会这样看，所以他才会把晒太阳这类“享受”献给“吾君”。这说明由于阶级的隔阂，上位者与下层人士是互不了解的（上面说到齐景公披狐裘而不知大雪过后之寒），是这些才造成了笑话。作者似乎有些嘲笑宋国的“田夫”，可是后人用此典故时，往往把他作为忠爱国君的典范，不强调他“愚”的一面。或者认为“忠爱”本身就是带有“愚”的分子的：

宋人有游于道，得人遗契者，归而藏之，密数其齿。告邻人曰："吾富可待矣。"(《列子·说符》)

如果上面的宋国田夫有点"愚"的话，这则笑话中的"宋人"过于"机灵"了。他道路上捡到一个人家遗失的借据，神不知鬼不觉地拿回家里，一数借据的齿数还不少，高兴得不能自抑，便偷偷告诉邻人说"这回我要发财了"！

《列子》中还有一些"宋人"发生的笑话，如《天瑞篇》"向氏为盗"中的向氏;《周穆王篇》"华子病忘"中的华子等，这些受到作者嘲笑的都是"宋人"。后来《孟子》中"揠苗助长"的主人公是"宋人";《庄子》中要到"断发文身"之地去卖礼帽的也是"宋人"。《战国策》《韩非子》《吕氏春秋》中存留的宋人笑话更多。为什么春秋战国时期人们爱讲"宋人"的短长、喜欢以他们为嘲笑对象呢？我想这可能与宋国是殷族后裔建立的有关。宋国君常常自谦地说，宋国是"亡国之遗"。失败者是弱势者，强者嘲笑弱者。这在丛林法则占上风时是一条铁律。未庄的人们嘲笑阿Q，阿Q嘲笑小D或小尼姑。另外宋国封爵为"公"，在周初是最高的，与之比肩的只有周公的封国——鲁，连姜尚的封国——齐，都只是"侯"。宋国封爵高，但国势很弱，他国的统治者对于宋又嫉妒，又看不起，嘲笑可以化解因嫉妒而产生的痛苦。另外，宋国是殷人之后，其他各国统治者多是周族之后，周、殷两族文化差别很大。王国维在《殷周制度论》中说："中国政治与文化之变革，莫剧于殷、周之际。"虽然，殷人受封于宋以后，政治制度上不会保持殷商那一套，必然向周靠拢，但文化习俗上必然保留许多殷族的东西。孔子晚年做梦"奠于两楹之间"，说这是殷人习俗，自己是殷人之后，恐怕寿数不多了，可见当时殷人还是有许多不同于周人的习俗的。这就会令四周的周族统治者看不惯（如阿Q鄙薄城里人把"长凳"称为"条凳"；煎大头鱼不放半寸长的葱叶，放"葱丝"），自然也会受到他们的嘲笑。殷族人在他们眼里一切都是可笑的，于是后代说到愚人闹的笑话，常以宋人为模特。

②《庄子》中的笑话

庄子（约前369—前286）名周，字子休，唐代尊之为"南华真人"，宋国蒙人（今河南商丘东北）。先世或为宋国贵族，到庄子已经没落，一度为漆园（漆园在河南商丘北）吏。以博学闻名于世，楚威王闻其名，遣使聘之为相。庄子辞之。尝游魏，弊衣败履见魏惠王。与魏相惠施为友，亦为论辩对象。卒年七十余。有《庄子》三十三篇传世，分内、外、杂篇三部分。一般认为内七篇为庄子本人所作，外篇、杂篇为庄氏后学所作。

处在战乱频仍中的庄子关注个人存在的价值，而且他不是猥琐于日常生活和庸俗的功名利禄的人，而是放浪于宇宙大化，不忧不惧的真人。庄子虽然说"六合之外，存而不论"，但内篇中探讨大自然和社会的异动时都在叩问："咸其自取，怒者其谁邪？"追问世界第一个启动者：

> 南海之帝为倏，北海之帝为忽，中央之帝为浑沌。倏与忽时相与遇于浑沌之地，浑沌待之甚善。倏与忽谋报浑沌之德，曰："人皆有七窍以视听食息，此独无有，尝试凿之。"日凿一窍，七日而浑沌死。(《庄子·应帝王》)

宇宙大化本是一团浑沌，疾速的时间把它开发成为文明世界，是喜？是悲？作者没说，把这个道理用了好心办坏事的笑话表现了出来。

庄子为人洒脱，对于世俗名利看得极淡，生活有了困难，找人借粮，仍能在不卑不亢之中说一个令人难以忘怀的笑话：

> 庄周家贫，故往贷粟于监河侯。监河侯曰："诺。我将得邑金，将贷子三百金，可乎？"庄周忿然作色曰："周昨来，有中道而呼者，周顾视车辙，中有鲋鱼焉。周问之曰：'鲋鱼来，子何为者耶？'对曰：'我，东海之波臣也。君岂有斗升之水而活我哉？'周曰：'诺，我且南游吴越之王，激西江之水而迎子，可乎？'鲋鱼忿然作色曰：'吾失我常与，我无所处。吾得斗升之水然活耳。君乃言此，曾不如早索我于枯鱼之肆。'"(《庄子·外物》)

这个笑话是把对方的荒谬推到极端，从而更显示出对方的可笑。庄子向小贵族监河侯借钱，监河侯并没有说不借，只是请他稍候一下，待他从封邑拿来钱就借。庄子可能已经断炊（文中没有讲这一点），所以他很生气，用了“忿然作色”四字，可以想见现场的情况。庄子讲了一个笑话：昨天来的时候，道上有条鲋鱼挣扎在车辙的水坑中，快要死了。它向我求救，我回答它说“我现在正要南游吴越，一定请吴越之王挖运河，‘南水北调’来迎接你这位受难的‘东海波臣’”。通过从吴越调“西江之水”来救“涸辙之鲋”要比监河侯的“得邑金而贷”荒唐百倍。鲋鱼说的“索我于枯鱼之肆”就是这种荒唐事的结局。它给读者留下深刻的印象。

庄子的悟性很高，通过悟性他对自然界和社会都有比较深刻的认识。过去我们讲认识论，往往只讲感性上升到理性，理性是追寻事物本质的。这种认识论忽略了悟性。悟性是在保持感性的条件下不通过逻辑的手段直接去参透事物的本质。庄子就常常有“打穿后壁”的议论，有时还是通过笑话来参悟社会人生。如“朝三暮四”：

> 何谓朝三？狙公赋芧，曰：“朝三而暮四。”众狙皆怒。曰：“然则朝四而暮三。”众狙皆悦。名实未亏而喜怒为用，亦因是也。是以圣人和之以是非，而休乎天钧。是之谓两

行。《庄子·齐物论》

狙是指猕猴。养猴的老头儿给猴子吃橡栗，早上三个，晚上四个，众猴子就发怒，不肯接受。他改成早上四个，晚上三个，猴子就高兴了。名与实都没有变而猴子高兴了，不闹事了。这就叫“名实未亏而喜怒为用”。这个故事似可笑，但庄子认为事实就是如此。他认为总数的“七”这个前提是不会变的，关键是如何调整得诸方满意。这就是大自然所展示的平衡，有时也是统治者愚弄百姓的惯技。

《庄子》中更多的笑话是讽刺性的。这些讽刺大多是指向那些失去自我的人们。庄子注重人们在自然秩序中的位置，而社会上的人们更关注自己在社会秩序中的位置。当惠施在魏国做宰相时，庄子要到魏国去看他，有人说庄周要来替代你，惠施听了很害怕，便在都城搜索庄子三天三夜，也没有捉拿到。还是庄子自动来到相府，给惠施讲了一个故事。说南方有鹓鸰（凤凰一类），起于南海，飞往北海，它非梧桐树不栖息，非竹子结出的果实不食，非醴泉不饮。当它从猫头鹰身边飞过时，正巧猫头鹰抓着一只死老鼠，以为鹓鸰要与它争食。它仰视从高空飞过的鹓鸰，高呼“吓！”吓唬鹓鸰。由这个故事可见庄子对权位的蔑视，认为它不过像腐鼠一样。惠施还是庄子看得起的论辩对手，对于那些自鸣得意、看不起庄子一类穷学者的官僚，他是用嬉笑怒骂来对付的：

宋人有曹商者，为宋王使秦。其往也，得车数乘；王说之，益车百乘。反于宋，见庄子曰："夫处穷闾厄巷，困窘织屦，槁项黄馘者，商之所短也；一悟万乘之主，而从车百乘者，商之所长也。"庄子曰："秦王有病召医：破痈溃痤者，得车一乘；舐痔者，得车五乘。所治愈下，得车愈多，子岂治其痔邪？何得车之多也？子行矣！"《庄子·列御寇》

这篇故事中的讽刺有些恶毒，但也是曹商咎由自取。他在宋国和秦国受到赏赐后自鸣得意，以轻薄的口吻说"住在穷街陋巷，贫困潦倒，编鞋度日，饿得面黄肌瘦，这真是我难以做到的啊！""凭三寸不烂之舌，一下子打动了万乘之主，受到一百辆名车宝马的赏赐，这是我一点小小的长处"！曹商不仅得了便宜卖乖，而且嘲笑庄周的无能，再者秦为虎狼之国，它只是法家和纵横家的乐园，曹商受秦王之赏，这些因素大约是庄子或其后学所不能容忍的，因此才有为秦王"舐痔"的讥讽。

有人认为庄周之学，出于儒家的"颜氏之儒"，这不是没有根据。《庄子》内篇讲到孔子、颜回、儒家还都比较尊重，但文章中把孔子及其弟子"庄周化"，把他们描写成出世的、追求自己在宇宙中位置的人物。这说明庄周对儒家、孔子还有点感情，庄周的后学就没有这么大的雅量了。外杂篇中多訾议儒学与孔子，庄周的后学强烈批评的多是儒家强调的社会秩序的一面，特别是儒家倡导以礼建立和调节社会秩序，更使庄周后学愤懑。《庄子·盗跖》篇中，把孔子与盗跖相提并论，甚至认为孔子还不如盗跖，可以说是对孔子的痛骂，其中对盗跖与孔子的描写和他们的对话，简直就像一篇幽默小品。与《盗跖》中故事相类似的还有“儒以诗礼发冢”。这篇也是讽刺儒家强调礼乐的虚伪性。

> 大儒胪传曰：“东方作矣，事之何若？”小儒曰：“未解裙襦，口中有珠。”“《诗》固有之曰：‘青青之麦，生于陵陂。生不布施，死何含珠为？’”接其鬓，压其顪，儒以金椎控其颐，徐别其颊，无伤口中珠。（《庄子·外物》）

“大儒”“小儒”可以说是“活学活用”儒家典籍的先驱。干一些极不光彩的行为，他们却依然保持着令人肃然起敬的儒者风度。“大儒胪传”（胪传，行礼时司仪）时高诵：“东方作矣，事之何若？”这是何等的文质彬彬！“小儒”回答：“未解裙襦，口中有珠。”这是何等的庄重！接着“大儒”引经据典：“青青之麦，生于陵陂。生不布施，死何含珠为？”又显得多么雍容典雅！如果配以迂缓的古乐，我们闭目一想，以为是在主持某项礼乐大典，宣扬华夏文明呢！可是当画面摇出，原来“大儒”“小儒”干的是犯罪中最下作的勾当。诗是美的情感的升华，礼是人们行为的规范，这些本来都是文明的结晶，可是在这里却与最肮脏的行为结合起来，成了挖坟掘墓、偷财盗宝的点缀。主其事者脸不红、心不跳地在那里有条不紊地操作着，这说明传统上把一切文明成果工具化的倾向已经深入人心。两种对立的价值观在这里那么和谐地融合在一起，引起人们的讪笑。庄子学派看透了儒家学说完全可能成为人们做坏事的工具或点缀，但是他们没有想到，道家学说也与儒学一样遭到同样的命运。

不过像“曹商舐痔”“儒以诗礼发冢”这种类似匕首投枪式的笑话是从《庄子》开始的，虽然作者本来的目的不在于抨击，而是要宣传人不应滞于物的主张，但由于这些故事形象鲜明，揭露深刻，一语破的，其本旨反而被读者忽略了。

《庄子》中还有一些小笑话，深刻隽永，令人回味。如“邯郸学步”“坎井之蛙”“运斤成风”“丑女效颦”“螳臂当车”“畏影恶迹”“屠龙术”等等。

5. 残存的名家尹文子

尹文（约前360—前280），齐人，一云周人。齐国稷下学士之一，生活在齐宣王时期。《尹文子》原序云：“与宋钘、彭蒙、田骈同学于公孙龙，公孙龙称之。”（按：此序写于曹魏时期）他年齿早于公孙龙子，并为公孙龙子所称道。其学说与宋钘接近，兼收并蓄，于名家、墨家、道家、法家皆有所取。所作《尹文子》一卷，其文博辩闳肆。喜用故事说理，多带喜剧色彩。其寓言小品，文简理丰，辞约而精，为后人所称引。

宣王好射，说人之谓己能用强也。其实所用不过三石。以示左右，左右皆引试之，中阙而止。皆曰："不下九石，非大王孰能用是？"宣王悦之，然则宣王用不过三石。而终身自以为九石。三石，实也，九石，名也。宣王悦其名而丧其实。

齐有黄公者，好谦卑。有二女，皆国色。以其美也，常谦辞毁之，以为丑恶。丑恶之名远布，年过，而一国无聘者。卫有鳏夫，失时，冒娶之，果国色。然后曰："黄公好谦，故毁其子不姝美。"于是争礼之，亦国色也。国色，实也；丑恶，名也。此违名而得实矣。

魏田父有耕于野者，得宝玉径尺，弗知其玉也，以告邻人。邻人阴欲图之，谓之曰："此怪石也，畜之，弗利其家，弗如复之。"田父虽疑，犹录以归，置于庑下。其夜玉明，光照一室，田父称家大怖，复以告邻人。曰："此怪之征，遄弃，殃可销。"于是遽而弃于远野。邻人无何盗之，以献魏王。魏王召玉工相之。玉工望之，再拜而立："敢贺王，王得此天下之宝，臣未尝见。"王问其价。玉工曰：

“此无价以当之。五城之都，仅可一观。”魏王立赐献玉者千金，长食上大夫禄。（《尹文子·大道上》）

庄里丈人，字长子曰“盗”，少子曰“殴”。盗出行，其父在后，追呼之曰：“盗！盗！”吏闻，因缚之。其父呼殴喻吏，遽而声不转，但言：“殴！殴！”吏因殴之，几殪。（《尹文子·大道下》）

楚人担山雉者，路人问：“何鸟也？”担雉者欺之曰：“凤凰也。”路人曰：“我闻有凤凰，今直见之。汝贩之乎？”曰：“然。”则十金，弗与。请加倍，乃与之。将欲献楚王，经宿而鸟死。路人不遑惜金，惟恨不得以献楚王。国人传之，咸以为真凤凰，贵，欲以献之。遂闻楚王，感其欲献于己，召而厚赐之，过于买鸟之金十倍。（《尹文子·大道上》）

虎求百兽食之，得狐，狐曰：“子无食我也，天帝令我长百兽。今子食我，是逆天帝命也。子以我言不信，吾为子先行，子随我后，观百兽之见我不走乎？”虎以为然，故遂与行，兽见之皆走。虎不知兽之畏己而走，以为畏狐也。（《尹文子·逸文》）

作为名家最关心的就是名实相副的问题。尹文认为，“大道无形，称器有名”。所谓的“名”是指事物的指称与内涵的统一，因此万物万事的内涵都要符合它所称的“名”。可是现实生活中许多事物的内涵是与其指称大相背离的，这些都需要人们大力纠正。尹文认为这是解决认识问题与社会问题的出发点。所以在他的《大道》上篇中一开始就说：“名也者，正形者也。形正由名，则名不可差。”因此他举了许多可笑的故事说明当“形”与其名背离时所出现的荒诞现象。上面所列的六个故事是讲形名不称、名实不副的，都带有喜剧色彩。

齐宣王好像安徒生童话《皇帝的新衣》中的皇帝，以无作有，光着身子游行；齐宣王的力量只能拉开三石（360 斤）的弓，左右阿谀奉承，说他能拉开九石（1080 斤），齐宣王在一片称颂中，他也就飘飘然了。这是个好名失实的笑话。第二个是违名失实的笑话。黄公的两个女儿都是倾国倾城的美人，但黄公过于谦卑，把自己的女儿说成“又丑又恶”，而且“丑恶之名远布”，竟导致无人敢于礼聘，差点儿耽误了终身大事。第三个是丧名失实的笑话。邻人以恶名加之于“田父”发现的宝玉，并且以哄骗的手段唆使田父抛弃了宝玉，他盗而献之于魏王，得到魏王的封赏。宝玉在田父那里“丧名”，恶邻献宝时回归。第四个也是违名失实。庄里丈人给两个儿子起了怪名字，一个叫“盗”，一个叫“殴”。结果遇到“吏”，便因名字出了问题，差点儿被吏人打死。第五个是离名失实。路人买了假凤凰——

雉（野鸡），而且又“经宿而死”（过了一宿就死了），但他准备献给楚王的名声却传了出去，被楚王所知，从而得到十倍的赏赐。这个赏赐与凤凰、山雉不相关了。楚王赏赐的是路人的忠爱之心。第六个是大家都熟悉的“狐假虎威”的故事，这是夺名失实的笑话。老虎之威名被狐狸窃夺了。这些故事说的都是名实脱离的问题，其间有悲有喜，造成其相离的都是各式各样的社会或人性的原因。其笑料的形成也是因为名实脱离，其社会效果与本应有的效果形成极大的反差，因而产生了无奈的笑或开心的笑。

6. 法家著作中的笑话

第一位有意识地收集故事与笑话的是韩非子。

①韩非与其搜罗的故事

韩非子是战国末期法家集大成的人物，倡导君王的绝对权力和“法”“术”“势”结合的思想家。也是他，从理论上倡导把老百姓训练成为只懂得耕种与杀人的动物的必要与可能。秦始皇虽然杀了韩非，但把他的理论贯彻于政治实践，并取得了初步成功。法家因为有了他，才能在两千多年间，或隐或显地主导中国皇权专制统治。

法家学派与春秋战国时期有理想有追求并高调宣扬自己主

张的学派（如儒家、墨家、道家）不同，它的政治主张是从执政者的执政实践逐渐总结出来的。他们没有什么高尚的社会理想，更没有给自己预设追求的目标。他们最大的目标是能为当世君主所用，为这些专制君主服务好就成为构造理论的出发点，因此他们特别关注和总结专制统治者在残酷政治斗争中的经验教训。

谈法家必然上溯到管仲，虽然《管子》一书不是管仲所著，但其中有许多管仲的执政经验，再结合其他执政有成的人物的经验，汇为此书。商鞅（约前 390—前 338）被视为法家学派的代表人物，可是他在游说秦孝公时先是向他说“帝道”“王道”，秦孝公都不接受，才向他说所谓“强国之术”，就是管仲以来流行的加强君主集权、削弱贵族和大臣传统的权力，发展耕战，以专权政治所建立的绝对秩序替代其他一切秩序，实现了秦国的兴起。《商君书》记录了商鞅从政经历及其政治主张。后来被视为法家先驱人物的还有慎到、申不害等。但集大成的人物是韩非。

韩非（约前 280—前 233），韩国贵族，口吃而善著书。他与后来成为秦国宰相的李斯都是大儒荀子的学生，李斯自愧不如。当时韩国日益削弱，韩非上书韩王，不见用。所作《孤愤》《五蠹》《说难》等十余篇传至秦国，颇受秦王嬴政赏识，“恨不与之游”。后韩非入秦，李斯感到威胁，遂诬之，下狱，并死于狱中。韩非在一些篇章中，谈到兜售自己的政治主张的困难，感到人心难测，如何能够针对君王的心理特点和他们的实际需要拿出相应的理论说服他们，这是韩非在其著作中特别注重考虑的问题。因而韩非特别注重自己理论的严密和论据的充分，所谓论据就是大量事例。这些事例有的是历史故事，更多的是民间传说或韩非子自己创作的故事。这些故事有的在论文中使用过，有的散见于《韩非子》一书的各个篇章，还有大量的故事收在《说林》上下、《内储说》上下、《外储说左》上下、《外储说右》上下等篇章中。

关于《说林》上下，王先慎说："说林者，广说诸事，其多若林。"陈奇猷进一步解释说："此盖韩非搜集之史料备著书及游说之用。"《说林》上篇收录了34个故事，下篇收录了37个故事。这些就是故事，没有论点，收在《说林》当中以备用。《内储说》《外储说》虽然包含一些论点，每篇开始先把要论述的论点讲清楚，下面再用若干故事来论证，而且有时为弄清一个故事还罗列它的多种"版本"。这些应视作尚不成熟的论文，《韩非子集释》所引的"旧注"也说"此篇储若是之说以备人主之用"。这些篇章中所储存的故事也是大量的，其中有不少是笑话。

②让读者感到有些阴冷的笑话

韩非子是先秦诸子中最爱讲笑话的，他讲的笑话也最多。然而他的许多笑话让人感到阴冷，读者很难开朗地笑起来。因为他讲这些笑话都是为了推销自己的社会思想和政治方案，而韩非的思想基础就是人性恶，每个人都在为自己打算，如果有可能，每个人都在觊觎君主的权力和位置，因此君主谁也不能相信，要做最坏的打算，要用尽自己的优势，防范臣下的阴谋。韩非子的全部著作都是向统治者说的话，是向他们献策。韩非子告诉人们就是亲人也是不可靠的，他讲了许多父子、兄弟相残的故事。这些有亲情的相残是带有悲剧性的，然而没有血缘关系的夫妻反目或互相陷害在韩非看来则带有某种喜剧性质，被他当作笑话写入《韩非子》，向更多的人展示：

> 燕人李季好远出，其妻私有通于士，季突至，士在内中，妻患之。其室妇曰："令公子裸而解发直出门，吾属佯不见也。"于是公子从其计，疾走出门。季曰："是何人也？"家室皆曰："无有。"季曰："吾见鬼乎？"妇人曰："然。""为之奈何？"曰："取五姓之矢浴之。"季曰："诺。"乃浴以矢。一曰浴以兰汤。

> 卫人有夫妻祷者而祝曰："使我无故，得百束布。"其夫曰："何少也？"对曰："益是，子将以买妾。"（《韩非子·内储说下》）

这是说夫妻之间关系的，妻子在丈夫出门时偷人不说，还用极恶劣的手法欺骗丈夫，并且用五家的粪便令丈夫"沐浴"。

在妻子眼中丈夫也不值得信任，连祈祷发财时都有所防范。其实这些问题虽然是客观存在（当然不是普遍存在），主要还是男权中心这一制度和文化上的问题，而非人性恶的问题。在宫廷之中夫妻之间的关系更可怕了。

> 魏王遗荆王美人，荆王甚悦之。夫人郑袖知王悦爱之也，亦悦爱之，甚于王。衣服玩好，择其所欲为之。王曰："夫人知我爱新人也，其悦爱之甚于寡人，此孝子所以养亲，忠臣之所以事君也。"夫人知王之不以己为妒也，因为新人曰："王甚悦爱子，然恶子之鼻，子见王，常掩鼻，则王长幸子矣。"于是新人从之，每见王，常掩鼻。王谓夫人曰："新人见寡人常掩鼻，何也？"对曰："不己知也。"王强问之，对曰："顷尝言恶闻王臭。"王怒曰："劓之。"夫人先诫御者曰："王适有言，必可从命。"御者因揄刀而劓美人。（《韩非子·内储说下》）

这在韩非看来也是"可笑"的，但我想正常的读者是笑不起来的。楚王后郑袖是多么阴险的一个形象（郭沫若把郑袖这一形象写入历史剧《屈原》），她将楚王和"美人"玩弄于股掌之上。楚王的"美人"都把她当作最可信赖的亲人，最后他们都失去了自己最可宝贵的东西——"美人"失掉了鼻子，楚王失去了"美人"。韩非子写这个故事的时候，是把它当作笑话的。从行文中可以感受到他赞赏郑袖有智慧。

③揭示可笑的人情世态

韩非有清醒的头脑，对于人情世态有深刻的理解和细致深入的剖析，只有当他不把这些绝对化时，他的分析对于读者还是很有启迪性的。

卫人嫁其子而教之曰：“必私积聚。为人妇而出，常也；其成居，幸也。”其子因私积聚，其姑以为多私而出之。其子所以反者倍其所以嫁。其父不自罪于教子非也，而自知其益富。今人臣之处官者，皆是类也。（《韩非子·说林上》）

有与悍者邻，欲卖宅而避之。人曰：“是其贯将满矣，子姑待之。”答曰：“吾恐其以我满贯也。”遂去之。故曰：“物之几者，非所靡也。”（《韩非子·说林下》）

齐宣王使人吹竽，必三百人。南郭处士请为王吹竽，宣王说之，廪食以数百人。宣王死，湣王立，好一一听之，处士逃。（《韩非子·内储说上》）

客有教燕王为不死之道者，王使人学之，所使学者未及学而客死。王大怒，诛之。王不知客之欺己，而诛学者之晚也。夫信不然之物而诛无罪之臣，不察之患也。且人所急无如其身，不能自使其无死，安能使王长生哉？（《韩非子·外储说左上》）

郢人有遗燕相国书者，夜书，火不明，因谓持烛者曰“举烛”，而误书“举烛”。举烛，非书意也。燕相受书而说之，曰：“举烛者，尚明也；尚明也者，举贤而任之。”燕相白王，王大说，国以治。治则治矣，非书意也。今世举学者多似此类。（《韩非子·外储说左上》）

这些笑话涉及的世态人情非常广泛，像卫人嫁女的故事，在社会大变动的时代也许不是个别的。社会的动荡使得人人自危，嫁女时教给女儿多存些私房钱，其实这正是因小失大。最后女儿被婆家一纸休书，当女儿带回来的财产多于陪嫁时，卫人还洋洋自得呢。卫人是聪明还是愚蠢呢？这里也不乏真正的智者。那位与“悍者”为邻者就是一个。他能及时地远离危险，不去等待那位“悍者”“多行不义，必自毙”。滥竽充数的南郭先生自以为聪明，但经不住检验；吹嘘有不死之道的“客”，尽管已经死了，燕王还为没有能及时地学到不死之道而懊恼悔恨。这才是真正愚蠢。有的笑话超出本来的意义。例如“郢书燕说”本来是讽刺为文治学穿凿附会的，但其反映的世态人情远不止此。世间有多少顺杆爬的人，因人成事、因时成事、因运气成事者比比皆是，但是事既成了，总要弄出一个大义的美名。甚至郢人还要以倡导“尚明”“举贤”自居呢！一个偶然的事情会给多少人带来不偶然的机遇，这在历史上是不罕见的。这些笑话都是寓言，它们不仅使人发笑，而且颇有启迪作用。

④游说与笑话

韩非不但洞悉世态人情，而且善于解剖事情的前因后果，从而选择对于自己最有利的一面。例如韩非最迫切要打通的就是与君王的关系。换句话说就是如何把自己这一套推销出去，并且得个好价钱。但君王是很难接近的，因为他们有太多的人包围着。他以卖酒的庄氏为例：

> 宋之酤酒者有庄氏者，其酒常美。或使仆往酤庄氏之酒，其狗龁人，使者不敢往，乃酤佗家之酒。问曰：“何为不酤庄氏之酒？”对曰：“今日庄氏之酒酸。”故曰：不杀其狗则酒酸。（《韩非子·外储说右上》）

庄氏的酒非常好，然而没有人买，直到酸了也无人光顾。因为他家养了一条凶恶无比的恶狗，人见人怕。这正像地位崇高的君王，他们高高在上，但哪个身边没有恶狗呢？就是到了君王身旁也还有接近与说服他的技巧问题，因为要消除“恶狗”

对君王的影响。这个故事也表现了韩非对于其他游说人士的排斥与憎恶：

> 楚王谓田鸠曰："墨子者，显学也。其身体则可，其言多而不辩，何也？"曰："昔秦伯嫁其女于晋公子，令晋为之饰装，从衣文之媵七十人。至晋，晋人爱其妾而贱公女。此可谓善嫁妾，而未可谓善嫁女也。楚人有卖其珠于郑者，为木兰之柜，薰以桂椒，缀以珠玉，饰以玫瑰，辑以翡翠。郑人买其椟而还其珠。此可谓善卖椟矣，未可谓善鬻珠也。今世之谈也，皆道辩说文辞之言，人主览其文而忘有用。墨子之说，传先王之道，论圣人之言，以宣告人。若辩其辞，则恐人怀其文忘其直，以文害用也。此与楚人鬻珠、秦伯嫁女同类，故其言多不辩。"(《外储说左上》)

这里说的虽然是墨家，其实法家也反对过度文饰辞采，甚至认为"以文害用"。然而具体到"买椟还珠"这个笑话，被讥笑的应该是谁？是卖主，还是买主？韩非认为是卖主。卖主的"过度包装"，使得包装本身产生了审美价值，引诱人们反而忽略了商品的主体。出现这个问题，卖主有责任，但真正可笑的是买主，他被包装所荧惑，产生了价值迷失，弄不清真正的价值在哪里了。两千多年来，读者大多还是认为买主愚蠢，真是公道自在人心。

鲁丹三说中山之君而不受也，因散五十金事其左右。复见，未语而君与之食。鲁丹出，不反舍，遂去中山。其御曰："及见，乃始善我。何故去之？"鲁丹曰："夫以人言善我，必以人言罪我。"未出境，而公子恶之曰："为赵来间中山。"君因索而罪之。(《韩非子·说林上》)

这是体现了鲁丹这个游说者的机智，机智是激发笑的重要因素。鲁丹游说中山国，君主不接受他，于是他拿出五十金来贿赂中山王周围的人。真是钱可通神，马上就起作用了。当他求见中山王时，还没有游说，中山王就请他吃饭。吃完饭，鲁丹没有回住所，马上离开中山。他的车夫弄不懂为什么君王接见了反而要走呢？鲁丹说了一句机智的话："夫以人言善我，必以人言罪我。"事情果然如此，他还没有跑出国境，中山王周围的人果然说了他的坏话，中山王就派人捉拿他。韩非对于游士游说时所表现出的智慧是持赞美态度的。

⑤令韩非最开心的笑话

《韩非子》关于郑人的笑话最多，读这些文字可以感受到作者写到这些时很开心，下笔很放松，有点肆无忌惮地嘲笑他们，不必有什么顾虑。

郑人有相与争年者。一人曰："吾与尧同年。"其一人曰："我与黄帝之兄同年。"讼此而不决，以后息者为胜耳。

郑人有欲买履者，先自度其足而置之其坐，至之市而忘操之。已得履，乃曰："吾忘持度。"反归取之。及反，市罢，遂不得履。人曰："何不试之以足？"曰："宁信度，无自信也。"（以上《韩非子·外储说左上》）

郑人有一子，将宦，谓其家曰："必筑坏墙，是不善人将窃。"其巷人亦云。不时筑，而人果窃之。以其子为智，以巷人告者为盗。（《韩非子·说林下》）

郑县人卜子使其妻为裤，其妻问曰："今裤何如？"夫曰："象吾故裤。"妻子因毁新，令如故裤。

郑县人有得车轭者，而不知其名，问人曰："此何种也？"对曰："此车轭也。"俄又复得一，问人曰："此是何种也？"对曰："此车轭也。"问者大怒曰："曩者曰车轭，今又曰车轭，是何众也？此女欺我也！"遂与之斗。

郑县人卜子妻之市，买鳖以归。过颍水，以为渴也，因纵而饮之，遂亡其鳖。

郑县人有屈公者，闻敌，恐，因死，恐已，因生。（以上《韩非子·外储说左上》）

上面笑话中出现的郑人都是可笑的。他们有的贪生怕死，听说敌人来了，还没有交手，他先吓趴下了。等了一会儿敌人没有什么动静，恐惧劲头过去了，他又活了过来。他们愚昧，有的很教条主义，买鞋宁肯相信尺码也不相信自己的脚。有的比照旧裤子做新裤子，就要在新裤子上挖个洞。“卜子之妻”是有些缺心眼儿，她不仅给丈夫的新裤子上挖洞，买活鳖竟把它放到河里饮水，让它白白跑掉。郑人夸夸其谈，好说大话。一个说与“尧同年”，一个说与“黄帝之兄同年”。这种“争论”就是以谁有力气说到最后，谁就胜利。他们的愚昧还表现在不相信别人。郑人自己不认识“车轭”，别人好心告诉他，他还认为别人欺骗他，非要跟人家动手。同样的话，儿子的告诫，他就相信；别人的告诫，他认为是试探。东西丢了以后，这位郑人还“智其子而疑其邻”。这些形形色色的郑人，在韩非的笔下都是很可笑的。为什么都是“郑人”？韩非是不是有些地域歧视？

韩非是韩国的贵公子、韩国的贵族，而郑国是被韩国消灭的。三家分晋，魏、赵都各有辉煌时期，战国七雄中的秦自不必说，齐、楚、燕也都各自强盛过，唯有韩国，除了建立之初灭郑国（前 375 年）以外，真是乏善可陈。于是灭郑成为韩国人永恒的光辉的记忆。韩国灭郑后，把国都迁徙到郑，韩国贵族们每天面对的都是“郑人”，为了回忆自己曾经的光辉，这些郑人就成为他们嘲笑揶揄的对象。这也说明尽管到了韩非时代，韩国已经以郑为都城一百多年了，韩国人与原有的郑人都经历三四代了，韩郑两国人的关系还没有摆平，这是因为韩国贵族对郑人的歧视仍然没有多大变化。因此，他在叙说郑人的笑话时才使读者感到他很开心。

先秦诸子中以《庄子》与《韩非子》两书中笑话最多，《庄子》有些借动植物或大自然现象讲笑话，涉及人的笑话中的主人公也以普通人为主。《韩非子》中则多是人的故事，涉及的人物多是统治阶级中高层人物或知名人物，如尧、舜、武王、文王、楚怀王、阖闾、勾践、齐景公、魏文侯、晋文公、吴起、李悝、申不害、孙叔敖、春申君等。《庄子》中笑话多是讲人生感悟的，而《韩非子》中的笑话大多是政治笑话，有些虽然取材于人们的日常生活，也是为政治主题服务的。总之读《庄子》的笑话令人轻松解脱；而读《韩非子》的笑话令人悚然惊惧。

7. 杂家著作中的笑话——一字千金的《吕氏春秋》

《吕氏春秋》是先秦诸子中一部体大思深、注重结构立意的著作。它是有事先设计的一部集体著作，组织者是秦国宰相吕不韦，成书于秦嬴政登基八年（前239年）。

吕不韦（？—前235），姜姓，吕氏，名不韦，卫国濮阳（今河南濮阳西南）人。战国末年著名商人。《史记》中为吕不韦立传。言其投资于在赵国为人质的秦国公子子楚（后为秦庄襄王），助其返秦国并登上王位，秦庄襄王遂以吕不韦为相国，封文信侯（前249年），食邑河南洛阳十万户，门下有食客3000人，家童万人。庄襄王卒，年幼的太子政立为王，吕不韦为相国，号称“仲父”，专断朝政。战国中期以后贵族养士成风，战国末四公子（赵国平原君、魏国信陵君、齐国孟尝君、楚国春申君）以养士名满天下。吕不韦也效法他们，招致食客3000人，吕不韦乃使其客人人著所闻，集论以为八览、六论、十二纪，二十余万言。《吕氏春秋》汇合了先秦各派学说，“兼儒墨，合名法”（实际上在天道观上取资道家较多，政治与社会问题上多采取儒家意见），史称“杂家”。书成之日，悬于国门，声称能改动一字者赏千金。

吕不韦虽然只是《吕氏春秋》的组织者，但全书的完成，悬之于国门，求人改定他都有参与，肯定对书的内容有比较深入的了解，肯定赞成此书的思想倾向。《吕氏春秋》也简称“吕览”，全书分三部分十二纪、八览、六论。每部分之中有若干篇文章，产生在战国之末。吕不韦似乎意识到大一统即将到来，因此全书囊括百家、兼收并蓄、纵论精神领域各个方面，不仅为秦国一统华夏作文化奠基，也有总结春秋战国以来学术论争之意。

“吕览”的主体思想与秦国传统霸道政治不同，倡导“公天下”“天下非一人之天下也，天下之天下也。阴阳之和，不长一类；甘露时雨，不私一物；万民之主，不阿一人”（《贵公》）。吕不韦主持修“吕览”有矫正秦政风之意。后吕不韦被嬴政免除相国职务，不久，又令其举家迁蜀，与此书有一定关系。

书中的许多论述采取了讲历史、说故事的方式，这些故事中有不少是有笑料的，有的就是笑话。其中有些笑话是带有政治性的，如：

> 齐王欲以淳于髡傅太子，髡辞曰：“臣不肖，不足以当此大任也，王不若择国之长者而使之。”齐王曰：“子无辞也。寡人岂责子之令太子必如寡人也哉？寡人固生而有之也。子为寡人令太子如尧乎？其如舜也？”（《吕氏春秋·贵直论》）

这是个冷笑话，读时觉得一般，读后想起才觉得可乐。齐王（可能是齐威王）不过就是战国时代的一国之君，可是他不自知，对自己评估远过于实际。他请淳于髡作太子的师傅，淳于髡觉得自己不能胜任，齐王说：“你不要推辞。我又不是让你把太子教育得像我一样，只要他达到尧舜的水平就可以了。”“尧舜”在战国时期人们已经把他们看作是超凡入圣的人物了。可是在齐王看来还是次自己一等的。这种既糊涂颟顸，又自高自大，是十分可笑的。

“吕览”批评世间的谬误多从认识的错误入手：

> 人有亡铁者，意其邻之子。视其行步窃铁也，颜色，窃铁也，言语，窃铁也；动作态度，无为而不窃铁也。相其谷而得其铁，他日复见其邻之子，动作态度，无似窃铁者。其邻之子非变也，己则变矣。变也者无他，有所尤也。（《吕氏春秋·去尤》）

《去尤》是讲人们的认识多为偏见所左右，偏见的产生有多种原因。这个笑话中的主人公的偏见是由于丢失了斧子，它遮蔽了正常的思考，所以才觉得邻人之子一言一行、一举一动都像个盗窃他斧子的小偷，当他在山谷中找到了自己的斧子后，又觉得邻人之子一切都正常了。

偏见比无知离真理更远，一任其恶化就是昏聩：

> 齐人有欲得金者，清旦，被衣冠，往鬻金者之所，见人操金，攫而夺之。吏搏而束缚之，问曰：“人皆在焉，子攫人之金，何故？”对吏曰：“殊不见人，徒见金耳。”（《吕氏春秋·去宥》）

现在我们称之为利令智昏。这个人想金子想疯了，到了金子交易市场，光天化日之下，不管主人在没在现场，见了金子就抢，不计后果，完全丧失了理性。他的头脑和眼中只有黄金。金子、利益遮蔽了一切，真是可笑又可恨。

认知出了问题，人们预设的行动计划就会出现问题，“预设”时所显示的聪明走到了反面，人们觉得十分可笑。

荆人欲袭宋，使人先表澭水。澭水暴益，荆人弗知，循表而夜涉，溺死者千有余人，军惊而坏都舍。

楚人有涉江者，其剑自舟中坠于水，遽契其舟曰：“是吾剑之所从坠。”舟止，从其所契者入水求之。舟已行矣，而剑不行，求剑若此，不亦惑乎？

有过于江上者，见人方引婴儿而欲投之江中，婴儿啼，人问其故，曰：“此其父善游。”其父虽善游，其子岂遽善游哉？（以上皆见《吕氏春秋·察今》）

这三个笑话都出在《察今》。楚国准备偷袭宋国，两国有澭水隔离，楚国先派人测量了澭水的大小深浅，预先做好了标志。没想到澭水突然暴涨，楚人不知道，仍然按照原先设置的标志夜渡，一下子淹死一千多人，军情大乱仿佛房倒屋塌，预设的偷袭计划泡汤了。

刻舟求剑的故事人所共知，这位楚人的可笑在于，他自作聪明地在船上刻下痕迹，不管船行到哪里，他都认为那个痕迹就是他的剑沉落之处。

第三个笑话带点恐怖色彩。只因为婴儿的父亲是个游泳好手就断定其子也一定会游泳，就连刚生下的婴儿也不例外，仿佛游泳技能也能遗传。

这三个笑话都是嘲笑楚国的。战国中期以后秦楚对立，互相视为最大的敌人，这个故事中的蠢人都是楚国人，在“婴儿”笑话之后点评道：“荆国之为政，有似于此。”

上面三个笑话都是蠢人做主人公，但这些蠢人并不认为自己蠢，而是认为自己很聪明，出了问题都有应对之道。

> 范氏之亡也，百姓有得钟者，欲负而走，则钟大不可负，以椎毁之，钟况然有音，恐人闻之而夺己也，遽掩其耳。（《吕氏春秋·自知》）

> 鲁人有公孙绰者，告人曰：“我能起死人。”人问其故。对曰：“我固能治偏枯，今吾倍所以为偏枯之药则可以起死人矣。”（《吕氏春秋·别类》）

第一个笑话产生于三家分晋之前，晋国强权之间发生火拼，智氏灭了范家，范氏逃亡，小偷乘乱闯到范家想偷点东西，看中了大钟，但钟又大又沉，整体没法搬运，于是他用力锤击碎钟，不料，大钟轰然作响。小偷连忙捂住自己耳朵，怕别人听见。

愚蠢不分身份高低，晋国的小偷很蠢，鲁国这位公族出身的医生也不聪明，他能够治好半身不遂，但不懂医理，所以才会说出，只要把治疗半身不遂的药加倍给死人吃，就能起死回生。

有的看似愚蠢，但是不是装傻？我们看下面这个笑话：

> 宋有澄子者，亡缁衣，求之涂，见妇人衣缁衣，援而弗舍，欲取其衣，曰："今者我亡缁衣。"妇人曰："公虽亡缁衣，此实吾所自为也。"澄子曰："子不如速与我衣。昔吾所亡者，纺缁也。今子之衣，禅缁也。以禅缁当纺缁，子岂不得哉？"（《吕氏春秋·淫辞》）

宋人澄子丢了一件黑袍子，在路上寻找，见到一位妇女穿件黑衣，就拉着她不放手，要她的衣服，并说："我丢了件黑袍子。"妇人说："您丢了件黑衣服，但我穿的这件确实是我自己做的。"澄子说："你还不赶紧还我衣服。我丢的是黑夹袍；你这件只是黑单衣。用单衣换夹袍，你不是占大便宜了？"澄子的行为话语在可笑中透着可恶。他不仅强要妇人的衣服，还诬赖妇人占了他的便宜，简直是个恶棍。

《吕氏春秋》中的笑话以讽刺自作聪明的蠢人见长。

8. 史书中也有笑话——辩才驰骋的《战国策》

《战国策》是一部史书，又名《国策》《国事》《短长》《事语》《长书》《修书》等，分别记载战国时期东周、西周、秦、齐、楚、赵、魏、韩、燕、宋、卫、中山十二国史事，共三十三卷。作者不可考，近人罗根泽疑为蒯通所做。西汉刘向根据多种记录纵横家的写本，编定为此书。书中所记多是东周末年诸国混战，以及纵横家所申说的政治主张和外交策略，因此刘向将此书定名为《战国策》，史家遂称此时期为战国时代。纵横家穿梭于各国之间，他们作为策士谋臣，朝堂之上，意态雄发，纵横捭阖，摇唇鼓舌，论辩风生，成为战国时期政治、外交、军事斗争中的独特景观。纵横家说服的是人主，如韩非子所说"人主亦有逆鳞"，不小心触动了逆鳞，"则必杀人"，所以策士谋臣在畅论自己观点的同时，小心谨慎也必是心中所虑，故多采用故事笑话以说明道理、活跃气氛。

孟尝君见之。谓孟尝君曰："今者臣来，过于淄上，有土偶人与桃梗相与语。桃梗谓土偶人曰：'子，西岸之土也，挺子以为人，至岁八月，降雨下，淄水至，则汝残矣。’土偶曰：‘不然。吾西岸之土也，土则复西岸耳。今子东国之桃梗也，刻削子以为人，降雨下，淄水至，流子而去，则子漂漂者将何如耳？’今秦四塞之国，譬若虎口，而君入之，则臣不知君所出矣。”孟尝君乃止。（《战国策·齐策三》）

齐人见田骈曰：“闻先生高议，设为不宦，而愿为役。”田骈曰：“子何闻之？”对曰：“臣闻之邻人之女。”田骈曰：“何谓也？”对曰：“臣邻人之女，设为不嫁，行年三十，而有七子。不嫁则不嫁，然嫁过毕矣。今先生设为不宦，訾养千钟，徒百人。不宦则然矣，而富过毕也。”田子辞。（《战国策·齐策四》）

魏王欲攻邯郸，季梁闻之，中道而反，衣焦不申，头尘不去，往见王曰：“今者臣来，见人于大行，方北面而持其驾，告臣曰：‘我欲之楚。’臣曰：‘君之楚，将奚为北面？’曰：‘吾马良。’臣曰：‘马虽良，此非楚之路也。’曰：‘吾用多。’臣曰：‘用虽多，此非楚之路也。’曰：‘吾御者善。’‘此数者愈善，而离楚愈远耳。’今王动欲成霸王，举欲信于天下。恃王国之大，兵之精锐，而攻邯郸，以广地尊名，王之动愈数，而离王愈远耳。犹至楚而北行也。”

（《战国策·魏策四》）

卫人迎新妇，妇上车，问："骖马，谁马也？"御曰："借之。"新妇谓仆曰："拊骖，无笞服。"车至门，扶，教送母："灭灶，将失火。"入室见臼，曰："徙之牖下，妨往来者。"主人笑之。此三言者，皆要言也，然而不免为笑者，蚤晚之时失也。（《战国策·宋卫策》）

这四个笑话在设想有听众时才特别有趣。苏秦（《史记·孟尝君列传》作"苏代"）讲给孟尝君的，秦昭王礼聘孟尝君，苏秦主张合纵抗秦，他设计了土偶与木偶的对话。木偶嘲笑土偶禁不住雨水淋，土偶反唇相讥：我是西岸的土捏成的，淋垮了，土复归西岸。你在雨水中漂漂荡荡，不知漂向何方呢？

第二个是齐人说给稷下学士田骈听的。齐宣王之时在齐国都城临淄稷门之外创设稷下学宫，这是集教育与研究于一体的高等学府，"宣王喜文学游说之士，自如驺衍、淳于髡、田骈、接予、慎到、环渊之徒七十六人。皆赐列第，为上大夫，不治而议论。是以齐稷下学士复盛，且数百千人。"（《史记·齐世家》）这些"不治而议论"的学者，享受了"上大夫"的待遇。体制外的学者看着心里不舒服，指责田骈。把他比作昌言不嫁人，但刚三十岁就生了七个孩子的女子。这个笑话有幽默感，但对田骈却不公正。他的"不治而议论"是进行精神创造，稷下学宫创办就是为精神创造者解除物质上的负担，并不要求他们做具体的事情。应该说这是齐宣公的一个创作，在中国学术史上是有一定地位的。但这一点在战国时期大多数人还是不理解的。《孟子》中，孟子的学生彭更以责问的口吻对老师说："后车数十乘，从者数百人，以传食于诸侯，不以泰乎？"又说"士无事而食，不可也"。孟子名满天下，传食诸侯，连他的学生都不理解他，何况与田骈不相干的齐人。

第三个是讲给魏惠王（就是《孟子》中的梁惠王）听的，他在位五十年，三家分晋后，其祖、父（文侯、武侯）两代经营，魏国成为强国，给他打下一个很好的基础。他继位后，开始膨胀，先是称王，后来对外不断进行战争。当他要攻打本是同根的赵国（魏、赵、韩都是从晋国分裂出来的）时，奉命出使的季梁听到这个消息，半路赶回了魏国，匆匆见魏王，给他讲了南辕北辙的笑话。笑话很轻松，更像寓言，然而内容却很沉重。魏王的目的是想成其霸业，在诸国中树立威信，但他选用的发动侵略的方法只能适得其反。

第四个笑话在《战国策》中有些特殊，它没有具体听众。笑话中的新娘子有点像宋平话中的《快嘴李翠莲》。她说的都是日常生活中家庭主妇应该说的话，可是作为新嫁娘说了，就成为笑话。的确，人说话有个场合问题，但人们"不免笑"，实际上包含着对妇女的歧视。女子主静，多言多语就不被看好，何况又在新婚之际呢？

《战国策》《吕氏春秋》《韩非子》三种书是先秦典籍中保存故事、寓言最多的，其中带有笑料的便可视为笑话，但讲述这些笑话的目的不是为了传播笑，而是为了说明道理。

第四章 附庸时期的继续——秦汉

秦汉在中国历史的发展上具有极重要的地位，历来不乏赞誉之辞，可是在笑话史上，它只是春秋战国的一个可有可无的延长。我把先秦的笑话看成是游说之士与先秦诸子讲道理的附庸，是为说理服务的。作者并没有把游说对象逗乐的动机，只是想通过这些可笑的故事使其言辞更有说服力而已，秦汉时期的笑话也是这样。而且其数量与质量也远不能与先秦相提并论了。

一、秦汉的制度、文化背景

秦汉两代开始了中国大一统时期，从秦朝开始废除了西周的分封制，实行郡县制。分封制是以有不同的等级的贵族制度为前提的，它是一种金字塔形的结构，从周天子到诸侯（诸侯内也有等级）、大夫、士，自上而下分封土地，周天子分封给各诸侯，诸侯分封给大夫，大夫分给士。他们各自都有一块大小不同的土地，与相应的农民。所有贵族都有相应的、不等的权力。

秦统一之后，“海内为郡县，法令由一统”，此时只有皇帝有权，天下的郡县是天子授权的官员去管理，而且有一定时限，皇帝想什么时间收回就什么时间收回。汉代惩秦代政治之弊，在较短的时期内部分恢复了分封，但封国权限远不能与周代封国相比，皇帝对封国的掌控与对郡县官吏的掌控相去不远。自秦汉以后，只有皇帝一人有权、其他皆属臣仆的制度史称为皇权专制。

也许与皇权专制制度初步形成相匹配，在这两个强大王朝中笑声少了，人们的幽默感也在退化，尤其是统治特别严酷的秦代，西安出土的数千个兵马俑中，很少有笑的。

1. 极端的文化专制政策

皇权专制制度从本质上来说是反智主义的，对文化采取打压政策，因为与专制统治配套的是愚民，老百姓的智力的开化是专制统治的最大威胁。秦丞相李斯上书始皇说：

> 古者天下散乱，莫能相一，是以诸侯并作，语皆道古以害今，饰虚言以乱实，人善其所私学，以非上所建立。今陛下并有天下，辨白黑而定一尊；而私学乃相与非法教之制，闻令下，即各以其私学议之。入则心非，出则巷议，非主以为名，异趣以为高，率群下以造谤。如此不禁，则主势降乎上，党与成乎下。禁之便。臣请诸有文学《诗》《书》百家语者，蠲除去之。令到满三十日弗去，黥为城旦。所不去者，医药卜筮种树之书。若有欲学者，以吏为师。
>
> 始皇可其议，收去《诗》《书》百家之语以愚百姓，使天下无以古非今。明法度，定律令，皆以始皇起。(《史记·李斯列传》)

上面引号里的都是李斯奏疏所言，其所主张的是法家赤裸裸的文化专制主义。治下的百姓只能有一种认识、一种思想，不许老百姓有所议论、有自己的思想。凡是不同于官方认识的都是“造谤”，要严加取缔。始皇完全赞同李斯的意见，并积极行动。杰出的史家司马迁指出这样做的目的就是“以愚百姓”。

如果说李斯上书只是讲了不搞愚民政策对于皇权的危害，而《史记·秦始皇本纪》则记录了李斯在咸阳宫与博士淳于越辩论中更为极端的主张：“非博士官所职，天下敢有藏《诗》《书》、百家语者，悉诣守、尉杂烧之。有敢偶语《诗》《书》者弃市。以古非今者族。吏见知不举者与同罪。令下三十日不烧，黥为城旦。”李斯在奏疏中对于不同于朝廷意见的“百家语”只是“蠲除去之”，这里则用更加强硬的“烧之”来处理。这就是“焚书”的来源。

对于“或为妖言以乱黔首”的，李斯主张“弃市”（在市中心斩首），始皇采取了活埋。“犯禁者四百六十余人，皆坑之咸阳，使天下知之，以惩后。益发谪徙边”。这就是历来为有识之士贬斥的“焚书坑儒”。

近世也有人为其辩护，以为才“坑”“四百六十”个儒，算不了什么大事；所谓“焚书”，也只是烧了民间藏书，至于皇家所藏、“博士官所职”的经典并未焚毁。这种分析忽略了秦始皇这种前无古人的大规模的镇压文化，是一次成为系列的反智运动（包括坑杀儒生、焚百家书、严禁各个学派的流传、禁止私人藏书、禁止私人办学，要读书学习只能“以吏为师”等），也是对先秦诸子百家极其活跃的好学之风、著述之风以及学术交流的一次全面的反动。在中国文化史上开创了一个恶例，其后各代常有禁书之举，例如南宋禁野史、明代禁小说词曲、清代禁一切皇帝认为有“违碍”之处的书籍，然而“违碍”标准只存在皇帝一人心中。

秦始皇的所作所为成为日后皇权专制统治者或明或暗效法的对象，给社会进步所造成的负面效应是不能低估的。秦之后的两千多年中，中国一直在动乱中轮回，形成五十年一小乱，二百年一大乱的局面，仿佛进入历史的盲肠，看不到黑暗的尽头，不能不说秦朝是始作俑者。在盲肠中时间积累的糟粕在这里发酵，人们进步的要求与新鲜活泼的思想都在糟粕中被沤杀了。

秦始皇之所以称“始皇帝”就是因为他曾对群臣宣告：“朕为始皇帝。后世以计数，二世、三世至于万世，传之无穷。”他没有想到自己与祖先费了数百年功力所建立的大一统的“天下”在如此短暂的时间里就灰飞烟灭了，仅二世而绝。

2. 承袭秦制，又做了调整的两汉

随着陈胜、吴广的揭竿而起，貌似强大的秦帝国顷刻瓦解。这个被一些史家称颂的秦王朝仅仅存在了十五年。由平民刘邦建立的汉王朝除了中间王莽篡汉的十五年外，延续了四百年之久，这有赖于两汉在承袭秦始皇建立的皇权专制基础上做了重大的政策调整，然而皇权专制本身却没有变。

①总结秦朝二世而亡的政治教训

西汉一建立就关注秦所以灭亡的原因。刘邦刚刚取得政权就对军功集团中的文士陆贾说："试为我著秦所以失天下，吾所以得之者何，及古成败之国。"陆生乃粗述存亡之征，凡著十二篇。每奏一篇，高帝未赏不称善，左右呼万岁，号其书曰"新语"。(《史记·郦生陆贾列传》) 陆贾所著《新语》本着儒家以德治国的理论，秦朝短暂而速亡，就在于不施仁义、专用刑罚，以及统治集团的骄奢淫逸，并重用赵高等奸佞之臣。他提出要吸取秦之教训就要反秦道而行之："行仁义而轻刑罚；闭利门而尚德义；锄佞臣而求贤圣。"比陆贾稍后一些的政论家贾谊对于秦二世而亡的原因说得更为简单明了："仁义不施，而攻守之势异也。"(《过秦论》) 所谓的"仁义"也就是说专制统治宽松一些，不要搞得那么极端，让老百姓一点活路都没有。秦始皇搞了数起特大工程和对外战争——修长城、驰道、盖离宫别馆，直至建始皇陵墓，又北攻匈奴，南伐百越，征调的兵丁与劳力在三百万以上，占当时总人口的百分之二十。而且程期限制之严，我们从陈胜揭竿而起的过程中可见一斑。正如汉代严安所说："丁男被甲，丁女转输，苦不聊生，自经于道树，死者相望。”（《汉书·严安传》）而汉朝初年，刘邦实行“约法三章”与萧何制律九章。首先在法律上，表现出一定的宽松，而后文帝、景帝时期，又实行轻徭薄赋、与民休息的政策，从而出现了皇权专制统治下的第一个盛世——文景之治。

②黄老哲学确立了汉初统治者的开放心态

极端的法家政策也造成了始皇为政心态——特别苛酷寡恩，连帮助其父取得秦王位的吕不韦都不能容。而汉初不仅汉惠帝、文帝、景帝，就连吕后在事关国家的大政上也不为已甚，这与汉朝推行黄老政治有关。汉朝的建立者刘邦就是楚人，其麾下的军功集团，无论文武以楚人为多。因此尽管汉承秦制，但统治集团的思想习惯、精神面貌上还是楚人。在治国上，如陆贾所言“事逾烦天下逾乱，法逾滋而天下逾炽，兵马益设而敌人逾多”（《新语·无为》），从而“约法省禁”。他们追求“上无苛令，官无烦治，士无伪行，工无淫巧”。（《淮南子·齐俗训》）“漠然无为而无不为也，澹然无治也而无不治也”（《淮南子·原道训》），在文化上统治者更为宽松。极端的文化专制几乎有毁灭一切学术之势，汉初，学术面临着起死回生，汉文帝就是这个起死回生的第一推手。

汉文帝本来喜好“刑名之学”，但作为有胸怀、有远见的帝王对儒者和儒学给予了特殊的重视和照顾。因为儒家所传播的“六经”，是华夏民族的基本典籍，先秦诸子虽然学术主张各异，但其学术背景还是“根源六经”。秦之后“六经”面临灭绝，文帝推动了对儒家经典的搜求与整理，例如派晁错向已经九十多岁的伏生学习濒临失传的《尚书》，并开始为儒家经典设置博士，最先设置的是《诗经》(申培公、韩婴)。伏生的弟子欧阳生与张生被任命为《尚书》的博士，以备皇帝顾问。这些对于鼓励文化的发展起了重要作用。

汉代的察举制度也是从汉文帝开始初具规模，并定下所取科目。二年他下诏要求“举贤良方正能直言极谏者”，十五年，又“诏诸侯王公卿郡守举贤良能直言极谏者，上亲策之，傅纳以言”，成为从社会上选拔官员的开端。这些为文化繁荣创造了条件。

③罢黜百家，独尊儒术

“罢黜百家，独尊儒术”这一文化政策影响汉武帝其后所有王朝，成为皇权专制统治百姓的意识形态。最初提出这一点的是武帝，刚上台，其丞相卫绾本人不是学者，亦非熟悉统治术的意识形态专家，性格谨小慎微。当时窦太后还在，有左右朝政的力量，然而卫绾看准了武帝的爱好，建元元年(前140年)在地方官吏与诸侯向朝廷贡举“贤良方正直言极谏之士”时向武帝奏:“‘所举贤良，或治申、商、韩非、苏秦、张仪之言，乱国政，请皆罢。’奏可。”这便是“罢黜百家”的缘起。《汉书·武帝纪赞》说“孝武初立，卓然罢黜百家，表章六经”。

“表章六经”便是“独尊儒术”的来源。虽然武帝没有倡导“独尊”，但他设立“五经博士”，而且朝廷为之设置博士弟子（其他诸子之学则无博士），提拔平民出身的公孙弘为丞相，位列三公，并封平津侯，表明汉武帝将儒学看作国家学术的本意。至此，汉初统治者的开放心态消失了。当然，汉武所尊的六经及由此引出的治国之道，也非俗儒理解的“德政”。汉宣帝所说的“汉家自有制度，本以霸王道杂之，奈何纯任德教，用周政乎！”（《汉书·元帝纪》）也就是后世所说的“外儒内法”。从武帝之后历代所奉行的“儒术”大体就是这一套，表面上用些儒家的词汇，甚至搞一些“制礼作乐”，但内里还是“申、商、韩非”那一套。经学家皮锡瑞说“经学自汉元、成至后汉为极盛时代”。仅仅把经学看成是一种学术也许有一定道理，如果把儒学看成实践性的学术就很荒谬了。

二、秦代的笑话

严格说秦代没有什么笑话，《列仙传》中记神仙安期生的故事可以发人一大噱：

> 安期生，琅耶阜乡亭人也。卖药海边，秦始皇请语三夜，赐金数千万，出，于阜乡亭皆置去留书，以赤玉舄一量为报，曰："后千岁求我于蓬莱山下。"（《史记正义·孝武本纪》）

安期生这位神仙"通蓬莱中，合则见人，不合则隐"。始皇很虔诚地向他求教长生之术。这位不轻易见人的神仙说："好啊，千年之后，在蓬莱山下来求教吧！"另外还有一个就是《史记·滑稽列传》记载的带有苦涩甚至眼泪的"笑话"：

> 优旃者，秦倡朱儒也。善为笑言，然合于大道。秦始皇时，置酒而天雨，陛楯者沾寒。优旃见而哀之，谓之曰：

“汝欲休乎?”陛楯者皆曰:“幸甚。”优旃曰:“我即呼汝,汝疾应曰诺。”居有顷,殿上上寿呼万岁。优旃临槛。大呼曰:“陛盾郎!”郎曰:“诺”。优旃曰:“汝虽长,何益?幸雨立。我虽短也,幸休居。”于是始皇使陛楯者得半相代。

始皇尝议欲大苑囿,东至函谷关,西至雍、陈仓。优旃曰:“善。多纵禽兽于其中,寇从东方来,令麋鹿触之足矣。”始皇以故辍止。

二世立,又欲漆其城。优旃曰:“善。主上虽无言,臣固将请之。漆城虽于百姓愁费,然佳哉!漆城荡荡,寇来不能上。即欲就之,易为漆耳,顾难为荫室。”于是二世笑之,以其故止。居无何,二世杀死,优旃归汉,数年而卒。(《史记·滑稽列传》)

优旃是秦朝廷一个演员,他富有同情心,同情冒雨站岗的卫士,在秦始皇饮宴中敢说一些煞风景的话。我们现在并没有觉得优旃在雨中高呼“陛楯郎”与说“你们长得高,有何益处,也得在雨中站着;我虽然是个矮子,得以在皇帝身边避雨”有什么可笑,可是想一想现场:皇帝饮宴,庄严隆重,与宴大臣,威仪整肃。突然一个穿着花袄的小丑(当时优人多以丑角自居),向禁卫军吆五喝六,岂不是很可笑。

第二、三条都是优旃在皇帝面前的讽谏语。第二条可见始皇时滥用民力之严重。从陈仓到函谷关七百里,这个园囿要建成，可能大过现在世界最大的黄石公园。三是漆城。不知是漆长城还是当时的都城——咸阳。即使是漆咸阳城，咸阳至少也有数十公里（始皇陵仿咸阳周长就有六七公里）。从这则笑话中可见秦二世是个晋惠帝式的痴呆皇帝。无怪秦二世而亡。

三、两汉的笑话

汉代与先秦相近，尚无独立的笑话，其笑话也多附在史书和诸子等杂书之中。史书中的笑话与我们前面讲的诸子中的笑话不同，后者是借以说明一个道理，而前者就是径直描写历史上可笑的事件，有的也许当时写作者未觉得可笑，然而今天读来却令人喷饭，我们也要把它提出来，共同欣赏。

1. 含着眼泪的微笑——《史记》

①悲惨遭遇的结晶

鲁迅称《史记》是“史家之绝唱，无韵之《离骚》”。我觉得这是对《史记》最贴切的评价。《离骚》是屈原的绝唱，带有强烈的悲剧意识。《史记》也如此，这与司马迁生平遭遇有极大的关系。

司马迁（约前145或前135—？），字子长，夏阳龙门人（今陕西韩城南）。他自述其成长、学习与考察之经历：“迁生龙门，耕牧河山之阳。年十岁则诵古文。”二十岁出游考察风俗，采集传说“二十而南游江淮，上会稽，探禹穴，窥九疑，浮沅湘。北涉汶泗，讲业齐鲁之都，观夫子遗风，乡射邹峄；厄困蕃薛、彭城，过梁楚以归。于是迁仕为郎中，奉使西征巴蜀以南，南略邛、笮、昆明，还报命。”（《史记·太史公自序》）包括今天的陕西、河南、江苏、安徽、浙江、湖南、湖北、山东、四川，西南最远到云南昆明。司马迁足迹半天下，体验了古往今来经验的教训、人海沧桑，后来他在悲惨的处境中仍然能在其文字中流露出悲悯、幽默，与其经历有极大的关系。司马迁前半生可以说是基本顺畅的，元封元年（前110年）作为史官的父亲司马谈去世，临终嘱咐他继承自己的事业，担任史官，完成一部贯穿古今的通史。他谨遵父命开始了《史记》的写作。天汉二年（前99年），在《史记》初具规模时，发生了李陵兵败降匈奴事件。司马迁为人耿介，不肯像一般臣僚落井下石，遂受严厉处分——宫刑。自尊的司马迁感到这是对人格的极大侮辱，痛苦万分，“是以肠一日而九回，居则忽忽若有所亡，出则不知其所往。每念斯耻，汗未尝不发背沾衣也”。面对羞辱，司马迁觉得自己应该勇敢赴死，但《史记》“草创未就”，为了完成这一使命他坚忍地活了下来。悲哀、耻辱时刻笼罩在他心头，这种情感不能不深入他的文笔之中。但司马迁又是思想家、是位智者，他能冷静处理史料，从看似庄严的庙堂史料中发现许多人们不易察觉的东西，如庸碌、可笑等。有人把这些看作司马迁对于自己不幸的报复，我不同意这个意见，这太看轻了这位伟大的史学家。不过司马迁冤案使他在一帆风顺中清醒了过来，这样他不会堕入以成败论英雄的深渊，许多正统的史家正是这样裁量人物的。

②史学家的难题

自春秋以来，史官就有秉笔直书的传统，甚至不惜为此丢掉性命。“直书”，特别是直书有权、手握暴力的统治者的不光彩事迹，对于史学家来说是最大的难题。许多史官为此牺牲。《汉书·司马迁传》赞云：“自刘向、扬雄博极群书，皆称迁有良史之材，服其善序事理，辨而不华，质而不俚，其文直，其事核，不虚美，不隐恶，故谓之实录。”作为汉朝的史官司马迁对于开国皇帝高祖刘邦和当朝皇帝——汉武帝也敢于直书他们一些可笑的丑事，展示他们性格的多面性，这是需要很大勇气的，令人钦佩。刘邦是个平民出身的开国之君，他能够打天下坐天下，其为人性格确有过人之处，但他还有卑琐的一面，言谈行事很可笑：

> 高祖五日一朝太公，如家人父子礼。太公家令说太公曰：“天无二日，土无二王。今高祖虽子，人主也；太公虽父，人臣也。奈何令人主拜人臣？如此则威重不行。”后高

祖朝，太公拥彗，迎门却行。高祖大惊，下扶太公。太公曰：“帝，人主也，奈何以我乱天下法！”于是高祖乃尊太公为太上皇。心善家令言，赐金五百斤。

未央宫成，高祖大朝诸侯群臣，置酒未央前殿。高祖奉玉卮，起为太上皇寿曰：“始大人常以臣无赖，不能治产业，不如仲力。今某之业所就孰与仲多？”殿上群臣皆呼万岁，大笑为乐。(《史记·高祖本纪》)

做了皇帝的刘邦内心希望老爸也像臣民一样，但又说不出口，所以每朝见父亲还像常人一样行家礼。太公府的管家说，皇帝是天下的老大，普天下都是他的臣民。太公接受了管家的意见。当刘邦再朝见时，太公亲执扫帚，开门迎接，刘邦装作不敢接受，但却厚赏了管家。

第二个故事写刘邦翻老爸的旧账：你过去说我不务正业，不像二哥努力耕种，置产业，现在我的家业与二哥比比，哪个多？知子莫若父，当了皇帝的刘邦也没改“无赖”的性格，所以说话行事时时表现出可笑、可鄙。

昌为人强力，敢直言，自萧、曹等皆卑下之。昌尝燕时入奏事，高帝方拥戚姬，昌还走。高帝逐得，骑周昌项，问曰：“我何如主也？”昌仰曰：“陛下即桀纣之主也。”于

是上笑之，然尤惮周昌。(《史记·张丞相列传》)

周昌是跟着刘邦一起打天下有功劳的旧臣，又为人正直，连萧何、曹参都有些怕他，刘邦对他也畏惧三分。周昌在休息的时候入朝奏事，他正抱着宠姬戚夫人取乐，老实人周昌见状回头就跑，刘邦推开戚，快步追上周昌，骑在他脖子上，问周："我是什么样的君主？"回答："你是夏桀、殷纣王一样的君主。"刘邦听了大笑。他最怵这个老下级。

刘邦是个开国皇帝，他竟能做出往初次见面的儒生的帽子里撒尿，动不动就骂人，对儒生、大臣等自称"乃公""而公"（现今四川话中的"你老子"）的事，揭去神圣的面纱，还原一副流氓嘴脸。

在写到当今皇帝时，司马迁也不避讳写其可笑的一面。汉武帝具有雄才大略，但在其追求长生时，便暴露出其愚昧的一面。

少翁以方术，盖夜致王夫人及灶鬼之貌云，天子自帷中望见焉。于是乃拜少翁为文成将军，赏赐甚多，以客礼礼之。文成言曰："上即欲与神通，宫室被服不象神，神物不至。"乃作画云气车，及各以胜日驾车辟恶鬼。又作甘泉宫，中为台室，画天、地、泰一诸神，而置祭具以致天神。居岁余，其方益衰，神不至。乃为帛书以饭牛，详弗知也，言此牛腹中有奇。杀而视之，得书，书言甚怪，天子疑之。有识其手书，问之人，果为书。于是诛文成将军，而隐之。

康后闻文成已死，而欲自媚于上，乃遣栾大因乐成侯求见言方。天子既诛文成，后悔恨其早死，惜其方不尽，及见栾大，大悦。大为人长美，言多方略，而敢为大言，处之不疑。大言曰："臣尝往来海中，见安期、羡门之属。顾以为臣贱，不信臣。又以为康王诸侯耳，不足予方。臣数言康王，康王又不用臣。臣之师曰：'黄金可成，而河决可塞，不死之药可得，仙人可致也。'臣恐效文成，则方士皆掩口，恶敢言方哉！"上曰："文成食马肝死耳。子诚能修其方，我何爱乎！"大曰："臣师非有求人，人者求之。陛下必欲致之，则贵其使者，令有亲属，以客礼待之，勿卑，使各佩其信印，乃可使通言于神人。神人尚肯邪不邪。致尊其使，然后可致也。"于是上使先验小方，斗棋，棋自相触击。(《史记·孝武本纪》)

打天下的刘邦、其后的文帝、景帝都不搞神仙鬼怪和长生不老这一套。汉武帝在这些方面很像秦始皇，因此就不免要被方士愚弄。少翁以能令人见鬼神而受到汉武宠信。他使了幻术，号称能让夜里坐在帐帷之中的汉武帝望见死去的"王夫人及灶鬼之貌"，就这一招便被封为"文成将军"。后来幻术不灵，少翁便在帛上写了一段文字，让牛吃下去，并对皇帝说，这牛肚子里有奇迹。杀了牛，发现了帛书，但文字的内容却古奥不可解，有人认出来这是少翁的笔迹。汉武帝一怒之下杀了少翁，但又觉得很丢面子，就把这事儿隐瞒了下来。

后来汉武帝有些后悔过早杀了少翁，觉得他可能还有许多方术没有展示。于是又有人把少翁同门师兄弟栾大介绍给汉武帝。栾大身高马大，长得又漂亮，更敢说大话，而且把大话说得让人不敢不相信。他一见汉武帝就说："我常常到海上与神仙安期生、羡门等往来。因为我地位低贱，他们不肯相信我，不把神仙方术传授给我，诸侯也不行。我的老师说：'黄金可以炼成，黄河决口可以堵塞。长生不老之药可以得到，可以修炼成神仙。'这些我不敢向您传授。自文成将军被杀，方士都不敢谈方术了，我也怕落到文成将军那个下场。"栾大说的不仅仅是大话，而且都是汉武帝念兹在兹的一些大事。武帝此时已经是晚年了，好大喜功，弄得国家亏空，又赶上黄河决口，很难堵塞。自己身体多病，日益衰老。栾大这一席话，真是说到他心坎上了。他马上编了个谎话："文成食马肝死耳。"（马肝在《史记》出现三次，每次都有喜剧色彩）栾大接着就吹嘘他的师父。汉武帝怕又遇上个骗子，大话近期不能实现，先让他展示一下小把戏，于是栾大拿出博棋，棋子在棋盘上动了起来，而且互相撞击，很奇妙。其实当时就有人破解，认为栾大把棋子磁化了（见《淮南万毕术》）。

处处精明，自以为是的汉武帝当他被所追逐的利益蒙蔽时也显现出愚昧可笑的一面。

③官吏百相

朝廷的官员都是自上而下任命的，因此天生的就会对上逢迎，讨上面欢喜，对下则是另一副嘴脸。

对上逢迎，凡是在宦途一帆风顺的大多是有自己的绝招。汉初，社会风气看重“长者”（为人忠厚恭谨），司马迁为这些“忠厚恭谨”的人们专门开辟了“列传”，其第四十三篇《万石张叔列传》即万石君石奋、石建、石庆一家及卫绾、直不疑、周仁、张欧等人的合传。在合传中称他们都是忠厚恭谨的长者，但平和的描写中流露出其可笑的一面。

石奋一家，真是“无文学”“无他能”，只是“恭谨”，所以一家子五个人同时做到二千石的大官，连汉景帝都感到惊讶：“景帝曰：‘石君及四子皆二千石，人臣尊宠乃集其门。’号奋为万石君。”

> 孝景帝季年，万石君以上大夫禄归老于家，以岁时为朝臣。过宫门阙，万石君必下车趋，见路马必式焉。子孙为小吏，来归谒，万石君必朝服见之，不名。子孙有过失，不谯让，为便坐，对案不食。然后诸子相责，因长老肉袒固谢罪。改之，乃许。子孙胜冠者在侧，虽燕居必冠，申

申如也。僮仆欣欣如也，唯谨。上时赐食于家，必稽首俯伏而食之，如在上前。……子孙遵教，亦如之。万石君家以孝谨闻乎郡国，虽齐鲁诸儒质行，皆自以为不及也。

万石君徙居陵里。内史庆醉归，入外门不下车。万石君闻之，不食。庆恐，肉袒请罪，不许。举宗及兄建肉袒，万石君让曰："内史贵人，入闾里，里中长老皆走匿，而内史坐车中自如，固当！"乃谢罢庆。庆及诸子弟入里门，趋至家。

……诸子孙咸孝，然建最甚，甚于万石君。建为郎中令，书奏事，事下，建读之，曰："误书！'马'字与尾当五，今乃四，不足一。上谴死矣！"甚惶恐。其为谨慎，虽他皆如是。

万石君少子庆为太仆，御出，上问车中几马，庆以策数马毕，举手曰："六马。"庆于诸子中最为简易矣，然犹如此。为齐相，举齐国皆慕其家行，不言而齐国大治，为立石相祠。(《史记·万石张叔列传》)

写的都是万家的一些小事：石奋老了退休了，但节庆朝见，他还参加。但恭谨可谓诸官表率。他路过宫门，不顾身老体衰，一定要下车小跑（朝见君主之礼），见到皇帝的车马，他也要在车子上向车马致敬。他的子孙即使是当小官吏，回家拜见，他也要穿上上大夫的礼服，并只称子孙的官职名。子孙犯了错误，他不打不骂，只是躲在小房子里不吃不喝。这样诸子就会责备那个犯错误的，犯错者只有请族中长老陪同自己光着膀子表示痛改前非才完事。即使在日常生活中，有成年的子孙在侧，石奋也要戴上官帽。皇帝赏赐食品，即使在家，石奋也必叩头，然后趴在席子上吃，好像皇帝就在现场一样。其子孙也是有样学样，谨遵石奋的教育。

有一次石庆喝醉了，到了外门没下车，石奋知道了，不吃饭了。把石庆吓坏了。他脱衣请罪，不允许。于是全家族与哥哥石建等都陪着石庆脱了上衣，石奋说："石庆内史是个大官了，他一进胡同，我们街里街坊都应该跑着、藏起来，这样内史大官人坐在车子里才自由自在，这样才合他的身份啊！"说完喝令石庆走开。从此，石奋子孙回家，一进胡同就赶紧下车，小跑着回家。

石建做到郎中令（九卿之一），一次奏事，把"马"字多写了一笔，皇帝发下奏书，他十分紧张，觉得非要被皇帝处死不可。石庆为太仆（九卿之一），一次为皇帝驾车，皇帝问驾车的几匹马，石庆用马鞭一二三四五六数了一遍，用手比画说"六匹"。石庆还是石家诸子中最为"简易"的。

这些就是一年至少要向朝廷领一万石禄米的石家对国家的贡献。司马迁娓娓道来，十分平和地讲述这个"忠厚"传家的可笑的故事。

宫廷中的太监更是靠趋奉生存的群体：

窦皇后言之于文帝，召见，问之，具言其故，果是。又复问他何以为验？对曰："姊去我西时，与我决于传舍中，丐沐沐我，请食饭我，乃去。"于是窦后持之而泣，泣涕交横下。侍御左右皆伏地泣，助皇后悲哀。乃厚赐田宅金钱，封公昆弟，家于长安。(《史记·外戚世家》)

窦皇后前半生的遭遇挺苦的，也很让人同情，后来阴差阳错，被送到代国，遇到代王（后来的汉文帝）才时来运转。后来代王成了皇帝，她得以为后，又找到了失散多年的弟弟，在证实真伪时，弟弟说到他们分别时的细节，窦皇后情不自禁，哭泣起来。这时奇迹发生了："侍御左右皆伏地泣，助皇后悲哀"。一个"助"字让入戏的读者也不禁破涕为笑了。

清河王太傅辕固生者，齐人也。以治《诗》，孝景时为博士。与黄生争论景帝前。黄生曰："汤武非受命，乃弑也。"辕固生曰："不然。夫桀纣虐乱，天下之心皆归汤武，汤武与天下之心而诛桀纣，桀纣之民不为之使而归汤武，汤武不得已而立，非受命为何？"黄生曰："冠虽敝，必加于首；履虽新，必关于足。何者？上下之分也。今桀纣虽失道，然君上也；汤武虽圣，臣下也。夫主有失行，臣下不能正言匡过以尊天子，反因过而诛之，代立践南面，非弑而何也？”辕固生曰：“必若所云，是高帝代秦即天子之位，非邪？”于是景帝曰：“食肉不食马肝，不为不知味。言学者无言汤武受命，不为愚。”遂罢。是后学者莫敢明受命放杀者。

窦太后好《老子》书，召辕固生问《老子》书。固曰：“此是家人言耳。”太后怒曰：“安得司空城旦书乎？”乃使固入圈刺豕。景帝知太后怒而固直言无罪，乃假固利兵，下圈刺豕，正中其心，一刺，豕应手而倒。太后默然，无以复罪，罢之。（《史记·儒林列传》）

儒林比官场好些，然而碰到最高统治者的禁令，也会出现可笑的场面。

作为儒者的辕固生坚持“汤武革命”（商汤、周武王）的正义性，而黄生信仰的是当时流行的黄老政治哲学，认为汤武是篡位弑君。辕固生认为暴虐的、胡作非为的桀纣早已失去天命、民心，汤武是代表天命诛杀桀纣。桀纣之民不拥护桀纣而拥护汤武，汤武不得已而登上君主之位，难道他们不是受天命而革命吗？黄生争辩说，帽子再破也要戴在头上；鞋子再新，也要穿在脚上，这是上下之分。桀纣虽然失道，但也是君主；汤武虽然是圣人，也是臣子。君主有错误，做臣子的不能诤谏使他们改过，反而借口他们有错误而诛杀、篡位，自己做天子，这不是弑君、什么才叫弑君，辕固生使出撒手锏：照你的说法，我朝的高祖皇帝，取代秦朝天子之位也是篡弑了？黄生张口结舌，汉景帝马上出来打圆场：吃肉不食马肝不等于你不是美食家，学者不研究、不讨论“汤武受天命”这个题目也不代表你没学问。从此，后世学者没有再敢谈论“汤武革命”这一类题目了。关于“马肝”后世有争论，有的说是“美味”，有的说“有毒”，有的说“美味+有毒”。学术问题，一涉及现实就变成了“美味+有毒”了。

汉景帝思想倾向儒家，但黄老哲学对当时统治有利，因此，他的叫停显得比较温和。可是他的母亲窦太后对于儒、道两家之争就没有那么客气了。这与她既信仰黄老哲学，又与当时统治稳定密切相关，因此当她听到辕固生说“‘老子’不过是一些寻常老百姓的话罢了”时便火冒三丈：“当然比不上你们儒家法律教条书了。”于是把他轰入笼子和野猪搏斗。景帝知道辕固生无罪，然而太后正在盛怒之中，于是悄悄给他一把锋利的刀子（当时窦太后已经目盲），辕固生一刺正中心脏，野猪应手而倒。窦太后没说话，一场学术辩论，却以野猪被杀死而告终，多可笑。

司马迁曾经坐过监狱，他对狱吏的可笑面目也有描绘：

其后安国坐法抵罪，蒙狱吏田甲辱安国。安国曰：“死灰独不复然乎？”田甲曰：“然即溺之。”居无何，梁内史缺，汉使使者拜安国为梁内史，起徒中为二千石。田甲亡走。安国曰："甲不就官，我灭而宗。"甲因肉袒谢。安国笑曰："可溺矣！公等足与治乎？"卒善遇之。(《史记·韩长孺列传》)

官至御史大夫的韩长孺（字安国）也曾犯法被关入梁国蒙县监狱，狱吏田甲侮辱他，长孺很愤怒地对田甲说："死灰难道不会再燃烧吗？""如果再燃烧我就撒泡尿，把你浇灭了！"过了不久，梁国内史缺员，长孺被任命为梁国内史，从一个判徒刑犯人提拔到二千石大官。田甲吓得逃跑了。长孺说："如果田甲不回到自己的职位上去，我杀掉他的整个家族。"田甲脱光了上衣到长孺面前谢罪。长孺笑着说："现在你可以撒尿浇灭了。像你们这类人值得我一一惩治吗？"最终，长孺对他很好。我想此时田甲磕头如捣蒜了。

《史记》的叙事中时时写到一些可笑的事情，但不是为了逗笑而写，因为事情本来就是那个样子，他只是据实而录，没有夸张。

④为说笑话的艺人立传——《滑稽列传》

司马迁在立传上采取了平民立场，他不以地位的高低、功业的成败论人，凡是在历史上、社会中有贡献、有影响的人物都把他们的事迹收入《史记》，甚至为他们立传。《史记》中的

“滑稽列传”记录的多是有影响的艺人（除了淳于髡）的事迹。

汉代人所说的“滑稽”与今义有区别。现今称逗笑为滑稽，秦汉之时“滑稽”还是形声词，音读“骨鸡”，形容肚大嘴小的流酒器。扬雄《酒赋》：“鸱夷滑稽，腹如大壶。尽日盛酒，人复借酤。”（《全汉文》）“鸱夷”这种酒器吐酒，滔滔不绝，后来遂称能言善辩为滑稽。司马迁很欣赏这些能说会道的人，特别是他们通过言说顺利解决人间纠纷。所以，他在列传的小序中说“天道恢恢，岂不大哉！谈言微中，亦可以解纷”，把能够引人发笑的滑稽看作与儒家“六艺”一样重要。而先秦至秦汉优人（宫廷艺人）责任就是搞笑，但许多笑声很快也就消失了，只有那些事关国家社会重大问题的笑才会被人记住。

第一位进入《滑稽列传》的是淳于髡，不过他不是优人，而是士人，而且还是齐国的稷下学士。他还是外交家，数度代表齐国出使，而且不辱使命。他是个智商很高的人，随机应变能力很强。他曾鼓励齐威王不要消沉，说了“不鸣则已，一鸣惊人”的寓言。楚国攻打齐国，齐威王派他到赵国求救兵，只拿了一点点礼物，淳于髡听了便仰天大笑，笑得连帽带都断了，并讲了个笑话：

> 淳于髡仰天大笑，冠缨索绝。王曰：“先生少之乎？”髡曰：“何敢！”王曰：“笑岂有说乎？”髡曰：“今者臣从东方来，见道傍有禳田者，操一豚蹄，酒一盂，而祝曰：‘瓯

窭满篝，污邪满车，五谷蕃熟，穰穰满家。’臣见其所持者狭而所欲者奢，故笑之。”（《史记·滑稽列传》）

淳于髡说：我从东方来，见路边有个祈求丰收的农民，他拿着一个猪蹄和一杯酒向上天说：“给我们一个五谷丰登的年景吧！沟沟坎坎打的粮食装满席篓，坑坑洼洼地里收的粮食装满大车。”我见他拿了那一点祭物却有那么奢侈的祈求，真是太可笑了。

于是齐威王拿出更为丰盛的礼品。从这个笑话，可见国人看事的视角，无论是外交还是祭祀都是一种利益交换。

《滑稽列传》另外两个故事则是讲优人的。关于秦代艺人优施的，前面已经讲过。

传中所说“其后百余年，楚有优孟”是有错误的。优孟是楚庄王时代的，庄王是春秋五霸之一，去世于公元前 591 年。齐威王是战国时齐国君王，去世于公元前 320 年，比楚庄王晚了 270 年。优孟是第一个被用较多的文字记载的一位艺人。司马迁记录了优孟两个故事。一是楚庄王的爱马死了，他要以大夫之礼埋葬这匹马，并命令臣子都要去吊唁，并声言不许劝谏，胆敢劝谏者死。“优孟闻之，入殿门，仰天大哭。王惊而问其故。优孟曰：‘马者王之所爱也，以楚国堂堂之大，何求不得，而以大夫礼葬之？薄，请以人君礼葬之。’”庄王很荒谬了，优孟更进一步。要把葬礼提高到葬诸侯礼，还要通知各国，请他们派使节参加。这匹马的地位与楚庄王相等了，庄王这才感到荒谬。优孟制止了诸侯国王处理国务的任性。

另一个故事影响更大，不仅留下了优孟衣冠这个成语，而且有的戏剧史研究者据以论证化妆性的演出在春秋时期就出现了。楚国故去的令尹（相当于后世的宰相）孙叔敖家中非常贫穷，遗孀与儿子以打柴为生。孙叔敖生前为楚国做出许多贡献，又很廉洁，死时家无余财，连棺材都买不起。优孟知道这种情况后，便化妆成孙叔敖的样子，一举一动、一言一行都学得惟妙惟肖，连楚庄王见了都以为孙叔敖复活了，请他再担任令尹。优孟说我得与老婆商量商量。三日后，优孟回复楚王说“妇言慎无为，楚相不足为也。如孙叔敖之为楚相，尽忠为廉以治楚，楚王得以霸。今死，其子无立锥之地，贫困负薪以自饮食。必如孙叔敖，不如自杀”。然后，唱了一首歌，讲述在楚国为官之难。大约这是古今官员共同的悲哀：

> 山居耕田苦，难以得食。起而为吏，身贪鄙者余财，不顾耻辱，身死家室富。又恐受赇枉法，为奸触大罪，身死而家灭。贪吏安可为也！念为廉吏，奉法守职，竟死不敢为非。廉吏安可为也！（《史记·滑稽列传》）

真诚做廉吏的就像孙叔敖一样，那些不顾羞耻的，死后有余财；也有受贿枉法的，被发现了，“身死而家灭”！到底应该选择哪条路呢？

古代艺人是个很活跃的阶层，司马迁是为艺人立传的第一人，其后正史之中除了《新五代史》的“伶官传”外再没有为艺人立传的了。

2. 面目严肃的正史——《汉书》

《汉书》是两汉除《史记》之外最重要的一部历史著作，其作者主要是东汉的班固。班固（32—92），字孟坚，汉族，扶风安陵人（今陕西咸阳东北），史学家班彪之子。官兰台令史，迁为郎，典校秘书。潜心二十余年，在其父班彪遗稿的基础上修成《汉书》，成为历史上第一部纪传体的断代史。迁玄武司马，撰《白虎通德论》，后随窦宪征匈奴，为中护军，此征开疆拓土，班固著《封燕然山铭》记窦宪功勋。永元四年（公元92年），窦宪密谋叛乱，事败自杀，班固受到株连，再度下狱，死狱中。

班固思想正统，为人谨慎，奉命著史，因此《汉书》叙事较为详赡严密，工整凝练外，很少有特色。班固写史是重史轻人，因此人物传记中涉及细节的不多，因此也很少有笑话的场面出现。不过，他写了东方朔，使这位以滑稽著名的汉代人物彪炳千古。《史记·滑稽列传》中的东方朔传是西汉褚少孙所补，极为简略。司马迁并没有能亲自写东方朔传是件很遗憾的事。

①“滑稽之雄”东方朔

后世把东方朔看作搞笑人物，其根源在于班固为他写的这篇传记。本来东方朔自视很高，其一出场：

> 朔初来，上书曰：“臣朔少失父母，长养兄嫂，年十三学书，三冬文史足用。十五学击剑，十六学《诗》《书》，诵二十二万言。十九学孙吴兵法，战阵之具，钲鼓之教，亦诵二十二万言。凡臣朔固已诵四十四万言。又常服子路之言。臣朔年二十二，长九尺三寸，目若悬珠，齿若编贝，勇若孟贲，捷若庆忌，廉若鲍叔，信若尾生。若此，可以为天子大臣矣。臣朔昧死再拜以闻。”朔文辞不逊，高自称誉，上伟之，令待诏公车……（《汉书·东方朔传》）

这段自我吹捧的话与唐代大诗人李白自述无异，连汉武帝都受到震撼。东方朔著作也不少，他一生志在为国效力，但汉武帝把他视为俳优，不予重用。班固也突出了其滑稽的一面，写他猜谜、制作谜语，能搞笑，连当时深受皇帝宠幸的被称为“滑稽不穷”的艺人郭舍人也只得甘拜下风。

> 久之，伏日，诏赐从官肉。大官丞日晏不来，朔独拔剑割肉，谓其同官曰：“伏日当蚤归，请受赐。”即怀肉去。

大官奏之。朔入，上曰："昨赐肉，不待诏，以剑割肉而去之，何也？"朔免冠谢，上曰："先生起自责也。"朔再拜曰："朔来！朔来！受赐不待诏，何无礼也！拔剑割肉，壹何壮也！割之不多，又何廉也！归遗细君，又何仁也！"上笑曰："使先生自责，乃反自誉！"复赐酒一石，肉百斤，归遗细君。(《汉书·东方朔传》)

这可以视作一则笑话。三伏热天，皇帝赐肉，但要大官来给这些侍从官分，可是大官迟迟不来，只有东方朔敢于拔剑割肉，并丢下一句话"分了肉要早回家啊，三伏天很热的"。把肉揣在怀里走了。大官知道了很生气，上奏皇帝。皇帝责备说："昨天赐的肉，为什么你不按照诏令就擅自把肉割走了？"东方朔免冠谢罪。皇帝说："好了，你站起来自责吧！""东方朔啊，东方朔，你接受皇帝的赐肉，却不按诏令行事，多么无礼！但你拔剑割肉的气势，多么雄壮！你割肉不多，多么廉洁！急着把肉拿回家给妻子吃，又多么仁爱！"皇帝也笑了。纵观东方朔的著作如《答客难》《非有先生论》和《自悲》《怨世》《哀命》，与其临终时对皇帝的谏言——"诗云：'营营青蝇，止于蕃。恺悌君子，无信谗言。谗言罔极，交乱四国。'愿陛下远巧佞，退谗言。"(《史记·滑稽补传》)等作品来看，东方朔本来面目应该是怀才不遇的贤者。

②笑料的制造者——王莽

《汉书》与《史记》不同，它不注重对于历史人物的描写，当然也就更缺少细节。像王莽这样食古不化、认认真真做蠢事的人物，如果要让司马迁来写不知会有多少笑料，可是《汉书》中的《王莽传》虽然篇幅很大（共三卷），也涉及一些细节，但只是刻板的叙述，很少有具体的描写，特别缺少写人物的语言，因而不够生动。然而王莽本人做的许多事情不必夸张描写，自然而然就搞笑，因为他的许多政治行为就是在演戏。可他自己不这样看，而是极其认真地去做，使旁观者忍不住要捧腹，但对于生活在笑话时代的民众来说，则是很悲哀的。

王莽是以革新为招牌上台的，所以其立朝就称为“新”。然而“新”在什么地方呢？下面我们从《王莽传》摘几例即可见一斑：

> 六年春，莽见盗贼多，乃令太史推三万六千岁历纪，六岁一改元，布天下。下书曰：“《紫阁图》曰‘太一、黄帝皆仙上天，张乐昆仑虔山之上。后世圣主得瑞者，当张乐秦终南山之上。’予之不敏，奉行未明，乃今谕矣。复以宁始将军为更始将军，以顺符命。《易》不云乎？‘日新之谓盛德，生生之谓易。’予其飨哉！”欲以诳耀百姓，销解盗贼。众皆笑之。（《汉书·王莽传》）

“盗贼多”不首先思考其原因，改变其招致民众不满的政策，逾期当搞什么“三万六千”年的历法，且六年“一改元”（汉人认为皇帝是承上天授命的结果，授命既久，政绩不佳，皇帝就要革新政策，体现在年号上就是改元——重新起个年号），把宁始将军改为更始将军（宁始将军就是更始将军改来的）。王莽认为这样就是革新了，符合《易经》所讲的道理，自己德行也有了新的提升，盗贼自然会消解。这种自欺欺人的行为，当时就很招笑。他还掀起改名运动，无论地名、官名、建筑名，几乎都进行了修改，而且还任意调整行政区划和行政部门的职权。此后仍一改再改，有的郡名一年间改了五次，最后又改回到原来的。官吏和百姓难以记住，所以每次颁发诏书和公文，都要在新名后注旧名。作为旁观者看来很可笑，可当时的官民，许多日常行为与各种名称有关，给他们带来的麻烦与苦痛是后人很难了解的。

又博募有奇技术可以攻匈奴者，将待以不次之位。言便宜者以万数：或言能渡水不用舟楫，连马接骑，济百万师；或言不持斗粮，服食药物，三军不饥；或言能飞，一日千里，可窥匈奴。莽辄试之，取大鸟翮为两翼，头与身皆著毛，通引环纽，飞数百步堕。莽知其不可用，苟欲获其名，皆拜为理军，赐以车马，待发。（《汉书·王莽传》）

王莽追求新技术，这当然有积极意义，但他不是提倡科学实验，从而推动技术科学的进步，而是要解决实际问题，要与匈奴作战。那些贡献“新技术”的可能骗子居多，否则哪会转瞬之间就有“万数”的新技术出现，而且还都是有便于进攻匈奴的。班固举了几个例子，比如把马一个个连接起来，排在水中，就可以“渡水不用舟楫”了，而且可以渡过百万士兵。又如行军不必携带军粮，只吃药，就可以了。唯有那个可以一日飞行千里的想法，有点积极意义，可惜路径不对，只飞了百步就坠落了，成为笑柄。

> 夙夜连率韩博上言：“有奇士，长丈，大十围，来至臣府，曰欲奋击胡虏。自谓巨毋霸，出于蓬莱东南，五城西北昭如海濒，轺车不能载，三马不能胜。即日以大车四马，建虎旗，载霸诣阙。霸卧则枕鼓，以铁箸食，此皇天所以辅新室也。愿陛下作大甲高车，贲育之衣，遣大将一人与虎贲百人迎之于道。京师门户不容者，开高大之，以视百蛮，镇安天下。”博意欲以风莽。莽闻恶之，留霸在所新丰，更其姓曰巨母氏，谓因文母太后而霸王符也。征博下狱，以非所宜言，弃市。(《汉书·王莽传》)

近几年人们多是从美国电影中知道了巨无霸，其实“巨无霸”这个称号始于《汉书·王莽传》。地方官韩博曾向王莽推荐奇士巨无霸，说他“身长一丈，腰有十围。来到我家，自称巨无霸，并声言要进击匈奴。他生长在蓬莱东南五城西北的昭如海边，小车装不下，三匹马拖不动。当天我用大车套四马，竖立虎旗，装载巨无霸前来京城。巨无霸枕在鼓上睡觉，吃饭用铁筷子，正是皇天派来辅佐我们新朝的猛士啊！希望您预备好特大号的盔甲，高车驷马，以及勇士孟贲、夏育们穿的衣服，派遣一员大将以及一百位虎贲武士在路上欢迎他的到来。京师的门户太矮，不足以使巨无霸自由自在出入，把门开高开大，让各个蛮夷看看，巨无霸完全可以震慑与安定天下”。王莽看了韩博的建言总觉得不是味儿，似乎有些讽刺他，仿佛新朝就靠巨无霸支撑，这不是臣子所该说的，于是，韩博下狱，后被处死，巨无霸把“巨毋”（同“巨无”）改作巨无霸的姓。王莽心里很复杂，他盼望有巨无霸一类为他镇压叛乱，抵御外敌，但又觉得他的力主复古之道才是解决问题的根本，因此希望巨无霸这类的事不宜过度张扬，韩博不懂得王莽心理所以才倒霉。

> 太傅平晏死，以予虞唐尊为太傅。尊曰：“国虚民贫，咎在奢泰。”乃身短衣小袖，乘牝马柴车，藉槁，瓦器，又以历遗公卿。出见男女不异路者，尊自下车，以象刑赭幡污染其衣。莽闻而说之，下诏申敕公卿思与厥齐，封尊为平化侯。（《汉书·王莽传》）

唐尊这位当时有“虚伪名”的新朝新贵，起于贫穷的儒生。他声言“国库空虚、民众贫困就在于我们生活太奢华了”，于是穿上窄袖短衣，坐简陋没有装饰的车子，车上垫的是草垫，吃饭用瓦器，而且他弄了许多瓦器，遍送朝内公卿。出门见到男女不分路而行的人，他就下车用象征刑——染成赭色的旗幡浸染一下犯错者的衣服，作为惩罚。王莽听了对唐尊十分赞赏，号召大官公卿向他学习，并封唐尊为平化侯。这种伪善是可恶、还是可笑？

> 或言黄帝时建华盖以登仙，莽乃造华盖九重，高八丈一尺，金瑵羽葆，载以秘机四轮车，驾六马，力士三百人黄衣帻，车上人击鼓，挽者皆呼“登仙”。莽出，令在前。百官窃言：“此似软车，非仙物也。”（《汉书·王莽传》）

王莽自诩为儒者，他的改革也是按照儒家经典——《周礼》的规定设计的。可是做了皇帝之后还不免堕入追求长生不老之道。王莽也听说修建华盖就可以“登仙”，一成为神仙，那还不是“寿如金石固”永远长生了，永远享受皇帝的尊荣富贵了？于是，王莽命令打造了九层华丽车伞，高达八丈一尺，用黄金锻造了伞柄，还用各类美丽的鸟羽作为装饰，把它装载在有秘密机关的六马驾驭的车子上。并命令三百个黄衣黄帽的壮士挽车，车上有人击鼓，这些拉车的黄衣壮士按照节奏高呼“登仙”……王莽一出行，就让这个车子做前导。百官最后的窃窃私语为这段祈望登仙的闹剧作结：“这哪是什么求仙，简直就是出丧的车子。”王莽许多举动就是笑料，可惜没有遇到好写手。

③《汉书》中的一些小笑话

《汉书》也有不多的篇幅不长的人物传记，涉及可笑的细节：

> 初，买臣免，待诏，常从会稽守邸者寄居饭食。拜为太守，买臣衣故衣，怀其印绶，步归郡邸。直上计时，会稽吏方相与群饮，不视买臣。买臣入室中，守邸与共食，食且饱，少见其绶。守邸怪之，前引其绶，视其印，会稽太守章也。守邸惊，出语上计掾吏。皆醉，大呼曰：“妄诞耳！”守邸曰：“试来视之。”其故人素轻买臣者入内视之，还走，疾呼曰：“实然！”坐中惊骇，白守丞，相推排陈列中庭拜谒。买臣徐出户。有顷，长安厩吏乘驷马车来迎，买臣遂乘传去。会稽闻太守且至，发民除道，县长吏并送迎，车百余乘。入吴界，见其故妻、妻夫治道。买臣驻车，呼令后车载其夫妻，到太守舍，置园中，给食之。居一月，妻自经死。买臣乞其夫钱，令葬。(《汉书》卷六十四《朱买臣传》)

子咸，字子康，年十八，以万年任为郎。有异材，抗直，数言事，刺讥近臣，书数十上，迁为左曹。万年尝病，召咸教戒于床下，语至夜半，咸睡，头触屏风，万年大怒，欲杖之，曰："乃公教戒汝，汝反睡，不听吾言，何也？"咸叩头谢曰："具晓所言，大要教咸谄也。"万年乃不复言。（《汉书》卷六十六《陈万年传》）

敞无威仪，时罢朝会，过走马章台街，使御吏驱，自以便面拊马。又为妇画眉，长安中传张京兆眉怃。有司以奏敞。上问之，对曰："臣闻闺房之内，夫妇之私，有过于画眉者。"上爱其能，弗备责也。然终不得大位。（《汉书》卷七十六《张敞传》）

第一个是人们熟知的朱买臣的故事。很多通俗戏曲中把他作为正面人物歌颂，实际上是小人得志的自我炫耀。朱被任命为会稽太守，他穿着破衣服怀揣太守印步行到会稽驻京办事处，办事处里来京汇报的会稽郡吏正在聚餐，朱进去混吃混喝，也没人理他。快吃饱了朱故意露出些印绶，守邸的差人把印绶拉出来，发现是会稽太守的印信，大惊失色，跑出来告诉那些来京的吏人，他们一个个都喝醉了，谁也不信。差人叫他们去看，与朱买臣很熟又看不起他的会稽吏人进去看到大印，高呼："是真的！"这时举座皆惊，忙向郡丞汇报。办事处里大小官吏一个个排起队来到庭院内拜见朱买臣。一会儿接太守赴任的车子来了，朱买臣风风光光地回到会稽。会稽官员知道太守就要来了，发动老百姓清除道路，县里官员派车扈从，共有百余辆。进了吴郡境内，看到前妻与其后夫也在修路百姓的人群中，于是朱买臣叫扈从车辆拉上他们夫妇，一同到会稽太守的官衙里，让他们住在后园中，给他们饭吃。一个月后，前妻上吊自尽，买臣给钱，叫其夫埋葬了她。在平静叙述中，朱买臣的炫耀显得小气而可笑。杜甫在《壮游》诗中说"除道哂要章"，诗人讥笑的正是朱买臣。

第二个是陈万年的故事。万年出身郡吏，因为"善事人"，会巴结、伺候权贵，官至三公之一，御史大夫。可是他的儿子陈咸正与他相反，做官"抗直，数言事，刺讥近臣"。万年病了，可能考虑不久于人世，为儿子官途分外担心，叫陈咸到病床前谆谆告诫他，一直说到半夜。陈咸困得受不了，头撞屏风。万年很生气，要揍他："你老爸深夜教育你，你不听，反而睡觉，为什么？"陈咸叩头谢罪说："我早就听明白了，您说来说去不是就叫我如何谄媚贵人吗？"万年很尴尬，不再说了。夜深病中教子本来是个很感人的画面，但教的却是如何谄媚，内容与形式发生极大的反差，因而特别招笑。

第三个故事在过去很有名，留下张敞画眉的典故。首都的市长很不好当，何况当时首都长安市中小偷小摸有很多，像黄霸那样的循吏也干不了两天。张敞被任命为京兆尹（即首都市长）干得还不错。可是张敞不讲究威仪，下了朝，从章台街（即现今的红灯区）走也不忌讳，有御史驾车，他还用自己遮脸的扇子拍马。他为自己老婆描眉打鬓，传说他画眉最漂亮，人称“张京兆眉怃（怃，漂亮）”这些风流韵事竟闹到皇帝那里。皇帝问他，张敞回答说：“我听说，闺房之内，夫妇之间恩爱的私事比这过分的有很多。”这是大实话，皇帝没有计较。男女之事，在庄严的朝堂里是个禁区，皇帝之问就很可笑，张敞回答比他更进了一步，就成了笑话。

3. 两汉一些子书中的笑话

两汉子书就其传世的数量来说较先秦更为丰富，但质量远不能与先秦比肩；主要原因是秦始皇统一中国后，百家争鸣的社会环境消失了。汉代，特别是西汉初年，皇权专制统治一度有些松绑，但对言论要求齐整划一的总体精神没有变。汉初鉴于秦灭亡的教训，统治稍有宽松，一度表现出思想的活跃，收录寓言故事比较多的《韩诗外传》《淮南子》就是这个时期产生的。但到汉武帝时期背离了汉初文景时期的政策，不仅“独尊儒术”“表章六经”而且“罢黜百家”，对于汉初流行的黄老学派也采取打压政策（《淮南子》组织者刘安被杀的原因很多，其编纂此书也是重要原因之一）。后来长期执行外儒内法、表面宽和内在严苛的文化政策，因此，子书也日显枯燥，当然这与文士水准提高也有关系，论述的成立更多依靠逻辑而非靠说故事、讲笑话了。

两汉重要的子部著作西汉有儒家的《韩诗外传》、黄老学派的《淮南子》以及关注现实问题的陆贾的《新语》、贾谊的《新书》。西汉末年有扬雄的《法言》以及刘向校订、整理的《新序》《说苑》，还有记录民间贤良文学之士与朝廷官员争论国家政策的《盐铁论》。东汉有桓谭的《新论》、王充的《论衡》、应劭的《风俗通义》等。

①《淮南子》中的笑话

《淮南子》又名《刘安子》或《淮南鸿烈》，是两汉期间最重要的子部书。汉初刘安主持编纂。刘安（前179—前122），汉开国皇帝刘邦庶子刘长之子，继其父之位为淮南王。博学，才思敏捷，奉武帝之命作《离骚传》。刘安好学，喜招四方宾客方术之士，门下有数千人之多。其论治力主黄老哲学的无为而治，与宾客中最富才华的“八公”——苏非、李尚、左吴、田由、伍被、毛被、雷被和晋昌等共同编著了体现黄老系统思想与治国之术的《淮南子》(《内篇》二十一篇、《外篇》三十三篇、《中篇》八篇，二十余万字)，今仅存《内篇》二十一篇。还著有《淮南王赋》《淮南歌诗》《淮南杂星子》《淮南万毕术》等，均不传。晚年被汉武帝疑忌，又被诬为谋反，自杀。

《淮南子》中的无为与老子“行不言之教”的“无为”有很

大不同。老子力主的是少干预的原则，而《淮南子》中的无为是“私志不得入公道，嗜欲不得枉正术，循理而举事，因资而立，权自然之势”，也就是说为政要遵照事物发展趋向和原则，不要羼杂个人利益与个人偏见。这是黄老政治哲学的重要原则，也反映刘安本人对于汉武帝奋智自为、国策失误的不满。

《淮南子》中所录故事寓言很多，而且书中有意识地将先秦诸子中一些故事浓缩为固定词组，成为后世所承继，如削足适履、杀头便冠之类。也有不少带有笑料的故事，可视为笑话：

> 宋人好善者，三世不解。家无故而黑牛生白犊，以问先生，先生曰：“此吉祥，以飨鬼神。”居一年，其父无故而盲，牛又复生白犊，其父又复使其子以问先生。其子曰：“前听先生言而失明，今又复问之，奈何？”其父曰：“圣人之言，先忤而后合。其事未究，固试往复问之。”其子又复问先生，先生曰：“此吉祥也，复以飨鬼神。”归致命其父，其父曰：“行先生之言也。”居一年，其子又无故而盲。其后楚攻宋，围其城。当此之时，易子而食，析骸而炊，丁壮者死，老病童儿皆上城，牢守而不下。楚王大怒，城已破，诸城守者皆屠之。此独以父子盲之故，得无乘城。军罢围解，则父子俱视。夫祸福之转而相生，其变难见也。

> 孔子行游，马失，食农夫之稼，野人怒取马而系之。

子贡往说之，卑辞而不能得也。孔子曰："夫以人之所不能听说人，譬以大牢享野兽，以《九韶》乐飞鸟也。予之罪也，非彼人之过也。"乃使马圉往说之，至，见野人曰："子耕于东海，至于西海。吾马之失，安得不食子之苗？"野人大喜，解马而与之。(《淮南子·人间训》)

第一个故事与塞翁失马类似，其中加了一个新的元素：老爸对于"圣人之言"（实际上就是一个知识人）的笃信，这倒是宋人的风格。其实，我觉得与其说是他对"先生"的相信，不如说这是他对自己一家三辈子持续不懈做善事的肯定。先秦诸子故事中的宋人，亡国之后往往受到的是蔑视，得到的是嘲讽，大多被描绘成"愚昧"的形象，而这则故事中的宋人是正面形象，这在先秦还是不多见的。这个笑话意在说明"夫祸福之转而相生，其变难见也"。

第二个故事讲子贡在孔门虽属于"言语"科的高才生，擅长外交，能以语言打动诸侯，但在孔子的马吃了农夫的庄稼时派他去交涉，把被农民扣下的马要回来，他却做不到。孔子评论这件事说："你说了许多动听言辞，但人家不接受，这正像用'太牢'（最高规格的祭品包括整只的牛羊猪三牲）喂野兽，用'九韶'（传说为大舜时期雅乐）娱乐飞鸟。这是我们的罪过，并非接受者的错误。"于是孔子派马车夫去交涉。车夫对农夫说：你的土地从东海到西海，我们的马不吃你的庄稼吃谁的呢？如同马三立的相声里说他们家是“黄土马家”，或问“什么是黄土马家？你们家卖黄土？”回答：“凡是有黄土的地方都是我们马家的土地。”听了车夫的不露痕迹的吹捧，农夫笑了，马自然要回来了。

楚将子发好求技道之士，楚有善为偷者往见曰：“闻君求技道之士。臣，偷也，愿以技赍一卒。”子发闻之，衣不给带，冠不暇正，出见而礼之。左右谏曰：“偷者，天下之盗也。何为之礼！”君曰：“此非左右之所得与。”后无几何，齐兴兵伐楚。子发将师以当之，兵三却。楚贤良大夫皆尽其计而悉其诚，齐师愈强。于是市偷进请曰：“臣有薄技，愿为君行之。”子发曰：“诺。”不问其辞而遣之。偷则夜解齐将军之帱帐而献之。子发因使人归之，曰：“卒有出薪者，得将军之帷，使归之于执事。”明又复往取其枕，子发又使人归之。明日又复往取其簪，子发又使归之。齐师闻之，大骇，将军与军吏谋曰：“今日不去，楚君恐取吾头。”乃还师而去。故曰无细而能薄，在人君用之耳。故老子曰：“不善人，善人之资也。”（《淮南子·道应训》）

技艺本身没有善恶，看你用在什么地方，盗窃本身一直被视为恶行，可是在战争中特务间谍互相盗窃不是常态吗？只要是服务于自己一方的就被视为善，反之为恶。楚国将军之所以礼重一位善偷者，就是因为他考虑到在未来战争中用得着他。后来齐国兴兵伐楚，楚国连败，此时善偷者三次夜中窃走了睡在中军帐中的主将的帐帷、枕头、发簪，结果齐军“还师而去”。

这三个笑话内容差别甚大，但构成笑的方式却很相近，“情理之中”“意料之外”是构成这些笑话的基础。

②贾谊的谐趣

贾谊（前200—前168），洛阳人。少有才名，“以能诵诗属书闻于郡中”。“文帝召以为博士。是时贾生年二十余，最为少。每诏令议下，诸老先生不能言，贾生尽为之对，人人各如其意所欲出。诸生于是乃以为能不及也。孝文帝说之，超迁，一岁中至太中大夫”（见《史记》贾谊本传）。对于汉代初年重大政治问题均提出自己的见解，例如总结秦朝“二世而亡”，汉朝诸封国坐大应该重视“强干弱枝”问题，以及发展农业生产，加强粮食贮备，预防饥荒问题。贾谊受到功臣集团的排挤，被贬谪为长沙王太傅，后被召回长安，为梁怀王太傅。梁怀王坠马而死后，贾谊深自歉疚，直至三十三岁忧伤而死。其著作主要有散文和辞赋两类。散文如《过秦论》《论积贮疏》《陈政事疏》等都很有名；辞赋以《吊屈原赋》《鹏鸟赋》最著名。《新书》是贾谊传世文章的结集，以政论为多，但也有些小故事颇有谐趣，可见贾谊也不是整天沉沦于悲哀。

昔者虢君骄恣自伐，谄谀亲贵，谏臣诘逐，政治踳乱，国人不服。晋师伐之，虢人不守。虢君出走，至于泽中，曰："吾渴而欲饮。"其御乃进清酒。曰："吾饥而欲食。"御进腶脯梁糗。虢君喜曰："何给也？"御曰："储之久矣。"曰："何故储之？"对曰："为君出亡而道饥渴也。"君曰："知寡人亡邪？"对曰："知之。"曰："知之，何以不谏？"对曰："君好谄谀，而恶至言，臣愿谏，恐先虢亡。"虢君作色而怒，御谢曰："臣之言过也。"为闲，君曰："吾之亡者诚何也？"其御曰："君弗知耶？君之所以亡者，以大贤也。"虢君曰："贤人之所以存也，乃亡，何也？"对曰："天下之君皆不肖，夫疾吾君之独贤也，故亡。"虢君喜，据式而笑曰："嗟！贤固若是苦耶？"遂徒行而于山中居，饥倦，枕御膝而卧，御以块自易，逃行而去，君遂饿死，为禽兽食。此已亡矣，犹不寤所以亡，此不醒者也。

故先醒者，当时而伯；后醒者，三年而复；不醒者，枕土而死，为虎狼食。呜呼，戒之哉！（《新书·先醒》）

梁大夫宋就者，为边县令，与楚邻界。梁之边亭与楚之边亭皆种瓜，各有数。梁之边亭劬力数灌，其瓜美。楚窳而希灌，其瓜恶。楚令固以梁瓜之美，怒其亭瓜之恶也。楚亭恶梁瓜之贤己，因往夜窃搔梁亭之瓜，皆有死焦者矣。梁亭觉之，因请其尉，亦欲窃往报搔楚亭之瓜，尉以请，宋就曰："恶！是何言也？是构怨召祸之道也。恶！何称之甚也。若我教子，必每暮令人往，窃为楚亭夜善灌其瓜，勿令知也。"于是梁亭乃每夜往，窃灌楚亭之瓜。楚亭旦而行瓜，则此以灌矣，瓜日以美，楚亭怪而察之，则乃梁亭也。楚令闻之大悦，具以闻，楚王闻之，恕然丑以志自惛也，告吏曰："微搔瓜，得无他罪乎？"说梁之阴让也。乃谢以重币，而请交于梁王，楚王时则称说梁王以为信，故梁楚之欢，由宋就始。语曰："转败而为功，因祸而为福。"老子曰："报怨以德。"此之谓乎。（《新书·退让》）

第一个故事出自《新书》卷七，此节小题很有意思，叫"先醒"。贾谊在汉代就是一位先醒者，所以尽管有当朝皇帝的欣赏，但一生不得意。故事中的车夫也是个先醒者，昏庸的虢君逃亡时，他为之驾车只是在尽自己的职责和义务。虢君却是至死不悟的，逃亡中他还要吃要喝，车夫一一为他准备得很完善，有酒有肉，虢君吃着很高兴，问车夫为什么准备得如此齐备。车夫说知道你会有今天，所以早有准备。虢君说："既然你早就知道，为什么不劝谏？"此时车夫说了真话："您就喜欢听谄媚话，我要说些不中听的，恐怕还要亡在虢国之先了。"听了这话，虢君勃然而怒，车夫马上谢罪。后来虢君不死心又问起这个问题，车夫觉悟了："您不知道？您之所以亡国出逃就是因为您太贤明了。"虢君有了疑问："君主贤明，国家应该长存，为什么虢国亡了呢？”车夫回答：“普天下君主统统不贤，从而嫉妒您‘独贤’，所以都与您作对。”虢君很高兴，俯在车栏上笑着说：“啊！做个贤明君主怎么这么苦呐？”都到了国破家亡的境地了，虢君还不觉悟，结局是忠实的车夫也弃他而去，虢君孤零零死在山中，为野兽所食。最后作者总结说：最先觉醒的，可以做诸侯霸主，后醒者，即使亡国了，三年之后也可复国。虢君是个不醒者，他的下场也是其应有的结局。

第二个故事是个小喜剧。梁国大夫宋就到边境做县令，这个县与楚国相邻。在边亭上，梁、楚两国都种瓜，各有数。梁人努力浇灌，结出的瓜很好。楚人懒于浇灌，结出的瓜很差。楚国县令赞美梁国瓜好，对楚国亭人种的瓜很不满意。楚人心中嫉恨梁人超越自己，于是在夜里摸到梁国一边，偷偷破坏梁人的瓜，使得许多瓜断秧焦渴而死。梁人发现了，请示县尉，是不是也到楚国那边报复，县尉请示县令宋就。宋就说：“这怎么可以？制造怨恨是取祸之道。人家错误，你也跟着错，这不是太狭隘了吗？照我的意见就是，每天晚上也到楚国那边，偷偷为楚人好好浇灌楚国的瓜，不要让他们知道。”于是梁人这样做了。楚国的瓜从此也日渐茂盛，瓜也结得很好，后来楚人发现，报告了县令，县令很高兴，反映到楚王那里。楚王听了很惭愧，他对楚吏说：“难道我们做的错事仅有‘搔瓜’这一桩吗？”想到梁国暗地里容忍了许多，于是楚王送了许多礼物给梁国，表达与梁国交好的愿望，并称赞梁王讲信用。两国的亲密关系就是从宋就做的这点小事开始的。

贾谊留给后世的印象就是“善哭”，仿佛是个悲剧小生，但令人很难想象的是他也讲了这些意味深长又充满谐趣的故事。

③《韩诗外传》中的幽默故事

《韩诗外传》应该是一部解经的著作，是解释儒家经典《诗经》的。经过暴秦焚书坑儒之后，汉初儒家经典七零八落，散佚失传者不少。文景时期，朝廷经意搜求，《诗经》最早被搜求完备，所以最早立为官学，在朝廷中设立诗学博士。《韩诗外传》的作者韩婴就是第一位被立为诗学博士的。当时解释《诗经》分为齐鲁韩三家，韩婴就是韩氏“诗经学”的代表。其实《韩诗外传》的解经只是一个曲终奏雅，全书是以讲故事为主，共收录趣闻轶事 360 条，也包含了道德说教、伦理规范等儒家思想意识。故事最后，来个“诗曰”，引两三句《诗经》的句子了事。常用本为许维遹校释的《韩诗外传集释》十卷。

韩婴（约前 200—前 130），涿郡莫（今河北任丘）人，西汉文帝时博士。景帝时官至常山太傅，后人又称他韩太傅。他还精通《易经》，传播孔子弟子子夏关于《易经》的学说。其诗学流播很广，燕一带尽传其学者。为人刚勇，《汉书·韩婴传》说“武帝时，婴尝与董仲舒论于上前，其人精悍，处事分明，仲舒不能难也”。武帝时他还为贤良文学之士讲解《诗经》，广授门徒。其著作有《韩故》三十六卷，《韩内传》四卷，《韩外传》六卷,《韩说》四十一卷。多为讲解《诗经》而作。

> 楚庄王赐其群臣酒，日暮酒酣、左右皆醉，殿上烛灭，有牵王后衣者，后抎冠缨而绝之，言于王曰:“今烛灭，有牵妾衣者，妾抎其缨而绝之，愿趣火视绝缨者。”王曰:“止。”立出令曰:“与寡人饮、不绝缨者，不为乐也。”于是冠缨无完者，不知王后所绝冠缨者谁，于是王遂与群臣欢饮乃罢。后吴兴师攻楚，有人常为应行，合战者五，陷阵却敌，遂取大军之首而献之。王怪而问之曰:“寡人未尝有异于子，子何为于寡人厚也。”对曰:“臣先殿上绝缨者也，当时宜以肝胆涂地，负日久矣，未有所效，今幸得用，于臣之义，尚可为王破吴而强楚。”诗曰:“有漼者渊，萑苇淠淠。”言大者无不容也。(《韩诗外传》卷七)

这是个很有名的故事，汉代《列女传》《说苑》都有登载，细节稍有不同，只是《说苑》在细节上稍逊，而且把“王后”改为“美人”(一般宫妃)，削弱了冲突的力度。先秦男女之分不太严格，所以同堂饮酒取乐，淳于髡对齐威王谈及民间饮宴情景:

> 若乃州闾之会，男女杂坐，行酒稽留，六博投壶，相引为曹，握手无罚，目眙不禁，前有堕珥，后有遗簪，髡

窃乐此，饮可八斗而醉二参。日暮酒阑，合尊促坐，男女同席，履舄交错，杯盘狼藉，堂上烛灭，主人留髡而送客，罗襦襟解，微闻芗泽，当此之时髡心最欢，能饮一石。（《史记·滑稽列传》）

不仅男女之间可以“杂坐”，甚至共同坐在一张席子上，可以互相直视、牵手，乃至“罗襦襟解，微闻芗泽”。这位楚国将军喝多了，以为宫廷饮宴是民间聚会，竟然在黑暗中牵楚王后的衣服。尊贵的王后，勃然而怒，拉断了将军的帽带，并催促楚王赶紧取火张灯，抓住这个醉鬼以彰显自己的正派。楚王反其道而行之，在黑暗中叫出席宴饮的都拉断自己的帽带，群臣也很配合，一个个都拉断帽带，满堂衣冠不整，以喜剧方式结束了可能造成的激烈冲突。楚王很机智。《说苑》中的这个故事还有楚王应答“美人”的一句话“赐人酒，使醉失礼，奈何欲显妇人之节而辱士乎？”更表现出春秋战国时期“重士”的风气。当然后来楚王也得到“士”的回报。后面所引的诗句出自《诗经·小雅·小弁》“有漼者渊，萑苇淠淠”可直译为“深不见底一潭水，周围芦苇真密集”，属于起兴，与整个诗意没多大关系，当然与这个小故事更没有关系了。

齐王厚送女，欲妻屠牛吐，屠牛吐辞以疾。其友曰：“子终死腥臭之肆而已乎！何为辞之？”吐应之曰：“其女丑。”其友曰：“子何以知之？”吐曰：“以吾屠知之。”其友曰：“何谓也？”吐曰：“吾肉善，如量而去苦少耳；吾肉不善，虽以吾附益之，尚犹贾不售。今厚送子，子丑故耳。”其友后见之，果丑。传曰：“目如擗杏，齿如编贝。”（《韩诗外传》卷九）

这个“屠牛吐”如同《庄子》中的庖丁，是战国时期著名屠户。《淮南子》中说“屠牛吐一朝解九牛”。从这篇小故事里得知他还是个十分精明的小商人，精于计算。当齐王要把公主嫁给他的时候，他以病推辞了。朋友责备他，说你想卖一辈子肉吗？屠牛吐从卖肉商人角度讲了一番道理，推测公主必丑。朋友说你这是什么话？言外之意是公主必定是很美的（公主在今人心目中都是美若天仙的，看来古人也有这种痴念）。屠牛吐说了一番煞风景的话：“如果我卖的肉质量很好，就会如数卖光，还嫌准备的货少；如果肉的质量很次的话，我卖的时候，附加点好处，也卖不出去。现今国王附加那么多好处嫁公主，可见公主必丑。”后来朋友见到公主，果然如屠牛吐所预见。最后两句所谓“传”是解释经典的话，如《春秋》为“经”，《左传》《公羊传》《谷梁传》都是解释《春秋》的。这里“传”指解释《诗经》的文字。从句意来看可能是解释《诗经·硕人》中的“齿如瓠犀”。《硕人》一诗用许多诗句描绘美人：

楚丘先生披蓑带索，往见孟尝君。孟尝君曰："先生老矣！春秋高矣！多遗忘矣！何以教文？"楚丘先生曰："恶君谓我老！恶君谓我老！意者将使我投石超距乎？追车赴马乎？逐麋鹿、搏豹虎乎？吾则死矣，何暇老哉！将使我深计远谋乎？定犹豫而决嫌疑乎？出正辞而当诸侯乎？吾乃始壮耳，何老之有！"孟尝君赧然，汗出至踵，曰："文过矣！文过矣！"诗曰："老夫灌灌。"（《韩诗外传》卷十）

在讲到《淮南子》曾征引一则关于小偷的故事，讲不同的人各有其用途。这一则是老人。孟尝君是战国末年好客的"四公子"之一，在四人当中真正能礼贤下士，懂得士人各有其用途的。信陵君曾经敦请大梁夷门的"抱关者"七十老翁侯嬴。孟尝君一见"楚丘先生"来看他，张口就是"先生老矣！春秋高矣！多遗忘矣！何以教文？"看来很客气，实际上这些话是带有看不起、嫌他老的含义，因此楚丘老人讥刺他说："您让我投掷石头、跳高跳远？让我追赶飞驰的车子、奔跑的骏马？还是让我逐杀麋鹿、与虎豹搏斗？那我不仅是'老'，而且真的要我死了。然而如果让我在政事中深谋远虑，在争斗中判定是非、据以决策，在外交上以正道说服各国诸侯，这对我来说正在壮年，有什么'老'可言呢？"这一番话说得孟尝君汗流浃背，无地自容。所以宋代的王安石在《读孟尝君传》中说："世皆称孟尝君能得士，士以故归之，而卒赖其力，以脱于虎豹之秦。嗟乎！孟尝君特鸡鸣狗盗之雄耳，岂足以言得士？”楚丘老人在齐国政治中也没有起到什么作用。最后一句出自《诗经·大雅·板》“老夫灌灌”，言楚丘老人的话很诚恳。

④《说苑》中的笑话

为什么《韩诗外传》称所选录的故事为“幽默故事”，而在《说苑》中被称为“笑话”呢？其实笑话与幽默故事界限很难划清楚，不过前者更注重喜剧冲突，而后者则是一般地叙述故事。

刘向（前77—前6），原名更生，字子政，汉室宗亲，刘交（汉高祖刘邦四弟）四世孙。西汉末著名学者、目录学家。一生在政治上不得意，因为反对外戚当权、权宦干政，两度下狱。成帝时受诏命校皇家藏书近二十年，整理编辑了《战国策》《楚辞》《列女传》等，对后世的影响很大。刘向还编写了第一部目录学著作——《别录》二十卷，著录图书六百零三家，共计一万三千二百一十九卷，分六大部类、三十八种。其子刘歆删繁就简，编为《七略》，《别录》《七略》均佚，其梗概存于《汉书·艺文志》中。

刘向编著有《新序》《说苑》，二书见录于《汉书·艺文志》诸子类儒家目中。今本《说苑》目录后所附刘向进呈《说苑》时奏语称：

> 所校中书《说苑杂事》，及臣向书、民间书，诬校雠，

其事类众多，章句相溷，或上下谬乱，难分别次序，除去与《新序》复重者，其余者浅薄不中义理，别集以为《百家》后，令以类相从，一一条别篇目，更以造新事十万言以上，凡二十篇七百八十四章，号曰《新苑》，皆可观。臣向昧死。（宋本《说苑》）

可见《新序》《说苑》二书并非刘向个人创作，绝大部分（特别是《新序》）乃是根据朝廷及民间古籍编纂而成。因此其中所表达的思想意识绝大部分是儒家的，也有部分道家、纵横家乃至法家思想。《说苑》全书二十卷，每卷各有标目。二十卷的标目依次为：君道、臣术、建本、立节、贵德、复恩、政理、尊贤、正谏、敬慎、善说、奉使、权谋、至公、指武、谈丛、杂言、辨物、修文、反质。《说苑》有很强的文学性，有些故事轶闻具有喜剧性，颇有讽喻力量。它是秦汉以来一部重要文献。《新序》与《说苑》性质类似，但其中所录故事绝大多数抄自先秦文献，而且这些文献大多仍在，因此书中不再介绍评论。

下面摘抄数则《说苑》中的颇有点喜剧性的故事：

孔子之楚，有渔者献鱼甚强，孔子不受，献鱼者曰："天暑远市卖之不售，思欲弃之，不若献之君子。"孔子再拜受，使弟子扫除将祭之，弟子曰："夫人将弃之，今吾子将祭之，何也？"孔子曰："吾闻之，务施而不腐余财者，圣

人也，今受圣人之赐，可无祭乎？”（《说苑·贵德》）

公叔文子为楚令尹三年，民无敢入朝，公叔子见曰：“严矣。”文子曰：“朝廷之严也，宁云妨国家之治哉？”公叔子曰：“严则下喑，下喑则上聋，聋喑不能相通，何国之治也？盖闻之也，顺针缕者成帷幕，合升斗者实仓廪，并小流而成江海；明主者有所受命而不行，未尝有所不受也。”（《说苑·政理》）

赵简子游于河而乐之，叹曰：“安得贤士而与处焉！”舟人古乘跪而对曰：“夫珠玉无足，去此数千里而所以能来者，人好之也；今士有足而不来者，此是吾君不好之乎！”赵简子曰：“吾门左右客千人，朝食不足，暮收市征；暮食不足，朝收市征，吾尚可谓不好士乎？”舟人古乘对曰：“鸿鹄高飞远翔，其所恃者六翮也，背上之毛，腹下之毳，无尺寸之数，去之满把，飞不能为之益卑；益之满把，飞不能为之益高。不知门下左右客千人者，有六翮之用乎？将尽毛毳也。”（《说苑·尊贤》）

赵简子举兵而攻齐，令军中有敢谏者罪至死。被甲之士，名曰公卢，望见简子大笑。简子曰：“子何笑？”对曰：“臣有夙笑。”简子曰：“有以解之则可，无以解之则死。”

对曰："当桑之时，臣邻家夫与妻俱之田，见桑中女，因往追之，不能得，还反，其妻怒而去之，臣笑其旷也。"简子曰："今吾伐国失国，是吾旷也。"于是罢师而归。(《说苑·正谏》)

孝宣皇帝之时，霍氏奢靡，茂陵徐先生曰："霍氏必亡。夫在人之右而奢，亡之道也。孔子曰：'奢则不逊。'夫不逊者必侮上，侮上者，逆之道也。出人之右，人必害之。今霍氏秉权，天下之人疾害之者多矣。夫天下害之而又以逆道行之，不亡何待？"乃上书言："霍氏奢靡，陛下即爱之，宜以时抑制，无使至于亡。"书三上，辄报："闻。"其后霍氏果灭。董忠等以其功封。人有为徐先生上书者，曰："臣闻客有过主人者，见灶直突，傍有积薪。客谓主人曰：'曲其突，远其积薪，不者将有火患。'主人默然不应，居无几何，家果失火。乡聚里中人哀而救之，火幸息。于是杀牛置酒，燔发灼烂者在上行，余各用功次坐，而反不录言曲突者。向使主人听客之言，不费牛酒，终无火患。今茂陵徐福数上书言霍氏且有变，宜防绝之。向使福说得行，则无裂地出爵之费，而国安平自如。今往事既已，而福独不得与其功，惟陛下察客徙薪曲突之策，而使居燔发灼烂之右。"书奏，上使人赐徐福帛十匹，拜为郎。(《说苑·权谋》)

这五个故事各有侧重，但也有共同点，也就是说，憨直者或头脑木讷者在社会上容易处于尴尬之中，而且这种尴尬都带有点喜剧色彩。

第一个故事，鱼贩子很老实把快要腐烂的鱼强送给孔子，而且还直截了当地说：“天暑远市卖之不售，思欲弃之，不若献之君子。”天热集市又远，卖不掉，就要扔了，还不如献给君子。我想不仅孔子弟子鄙视这种行为，作为旁观的读者也会觉得这个鱼贩子简直是在藐视孔子了。可是孔子还是“再拜受，使弟子扫除将祭之”。不仅郑重其事地接受了这个馈赠，而且还高度评价了这种行为，认为这是圣人的行为。

第二个故事主题是上聋下喑。公叔文子是春秋时期卫国大夫，传说他“不言不笑不取”，是一副包龙图嘴脸，所以孔子问卫国人公明贾说公叔文子是这样的人吗？可见他不是楚人，更未在楚国担任过令尹（相当于宰相）。不过这个故事里公叔文子性格有点像传说中的“不言不笑不取”，他为政以“严”为主，他主政三年后觉得很有成就了，然而国人百姓也不敢上朝堂了（战国以前，君民之间距离尚不太悬绝，住在国都中的国人都可以上朝堂反映情况），耳根子清静许多。公叔子见了他说：“你搞得太严了。”文子回答：“国家政令严苛、严厉，难道会妨碍国家治理吗？”言外之意是只有“严”才是治理的关键。公叔子反驳说：“为政严苛，使得老百姓都不敢说话了。下面的三缄其口，成了哑巴；上面则闭目塞听，成了聋子。哑巴与聋子不能交流对话，国家还谈什么治理？帷幕是一针一线缝合成的，仓库中的粮食也是一升一斗合成的，大江大海也是小溪流汇合而成的；聪明的君主只有广听意见，不合适的可以暂不施行的，没有拒绝听取意见的。”想求治的公叔文子得到的是政治的僵化。刘向曾说“文帝礼言事者，不伤其意，群臣无小大，至即便从容言，上止辇听之，其言可者称善，不可者喜笑而已”（应劭《风俗通义·正失》）。

第三个是说主观上想招致人才，而且觉得自己门下已经有了不少人才了，可是却被一个舟人（船夫）浇了一瓢冷水。“赵简子游于河而乐之，叹曰：‘安得贤士而与处焉！’”“安得”只是一种装模作样的感慨，并非觉得自己身旁没有“贤士”辅佐。证据就是当“舟人”说“今士有足而不来者，此是吾君不好之乎”！赵简子马上反驳说“吾门左右客千人，朝食不足，暮收市征，暮食不足，朝收市征，吾尚可谓不好士乎”？我的门客上千，如果他们早饭吃得不好，我当天晚上就会到市上征税，以满足他们的需求，难道我还不尊重士吗？他的回答不仅要说明自己很“好士”，而且把他所“好”的门客统统列入“贤士”里了。舟人又一瓢冷水泼来：鸿鹄远翥高飞靠的是翅膀上的翎翮，并非背上或腹下的小短绒毛，您的门客是翎翮还是那绒毛呢？这一问把赵简子逼到尴尬境地。

第四个故事是讲因小失大的，但其所用的比喻很可笑，即追逐野花失去家花。赵简子攻打齐国是个不智的举动，又不许人反对，于是“被甲之士，名曰公卢，望见简子大笑。简子曰：‘子何笑？’对曰：‘臣有夙笑。’”公卢很明智，没有直接说攻打齐国事，说我想起一个旧日的笑话。赵简子再次逼问，公卢说：“我们邻居夫妇到桑田干农活，丈夫看到桑中的姑娘很漂亮，就追逐她，姑娘不许，丈夫怏怏地回来，妻子很生气，弃他而去了。真是赔了夫人又折兵。”赵简子明白了，停止了这次不智的行为。

第五个是讲预见者往往不得好报。霍光是汉大将霍去病同父异母的兄弟，深受汉武帝的喜爱。跟随武帝近三十年，武帝时期重要谋臣。武帝去世后受命为昭帝的辅政大臣，执掌权力近二十年，昭帝死后立汉宣帝，使汉室转危为安。这样的人物哪能凭一个平头百姓徐福的几句话就能扳倒呢？当时宣帝没有为了讨好霍光整一下徐福已经不错了（而且徐福“数上书”霍光没有报复他，更显得霍光本人并非鼠肚鸡肠之人）。霍光去世后汉宣帝痛恨霍光的妻子毒杀了自己的结发妻子才下决心搞掉霍氏家族的。尽管为徐福鸣不平上疏的人的话不够公平，但他讲的颇能反映世态人情的故事还是很有趣的。过客发现主家灶火不安全，于是劝告主人要把太直的烟囱改得弯曲一些，把柴火搬离灶火。过客的意见是对的，但主人疏于预防，以为灾难离他很远。有一天真的着了火，“乡聚里中人哀而救之，火幸息”。这些热心邻人，不顾安危，将火扑灭。主人置酒感谢，那些受伤者被奉为上客也很自然。然而主人忘记了最初劝诫他的过客。幸亏有个旁观者（他没有留下名字）来彰显公道。

《说苑》有许多这样娓娓道来的小故事，但具有喜剧色彩的确实不多，因为刘向关注的是刘氏政权的安危，在严肃问题上他笑不起来。

4. 汉代的俳谐文字

在“引论”中就谈到本书将涉及一些俳谐文字，由于汉字的独特性，文字的排列许多时候也会构成笑料，这就是俳谐文字。再扩大一些，文人常常在幽默感推动下的描写中也会加入引人发笑的内容，这在先秦诸子的文章中就出现了，例如《庄子》中对于孔子和儒家代表人物的描写就有俳谐的效果，不过那时这类文字不多，而且具体的写作时间也有争议，因此就没有提及。到了汉代，这类文字多了起来，如东方朔的《答客难》、扬雄的《解嘲》《逐贫赋》《酒赋》等都近于俳谐文字，但写得最能引读者发笑的还是王褒的《僮约》《责须髯奴辞》等。

①开写作俳谐文之风的王褒

王褒（？—前61），字子渊，蜀资中（今四川资阳）人。少年时即工于诗赋，通音律。受到益州（今四川成都一带）刺史王襄的器重并推荐，受汉宣帝之召进京，因作《圣主得贤臣颂》受到宣帝欣赏，成为文学侍从之臣。“后方士言益州有金马碧鸡之宝，可祭祀致也，宣帝使褒往祀焉。褒于道病死”（《汉书·王褒传》）。王褒的一些小赋如《洞箫赋》受到读者的喜爱，其俳谐文字更有特点，颇能代表王褒的文学成就。

王褒的《责须髯奴辞》与后面谈到的《僮约》都载于《古文苑》，本篇署名黄香。但从文章内容与风格来看，与《僮约》当属姊妹篇，而且与《古文苑》难分先后的《初学记》更被认为是王褒所作。

这是一篇嘲弄连毛胡子仆人的小赋。此赋先是描写正常人胡须之美。汉代非常看重男人的胡须之美，关公人称“美髯公”是尽人皆知的，其实汉代的开国皇帝刘邦就是“美须髯”，并被郑重地记载在史书之中：美的标志是什么呢？“长而漆黑，柔软而根根分明，风一吹，好似山坡上竹林，又像茂盛田里的禾苗”。其实理想的美髯就像当今少女的披肩发。不过胡须长在丰腴的下巴上，再配上美丽的眉毛、白皙的脸蛋，须髯之美便完全显示出来。汉代对男性的审美，史书也有所透露，例如西汉重臣霍光“白皙，疏眉目，美须髯”（《汉书·霍光本传》），东汉大将马援“为人须髯眉目如画”（《东观汉记》卷十二《马援传》），“司马直，字叔异，洁白，美须髯，容貌俨然，乡闾奉之如神”（司马彪《续汉书》卷五）。为了防止胡须被风吹得散乱，古人还有约束长髯的工具，这就是绁线，仿佛今天妇女的头发夹子，胡须还需要养，所以要以芳脂润之。美髯公的胡须细密而繁茂，飘飘荡荡，黑亮如漆，仿佛倒垂的墨玉。当他开口谈论尧舜之道、考核世事善恶之时，唇齿一动、鬓颊毛发也跟着耸动。须髯保护他的唇齿，发出和谐美妙的声音，像大才子司马相如那样娴雅，又如孔门弟子子张仪容庄重大方。

> 我观人须，长而复黑，冉弱而调，离离若缘坡之竹，郁郁若春田之苗。因风披靡，随身飘飘。尔乃附以丰颐，表以蛾眉，发以素颜，呈以妍姿，约之以绁线，润之以芳脂。苯苯翼翼，靡靡绥绥，振之发曜，黝若玄珪之垂。于是摇鬓奋髭，则论说虞唐；鼓髻动鬣，则研核否臧。内育环形，外阐宫商。相如以之闲都，颛孙以之堂堂。（《责须髯奴辞》）

现今对于如此赞美胡须是很难理解了，王褒不吝使用一切美好的词汇与典故吹捧美髯公的目的是谴责须髯奴。这位奴仆可能有西戎血统，胡须是赤红色，而且面容枯槁憔悴。你劳作辛苦，平时臭汗淋漓，与污泥秽土相伴，造成须髯杂乱，说起话来更显猥琐。胡须没有细皮白肉映衬，没有丰满的下巴依托，动起来没有人关注这副胡须，静下来有了这副胡子更像狄戎囚犯。可怜的髭须怎么长在你的脸上，不要说胡须了，你的身子骨庇护不了自己的四肢，智力更不足驾驭身体，久住监狱的囚犯脸上常如死灰，再配上一部麻风病胡子，真是不如犬羊毛茸茸的尾巴，更不如狐狸毫毛，作为你的须髯真是难啊！

岂若子髯，既乱且赭，枯槁秃瘁，劬劳辛苦，汗垢流离，污秽泥土，伧嗫穰擩，与尘为侣。无素颜可依，无丰颐可怙。动则困于惣灭，静则窘于囚虏。薄命为髭，正著子颐，为身不能庇其四体，为智不能御其形骸。癞须瘐面，常如死灰，曾不如犬羊之毛尾、狐狸之毫氂，为子须者，不亦难乎。（《责须髯奴辞》）

这里之所以介绍《责须髯奴辞》并不是因为它有笑点。由于文字的艰深与古今制度习俗的差异，即使在当时它有些地方能引人发笑，现在读来也全感觉不到了。它是下面谈及的《僮约》的姊妹篇。《僮约》在艺术上远比《责须髯奴辞》成功，而且《僮约》可以视为俳谐文的代表作品。

《僮约》是王褒的代表作，以前文士没有描写这种内容的作品，也没有用近于当时口语的语言写赋（现在读当时口语远较读文言难）的，因此《僮约》在思想内容与艺术形式方面都带有开创性。

蜀郡王子渊，以事到湔，止寡妇杨惠舍。惠有夫时奴，名便了，子渊倩奴行酤酒。便了拽大杖，上夫冢岭曰："大夫买便了时，但要守家，不要为他人男子酤酒。"子渊大怒曰："奴宁欲卖耶？"惠曰："奴父忤人，人无欲者。"子渊即决卖券云云。奴复曰："欲使，皆上券。不上券，便了不能为也。"子渊曰："诺。"

券文曰：神爵三年正月十五日，资中男子王子渊，从成都安志里女子杨惠买亡夫时户下髯奴便了，决贾万五千。奴当从百役使，不得有二言。晨起早扫，食了洗涤；居当穿臼缚帚，截竿凿斗。浚渠缚落，莇园斫陌。杜埤地，刻大枷。屈竹作杷，削治鹿卢，出入不得骑马载车。踑坐大呶，下床振头；垂钓刈刍，结苇腊纑。汲水酪，佐醧醭。织履作粗，黏雀张乌；结网捕鱼，缴雁弹凫。登山射鹿，入水捕龟。

后园纵养，雁鹜百余。驱逐鸱鸟，持梢牧猪。种姜养芋，长育豚驹。粪除堂庑，餧食马牛。鼓四起坐，夜半益刍。二月春分，被堤杜疆，落桑皮棕。种瓜作瓠，别落披葱。焚槎发芋，垄集破封。

日中早蔞，鸡鸣起舂。调治马驴，兼落三重。舍中有客，提壶行酤，汲水作餔。涤杯整案，园中拔蒜，断苏切脯。筑肉臛芋，脍鱼炰鳖，烹茶尽具，已而盖藏。关门塞窦，喂猪纵犬，勿与邻里争斗。

奴但当饭豆饮水，不得嗜酒。欲饮美酒，唯得染唇渍口，不得倾盂覆斗。不得辰出夜入，交关伴偶。舍后有树，当裁作船，上至江州，下到湔主，为府椽求用钱。

推纺垩，贩棕索。绵亭买席，往来都洛，当为妇女求脂泽，贩于小市。归都担枲，转出旁蹉，牵犬贩鹅。

武都买茶，杨氏担荷，往市聚，慎护奸偷。入市不得夷蹲旁卧，恶言丑骂。多作刀矛，持入益州，货易牛羊，奴自教精慧，不得痴愚。

持斧入山，断辕裁辕。若有余残，当作俎几木屐，及犬彘盘。焚薪作炭，垒石薄岸。治舍盖屋，削青代牍。日暮欲归，当送干柴两三束。四月当披，九月当获，十月收豆，抡麦窖芋。南安拾栗采橘，持车载辏。多取蒲苎，益作绳索。雨堕无所为，当编蒋织箔。

植种桃李，梨柿柘桑，三丈一树，八尺为行，果类相从，纵横相当。果熟收敛，不得吮尝。

犬吠当起，惊告邻里。枨门柱户，上楼击鼓。荷盾曳矛，还落三周。勤心疾作，不得遨游。奴老力索，种莞织席。事讫休息，当舂一石。

夜半无事，浣衣当白。若有私敛，主给宾客。奴不得有奸私，事事当关白。奴不听教，当笞一百。

读券文适讫，词穷咋索，仡仡叩头，两手自搏，目泪下落，鼻涕长一尺："审如王大夫言，不如早归黄土陌，蚯蚓钻额。早知当尔，为王大夫酤酒，真不敢作恶。"（《僮约》）

这篇俳谐文从一个小故事开启。神爵三年（前 59 年）作者王褒到成都一带办事，临时住在杨惠寡妇家。杨惠丈夫生前买了个奴仆名叫便了，王褒叫这个奴仆去打酒。便了不愿意去，就拿了根拄杖去到杨惠丈夫坟头去诉苦："大夫，您当年买我便了的时候，已经说定只管看门守家，可没有说要替别的男人买酒啊！"王褒一听很生气，对杨惠说："这样的奴才，为什么不卖了呢？"杨惠回答："谁肯要呢？他老顶撞人。"王褒马上决定买了。便了马上说："你买我要我干什么活，都要写在契约上，契约上没有写的，我可干不了。"王褒答应了。

开头这一段小序的目的似乎不是叙述写作契约的根由，而是在隐隐约约要表现一个男女情爱的故事。汉代乐府诗中经常有这种表现，如《陌上桑》《艳歌行》《上山采蘼芜》《有所思》等。小序中强调了"止寡妇杨惠舍"与便了的顶撞，而且便了还"拽大杖，上夫冢岭曰：'大夫买便了时，但要守家，不要为他人男子酤酒。'"到杨惠故夫的坟上便了状告的是"他人男子酤酒"。这些文字隐含的意思是便了看出王褒与女主人关系不正常，并借顶撞以发泄不满。汉人虽不避讳男人与寡妇情爱（最典型的是司马相如与卓文君），但王褒如此大大方方把自己写入文中其实倒不一定是事实，而是虚构以自嘲。

下面是"契约"的文本：

神爵三年正月十五日，资中男子王褒，从成都安志里寡妇杨惠那里买她亡夫名下的奴隶便了，价格是一万五千文。以后便了应该干各种杂务，不得有二话。他早上起来就应该洒扫厅堂院落，吃了早饭，洗了碗筷就该干活了。平时掘地做臼、捆绑笤帚，削木为碗，凿木做酒斗。疏浚水渠，圈起篱落，菜园除草，填平洼地，修整阡陌。用木头打造连枷，烤弯竹子做竹扒，旋削圆木做辘轳。奴隶出门不得骑马乘车，不许四仰八叉地坐着，说话不许大喊大叫，起坐不许摇头晃脑。也要捶打镰刀割草，编织苇席、纺麻织布，还要汲水制酪，以助酿美酒佐醧醵，要织麻履编草鞋。用黏胶粘取麻雀，张网捕捉乌鸦，结网捕鱼，箭射飞雁，弹打野鸭，登山射奔鹿，入水捕乌龟。

你要拿着竹竿放牧猪群，还要时时驱赶鹰隼，免得它们伤害后园散养着的一百多只鸭鹅。你要种姜种芋，喂养猪仔马驹；堂屋厢房要常常清扫，还要养马喂牛；牢记四更天要起来给它们喂夜草。到了二月春分的时候，就要修固田埂，堵塞塌陷与漏洞；修剪桑树的枯枝冗条，剥取棕榈老皮以备搓绳，种上瓠瓜，以备制瓢。各种菜苗要分别栽种，葱苗则须在畦埂上播种，烧掉去年留下的根茬，留作底肥，破除旧日田垄，重新平整田垅，让春日骄阳把松软的田畦晒透。鸡打鸣就要起床舂米，调治马驴，为它们盖上烙印，打好蹄掌。家里要有客人来，你要提壶打酒，汲水做晚饭，洗涤杯盏，整理桌案。到菜园拔蒜，割些紫苏，切腊肉块，还要芋肉羹汤，精切生鱼片，蒸炖甲鱼羹。烧水煮茶，分杯陈列，吃完后收好客人用的餐具、茶具。晚上要关好门窗，塞紧狗洞，喂了猪，放出狗。不要和邻居吵嘴，打架出手。

僮奴只能吃豆饭，喝清水，不准好酒贪杯。美酒当前，特别想喝时，也只能沾沾唇、润润嘴，严禁不自我节制，喝个杯碗朝天。不准朝出暮归，在外面交结狐朋狗友。屋后面的大树，应当砍来造船，以便我访江州到衙门做个小官挣点小钱。

推磨子，卖棕索。到绵亭去买席，往返新都雒水间，还要为妇女选购脂膏，运回小市做小贩。返回成都要担麻，转过山到旁磋贩卖。牵走狗儿卖掉鹅，再到武阳买好茶。

在杨氏买了藕，到集市去销售，还要谨防鼠窃狗偷。上市不许东蹲西卧，污言秽语，骂架撒泼。多打制些刀矛，销售到益州，换回些羊牛。要学会精打细算，不要糊里糊涂，任人欺骗。

持斧上山找木料，制作车轮和车辕，如果材料有剩余，再做些猪槽、木屐和几案。边角余料别浪费，或作柴火或烧炭。以竹笼子盛石块，保护池塘与堤岸。

翻盖旧屋，建筑新房。削去旧书简的文字，改为新木简以备用。天黑了回家时，别忘了要捎回两三捆干柴火。四月间要松土间苗，九月收割小麦，十月收割豆子、播种冬麦，把收获的芋头储藏在窖中。下南安县收买板栗，采购黄柑橘，用车子贩运出去以获利。平时多割取苎麻用来搓绳索，下暴雨之时，无事可做，在屋里编织蒲席与蚕箔。要种植桃子、李子、柿子、柘树、桑树，每棵间距三丈、行距八尺。同类果树种在一起，纵横距离相适宜。果熟收获，不准品尝。

狗一叫，准有贼，马上起床，惊报四邻，共把贼防，关好门窗，支上顶门杠，上楼敲鼓响。手执盾牌，抄起戈矛，沿着栅栏巡逻三趟。日常好好干活，不许到处瞎逛。奴仆老了，没有力气，就种种三棱草、编编席子。做完事情想休息，必须先舂一石米。

半夜没事，就洗衣裳，要洗干净，不能马虎了事。如需收租讨债，掌管供给宾客。奴仆不许奸诈营私，一切事情都应当向我报告。如果不服管教，就打你一百大板。

契约条款刚读完，便了已经无话可说，再也不敢逞强狡辩啦。他一个劲儿叩头，双手交互，自打耳光。双眼落泪，鼻涕流出一尺长："如果真照王大夫说的办，还不如早点回归黄土，任凭蚯蚓钻入头颅、爬满面庞！早知道会这样，真该早点替王大夫打酒去，实在不敢恶作剧！"

王褒的《僮约》又是一篇游戏文字。古代读者头脑冬烘，根据此文说王褒"文人多陷轻薄"（颜之推《颜氏家训·文章》），近世李详《愧生丛录》卷二则称赞便了之"忠"，而斥王褒之"玷品丧节"，"以异方男子，止人寡妇之舍"，其事"有关名教"，也是批评王褒不顾男女之大防的（转引自《管锥编》）。当今有些研究者完全从阶级斗争角度考察，并认为汉代的奴隶所要承担各种劳动，包括农、工（手工制作）、商（长途贩运）以及家务劳动，《僮约》显示了当时奴隶主剥削之残酷。

其实，如果这些劳作都责之于便了一人，那是累死也承担不了的，王褒这样写不是在妖魔化自己吗？汉代流行的意识形态中，如孔孟的“仁者爱人”，墨家倡导的“兼爱”，道家主张“清静无为”体恤民力，黄老哲学更是强调“人主之居也……非澹薄无以明德，非宁静无以致远，非宽大无以兼覆，非慈厚无以怀众，非平正无以制断。”（《淮南子·主术训》）这些都是与《僮约》中那种极度盘剥相对立的，因此，王褒所写或是有激而发，如姚旅《露书》卷五谓王文“乃规世之作，世人求多，何以异是。”（转引自钱锺书《管锥编》）或是正言若反如苏仲翔先生所说：“白眼看世，若有所感，不可庄语，诙谐杂出。或言外寄讽，或笑中含泪，要在寄予同情，出以妙语。”（见其《小品妙选序》——民国世界书局版）其实予夺予求的社会世相无代无之，《僮约》对于作者本人的描写所采取的是嘲弄的态度（扬雄就有《自嘲》）所以才不避社会舆论、以开玩笑的态度把自己漫画化。

就文章形式任铭善云“学《弟子职》”[1]不无道理，但《管子》中的《弟子职》是郑重说事，虽说对弟子的约束有些过分，但大多还能执行。它仍不失为《管子》中的篇章，从中可见当时弟子对于老师所应尽的义务。《僮约》是不能执行的，他只是作者写得好玩、说着痛快的俳谐文字，这种写法与风格对后世

---

① 见夏承焘《天风阁学词日记》：“心叔告予：王褒童约，乃学弟子职文，此前人未言者”。1941 年 11 月 16 日。

有重要影响。其后出现了许多好玩的文章，给人们带来欢乐。

②戴良的《失父零丁》

东汉就出现了一篇《失父零丁》，戴良[①]所作，其内容与风格接近王褒的《责须髯奴辞》：

敬白诸君行路者，敢告重罪自为祸。积恶致灾天困我，今月七日失阿爹。念此酷毒可痛伤，当以重币，缯用相赏，请为诸君说事状。我父躯体与众异，脊背伛偻卷如胾，唇吻参差不相值，此其庶形何能备。请复重陈其面目，鸱头鹄颈獦狗髆，眼泪鼻涕相追逐，吻中含纳无牙齿，食不能嚼左右蹉，颇似西域眷骆驼。请复重陈其形骸，为人虽长甚细材，面目芒苍如死灰，眼眶臼陷如羹杯。

所谓“零丁”就是引人注意的招子，把要向人们讲的事情写在招子上。“失父零丁”说通俗点就是“寻父启事”。现代这类寻人文告都要把所寻之人的照片附上，然后就照片不能表达的再详细地叙述一下，以防止找错了人。古代没有照片，自然

---

① 关于戴良，《后汉书·逸民传》中有载，《逸民传》中的戴良“字叔鸾，汝南慎阳人”，“举孝廉，不就。再辟司空府，弥年不到，州郡迫之，乃遁辞诣府，悉将妻子，既行在道，因逃入江夏山中”。连同他的五个女儿“皆有隐者之风”。另一戴良，字文让，三国时期曾为交州刺史，是位能打仗的将军。这两个人似乎都不太像《失父零丁》的作者。

要把所寻之人的体貌特征写得更为细致一些。这篇启事的可笑在于作为儿子的戴良对老爸的描写。

“零丁”的四句写事情由来：开篇很像过去儿子为父亲死去后写的讣告上的文字：“不孝男等，罪孽深重，不自殒灭，祸延先考”。这里字句是“敢告重罪自为祸。积恶致灾天困我”，这还有些自责之意。七日那天老爸走丢了，“奓”读作“奢”，与前面押韵，字书无此义，应是当地俗语。紧接着说自己很悲伤，如有哪位君子能帮我找到失者，我必会重重酬谢。这些都很好理解，也合乎这类启事的写作规范。关键他对老爸尊容的细致描绘：他极度罗锅，后背仿佛背着一大块肉，上下嘴唇合不拢，这样的长相恐怕世上不多。长着猫头鹰一样的脑袋，天鹅的脖子，狼狗般的嘴。鼻涕眼泪整天地互相追逐、比赛，看谁流得更多。牙齿已经掉光，吃东西只靠牙床子左右相搓，简直就是一只西域骆驼（骆驼吃草料口齿不是上下运动，而是左右相磨）。我再重复一遍，他是个细高挑儿——身子又长又细，面如死灰，眼眶塌陷像两个深深的杯子嵌在其中。

现在即使通缉罪犯也不能使用带有如此贬义的文字吧！因此历来读者认为这不是寻人启事，而是按着这种体例写的俳谐文字。钱锺书《管锥编》云：“通篇词气嘲诙，于老人丑态，言之津津，窃疑俳谐之作，侪辈弄笔相戏。”后世也有模仿此文者。清末甲午战争之后，帝师翁同龢受到后党的排挤、压抑，又丢失了所养多年的仙鹤，写下了《失鹤零丁》，晚清著名小说

《孽海花》曾引述，但翁同龢此时不是搞笑而是疏泄郁闷了：

敬白诸君行路者：敢告我昨得奇梦，梦见东天起长虹，长虹绕屋变黑蛇，口吞我鹤甘如蔗，醒来风狂吼猛虎，鹤篱吹倒鹤飞去。失鹤应梦疑不祥，凝望辽东心惨伤！诸君如能代寻访，访着我当赠金偿！请为诸君说鹤状：我鹤翩跹白逾雪，玄裳丹顶脚三节。请复重陈其身躯：比天鹅略大，比驼鸟不如，立时连头三尺余。请复重陈其神气：昂头侧目睨云际，俯视群鸡如蚂蚁，九皋清唳触天忌。诸君如能还我鹤，白金十两无扣剥。倘若知风报信者，半数相酬休嫌薄。

王褒开了以文为戏的头，著文这种被主流社会视为“经国之大业，不朽之盛事”的东西也用来搞笑了。

第五章　笑话的自觉时期——魏晋至隋唐五代

一、时代背景与社会环境

从魏晋到隋唐五代直至赵匡胤统一中国建立宋朝，其间历时七百余年，战乱始于东汉灵帝光和七年（184 年）黄巾起义爆发。黄巾起义被镇压后就是军阀混战、三国割据，到西晋（266—316）短暂的统一，接着就是八王之乱（291—306）、“五族内迁”（304—439），后来北方由北魏（386—534）统一，安定了百年后分裂为东魏、西魏，二魏不久为北齐、北周取代。北周（557—581）灭北齐（550—577），北周被隋（581—618）取代，隋统一了中国。南方是由司马睿建立的东晋（317—420）安定了八九十年，其后也是不断改朝换代，经历了宋、齐、梁、陈四朝（420—589）。北方的隋朝灭南方的陈朝统一后也只有短暂的二三十年的安定。由于隋炀帝开凿运河、滥用民力，又三次发动对高句丽的战争，弄得民怨沸腾，导致隋末各个阶层的武装暴动，又是连年战乱，直至 618 年唐朝建立，社会总算安定下来。唐初至盛唐期间，虽然最高统治集团内部斗争十分激烈，但对社会影响不大，社会安定了百余年，经济、文化都有了长足的发展，出现了千年一遇的“开元盛世”。对“开元盛世”做出重大贡献的唐玄宗李隆基晚年懒政、怠政、信用外戚佞臣，导致天宝十四载（755 年）爆发了“安史之乱”（755—763），从此以各种名目出现的大小战争持续不断，直至唐朝灭亡（907 年），开始了更加混乱的五代十国时期（907—979）。

上面简述了这一历史时期的政局大体变迁，总的看来这是一个统一少、割据多，和平少、战乱多的时期。

社会动乱往往比和平时期更能诱发人的思考。和平时期日子好过，几十年的生命一晃而过，人们耽于安乐，很少思考。这样的时期也许只有个体遭遇特别不幸的人才会思考得多一些，他们也往往会给后人留下些精神财富。司马迁就注意到这个现象，他在《报任少卿书》中曾说：

> 盖文王拘而演《周易》；仲尼厄而作《春秋》；屈原放逐，乃赋《离骚》；左丘失明，厥有《国语》；孙子膑脚，《兵法》修列；不韦迁蜀，世传《吕览》；韩非囚秦，《说难》《孤愤》。《诗》三百篇，大抵贤圣发愤之所为作也。此人皆意有所郁结，不得通其道，故述往事，思来者。乃如左丘无目，孙子断足，终不可用，退而论书策，以舒其愤，思垂空文以自见。

伟大的著作都是“圣贤”遭遇不幸之后从而“发愤之所为

作”，这既是一个重要的历史现象，也可以看作是司马迁的“夫子自道”。长达四百余年的秦汉时期，除了秦末与西汉末到东汉建立之际发生过大规模的战乱外，其他时段大体是和平安定的，因此出现在两汉时期能登上龙虎榜的精神财富就不多，浏览一下，榜上有名的似乎只有《史记》。占统治地位、充斥于主流文化的是“烦琐、迂腐、荒唐，既无学术效用又无理论价值的谶纬和经术”（李泽厚语），可是在当时却被最高统治者所重视、提倡。

苦难也带来了人性的觉醒。东汉末年农民武装斗争和随之而来的割据战争冲垮了宁静的说经论道。战乱首先带给人的是死亡，从东汉末年到西晋短暂的统一，人口大量减少。其次是逃亡，颠沛流离，人口动辄以数万、十数万甚至数十万的庞大数目流动。《三国志演义》中写到刘备在新野战败有十万民众跟着他逃难。“演义”虽是小说，但在这一点上很真实。倒不是刘备对老百姓怎么好，而是害怕被新来乍到的曹操所杀。鲁迅就说过，在战乱时期“百姓就希望有一个一定的主子，拿他们去做百姓——不敢，是拿他们去做牛马，情愿自己寻草吃，只求他决定他们怎样跑。”（《灯下漫笔》）在逃难中人生的各种苦难都可能遇到，这是比死还要艰辛的历程。

这些引人思考促发人性的觉醒、促发个体意识的自觉。如果说春秋战国时期的战乱与苦难使人们认识了人的价值，促使一些思想家思考人的同类价值（例如“仁”）的话，那么魏晋以来战乱与苦难则促使人思考个体的价值，这些在当时的文艺作品中有生动感人的表现。李泽厚在《美的历程》中写道：

这种对生死存亡的重视、哀伤，对人生短促的感慨、喟叹，从建安直到晋宋，从中下层直到皇家贵族，在相当一段时间中和空间内弥漫开来，成为整个时代的典型音调。曹氏父子有“对酒当歌，人生几何，譬如朝露，去日苦多”（曹操）；“人亦有言，忧令人老，嗟我白发，生亦何早”（曹丕）；“人生处一世，去若朝露晞，……自顾非金石，咄唶令人悲”（曹植）。阮籍有“人生若尘露，天道邈悠悠，……孔圣临长川，惜逝忽若浮”。陆机有“天道信崇替，人生安得长。慷慨惟平生，俯仰独悲伤”；刘琨有“功业未及建，夕阳忽西流，时哉不我与，去乎若云浮”。王羲之有“死生亦大矣，岂不痛哉……。固知一死生为虚诞，齐彭殇为妄作，后之视今亦犹今之视昔，悲夫”！陶潜有“悲晨曦之易夕，感人生之长勤。同一尽于百年，何欢寡而愁殷”。……他们唱出的都是这同一哀伤，同一感叹，同一种思绪，同一种音调。可见这个问题在当时社会心理和意识形态上具有重要的位置，是他们的世界观人生观的一个核心部分。（《美的历程·魏晋风度·人的主题》）

社会环境的艰辛与大自然的灾难［东汉末年发生过数次大

瘟疫，特别是建安九年至建安二十四年（204—219）中原地区流行的瘟疫极其凶猛，建安杰出的文人如徐干、刘桢、王粲、陈琳、应玚等人皆死于大瘟疫中］轻易地把人的生命掠去，人们面对这些既无奈又恐惧。这种似乎是命定的战栗最终会在文艺作品中反映出来。

感慨生命的短暂，成为当时的文士们“世界观人生观的一个核心部分”，人们不可能整日地泪流满面，像祥林嫂一样无尽无休地诉说苦难，何况我们中华民族自古就有乐天知命的传统，因此，寻欢作乐必然也成为人性觉醒的一部分。在这一点上《美的历程》也有许多的论述：

> ……既然如此，那为什么不抓紧生活，尽情享受呢？为什么不珍重自己珍重生命呢？所以“昼短苦夜长，何不秉烛游”；“不如饮美酒，被服纨与素”；“何不策高足，先据要路津”；说得干脆、坦率、直接和不加掩饰。表面看来似乎是无耻地在贪图享乐、腐败、堕落，其实，恰恰相反，它是在当时特定历史条件下深刻地表现了对人生、生活的极力追求。生命无常、人生易老本是古往今来一个普遍命题，魏晋诗篇中这一永恒命题的咏叹之所以具有如此感人的审美魅力而千古传诵，也是与这种思绪感情中所包含的具体时代内容不可分的……（《美的历程·魏晋风度·人的主题》）

人们追求享乐有多种方式的，既有物质上的，更有精神上的。下面谈到的文艺创作的自觉就与精神层面的追求密切相关。

二、文艺创作的自觉

1. 文艺创作自觉的表现

新的社会环境促进了人性的觉醒，随之而来的便是文艺创作的自觉。过去，文学作品是自觉或不自觉地为论政说道而存在的（后代文士用“文以载道”来概括这种现象），在人个体性越来越被重视的时期，文学逐渐摆脱了附庸状态，逐渐向怡情悦性转化。当然不是说魏晋以前就没有这种纯文学存在，但是社会的主流舆论并不这样看，例如《诗经》中就有许多符合现今纯文学标准的诗篇，但是评论家们总是把它与“先王之教”联系在一起。连《关雎》这样写青年男女情怀的作品，孔子将它采入《诗经》是有深刻政治和道德含义的：“古者《诗》三千余篇，及至孔子，去其重，取可施于礼义，上采契、后稷，中述殷周之盛，至幽厉之缺，始于衽席。”（《史记·孔子世家》）因此，在魏晋以前的士人眼中，与政道无关的文学作品是没有价值的，最多也不过就是士人纾烦解闷的戏谑之作。另外这类作品及作家的总量也不能与魏晋及魏晋以后相比。

魏晋以后出现了一系列名垂青史的大文学家。他们不是政治家、不是理论家，也不给人以论政说道的正统面孔，他们就是单纯的“文人”。例如魏晋时期的曹植、王粲、陶渊明……其后则是更仆难数。而且人数众多的文艺家往往形成了各有特色的文艺集团，或据其创作风格分为不同的流派。

文艺创作的自觉更重要地表现在文体意识的自觉。人们发现文艺有许多形式不同的载体，它们共同承载着创作者的艺术表现。文艺家们才智与个性不同，可以各选择更适合他们自己的艺术形式。他们懂得不同的艺术形式会有不同的社会功用，有些与政、道密不可分，有些则是属于纯文学范畴的。曹丕《典论·论文》、陆机《文赋》、虞挚《文章流别论》直到刘勰《文心雕龙》，对文体的分类与特征做了极深入的讨论。

更值得注意的是出现了一些新的文体，如五言诗，它在刚刚产生的时候就出现像《古诗十九首》这样成熟的作品；如七言诗，曹丕就写下极为漂亮的七言作品。又如神怪小说有《搜神记》那样的代表作，世态小说如《世说新语》可以视为笔记小说的典范。再有就是本书着重讨论的笑话了。

2. 文艺自觉潮流中的笑话

我在前面已经说过：魏晋开启了文学自觉的时期，笑话这种文体也逐渐摆脱了作为谈政论道的附庸状态，成为一种新的面对受众的独立文体。本来笑话是活跃在口头，一说而过，除了被一些理论家或游说者用来游说当权者而被载入历史，或偶然被写入高文典册时而流传下来以外，大多数随风而散了。可是到了魏晋时期，出现了一些有心人把这些东西收拢在一起，成为一本独立的著作，笑话堂堂正正走入著作的殿堂，从通俗文学角度看这是件了不起的大事。

我们现在知道的最早的笑话集就是《通志·艺文略》中记载的《笑林》三卷，著者为东汉的邯郸淳。邯郸淳，字子淑，一名竺，颍川阳翟（今河南禹州）人。鲁迅在《中国小说史略》中说他："弱冠有异才，（汉桓帝）元嘉元年（一五一年）上虞长度尚为曹娥立碑，淳者尚之弟子，于席间作碑文，操笔而成，无所点定，遂知名。黄初初（约二二一）为魏博士给事中。"此人曾为曹操的记室参军，传说曹丕、曹植兄弟都很欣赏他。《笑林》已佚，但有鲁迅辑本，收在《古小说钩沉》中。《艺文略》还有一种署名路氏的《笑林》也是三卷。隋代杨松玢有《笑苑》四卷，《解颐》二卷。

笑话集的出现说明这个时期的人们对于"笑"有了直接的追求，但为什么在这个时期人们有了这种追求呢？前面征引的《美的历程》中说到现实的苦难使人们认识到享乐是要追求才能得到的。当时人们认为成为神仙就能得到永恒的快乐，但想成仙要服用"长生不老"之药，然而这连贵为拥有天下一切的皇帝都不能做到，更不要说平民百姓了。正如汉末的《古诗十九首》中所写的“服食求神仙，多为药所误”，不仅不能成仙，而且服“长生不老”之药者大多短命而死，因为为求仙所炼的“仙丹”含有大量“砷”“汞”和其他还不知道的强烈致毒因素，因此人们越来越感觉到求仙的非现实性及其所蕴藏的危险。

那么求得感官的舒适呢？“不如饮美酒，被服纨与素”，但饮酒也只能麻醉一时，快感也是转瞬即逝，而且酒后的感觉不一定都是舒适。看来只有“笑”才能获得精神上的放松，因此，孙楚《笑赋》中有言，“心仿佛乎巢由，以得意为至乐”。人们不太在乎现实的物质性索取，像巢父、许由一样把外在的诱惑看淡一些，内心波澜不起，这样才会有“至乐”（最大的快乐），整天乐呵呵的，“笑”自然产生了。

“笑”应该是当时人们的追求，连贵为皇帝的魏文帝曹丕都写了“笑书”（《文心雕龙·谐讔》中有人认为邯郸淳的《笑林》就是受文帝之命编纂的，甚至刘勰所说的“笑书”就是邯郸淳的《笑林》）。不过因为“笑”是很俗、很大众化的，因此记载自然阙如，不过我们从当时文士的社会生活与他们之间的往来中可以看出一些蛛丝马迹。因此应该承认《笑林》的出现与笑话逐渐独立，并被人们所关注的曹氏父子功不可没。

三、笑话独立的契机

1. 写人物与品评人物的风气

所谓“笑话”，大多是以某个人愚蠢的行为或言论为材料的，既取材于人，就必须充分了解人、认识人和理解人。虽然中国有悠久的写史传统，而且写史与写人是密不可分的，但是先秦史书在书写历史时更多还是着眼于事（因此现存最早的史书如《春秋》之类简直如宋代王安石所说为“断烂朝报”——如现代新闻报道之标题），而西汉以来司马迁发明了以人物纪传方式写史，《史记》写出了大量的个性分明的人物，他们性格中的可爱、可憎、可喜、可笑、可悲……种种区别展现在读者面前，如果编一个悲情故事集或编一个笑话集都可以从中取材。后来班固继承了《史记》纪传体的编写史书的方式，但很少继承他的注重表现个性的写史方式（这一点范晔的《后汉书》就较《汉书》要好）。不过司马迁的写作方式在两汉影响还是很大的，随之出现了大量独立写人的作品。

现在仍然传世或见载于书目的有刘向的《列女传》《列士传》《孝子传》，东汉这类著作更是层出不穷，东汉的创建者汉光武帝就下诏命著《京兆耆旧传》，其后有圈称的《陈留耆旧传》、梁鸿的《逸民传颂》、女学者曹大家的《女诫》、祝龟的《汉中耆旧传》、王商的《巴蜀耆旧传》、仲长统的《山阳先贤传》。东汉时期的许多名人，民间自发地为他们写传记，为了与官修史书传记相区别，这些传记往往称之为"别传"，见诸记载的就有樊英、李郃、马融、李固、李燮、郑玄、陈寔、卢植、郭泰、董卓、王允、祢衡、孔融、蔡邕、司马徽等人的"别传"。可见写人物传记已经成为当时的风气，当时著名人物不论好坏都受到社会的关注。除了记载他们的事迹外，人物品格的好坏、才能的高低以及引人兴趣的人格特点都在评论之列。

自孔子以来的"上智""下愚""狂狷""乡愿"已开启论人之风。广义来说，历史著作都是在评论人物，《左传》《国语》《战国策》都有精彩的人物点评。《史记》更是这样，司马迁在写作历史时很注意人的性格特征，并给予生动的描写，其中不乏可笑的一面，这在前面已经讲过。班固写《汉书》竟开启了《古今人表》这一栏目，以九品论人，正如其《叙传下》中所说"篇章博举，通于上下，略差名号，九品之叙。述《古今人表》……"后世"九品中正制度"的出现，与班固此表之作有关。

到了东汉，这种评骘人物的风气打通朝野，而且在野的舆论势力更为强劲，像东汉末年太学领袖郭泰对人物的品鹭被舆论所认可。《后汉书·郭泰传》的注文中引谢承《后汉书》说“泰之所名，人品乃定，先言后验，众皆服之”。经过他的推举、奖拔的人士往往会“名闻天下”。汉末的党锢之争中清流人物与当权者对着干，从而受到民众的拥护，他们对于人物的品藻、评断往往被民众所肯定。

汉末魏初出现了二劭——许劭与刘劭，这二位虽然都曾入仕，担任过大小不等的官员，但他们对于在野人士品评的巨大影响远远超越其官位，而且此时品评人物的风气逐渐发展为地域性的“乡评”（当时“乡里立月旦评”渐成风气），为九品中正制度创立与实行奠定了舆论基础。

许劭（150—195），字子将，汝南平舆（今河南平舆）人。年轻时便立名声、有节操，喜欢品评人物，赏识不少人，如樊子昭、和洽，都名重于当时。任郡里的太守徐璆听说许劭为功曹，没有改变操守，谨言慎行，很敬重他。许劭与他的老哥许靖并有高名，“好共核论乡党人物，每月辄更其品题，故汝南俗有‘月旦评’焉”（见《许劭传》）。“月旦评”影响力很大，连曹操也带着丰厚的礼物请他品评自己。许劭不喜欢曹操这类带有特立独行色彩的人物，便说他“君清平之奸贼，乱世之英雄”。曹操还很高兴，引为知己。

刘劭约生于东汉建宁年间，比许劭小一二十岁，卒于魏正始年间，晚死了四五十年。享年七十余岁，官至散骑常侍，著有《人物志》，探讨人才选拔的标准原则问题。他认为，识人不仅应该听其言，而且应该观其行；不仅要看其外貌，而且要看其内在气质。他把人物分作“三材”“十二流品”，认为圣人是最高理想，英雄次之，等等。刘劭把对人的品藻规范化、理论化，后来发展为九品中正制度，作为选拔官员的依据。

上面之所以较为详细地介绍了东汉以来品骘议论人物渐成风尚的社会背景，意在说明人们在品骘他人时比较容易发现他人的性格、行事、作风上种种特色，当然也会发现人们可笑的一面。这些可笑的一面为笑话提供了题材。笑话中的笑大多是在笑一些怪人的独特性。

2. 人与人之间相互嘲谑的风气

先秦很少见人们相互嘲弄的文字，到两汉之末，人们之间互相嘲弄以取笑似乎已经成为常见现象。西汉末著名学者与辞赋家扬雄写了《自嘲》，这是作者嘲弄自己。那个时期还很少有以他人为嘲谑对象的。王褒的《僮约》和《责须髯奴辞》嘲弄的是自己的奴仆，但同侪之间很少有这种现象。

东汉末的边韶是位博学之士，曾参与编纂《东观汉记》。他教过的学生有数百人，有时他在白天睡觉，弟子嘲之曰：“边孝先，腹便便。懒读书，但欲眠。”韶潜闻之，应时对曰：“边为姓，孝为字。腹便便，五经笥。但欲眠，思经事。寐与周公通梦，静与孔子同意。师而可嘲，出何典记？”（《八家后汉书辑注·司马彪续汉书》卷五）学生嘲笑老师白天睡大觉，又以大腹便便突出老师的可笑，很不礼貌。幸亏老师才思敏捷，马上反击，大肚子里面都是学问，睡觉也在与周公、孔子交流，并且责问他们，你们嘲笑老师出自何典？这种嘲弄还是为了取笑。有时嘲弄会发展为尖刻的讽刺：

> 灵、献之世，阉官用事，群奸秉权，危害忠良。台阁失选用于上，州郡轻贡举于下。夫选用失于上，则牧守非其人矣；贡举轻于下，则秀、孝不得贤矣。故时人语曰：“举秀才，不知书；察孝廉，父别居。寒素清白浊如泥，高第良将怯如鸡。”又云：“古人欲达勤诵经，今世图官免治生。”盖疾之甚也。（《抱朴子外篇·审举》）

这就不是取乐，而是尖锐抨击了，但采取了戏谑的方式。

到了魏晋时期，这种相互嘲谑在文人之间很普遍了。作为统治集团核心人物的曹丕也与其下属相互嘲弄。他借了刘桢的腰带不肯归还，而且还写了一封信嘲笑他：“夫物因人为贵，故在贱者之手，不御至尊之侧。今虽取之，勿嫌其不反也。”（《借取廓落带嘲刘桢书》）似乎这条腰带到了他曹丕的手中才能升值，因此他借了不还似乎更有道理了。刘桢回信反驳说：“桢闻荆山之璞，曜元后之宝；随侯之珠，烛众士之好；南垠之金，登窈窕之首；鼲貂之尾，缀侍臣之帻。此四宝者，伏朽石之下，潜污泥之中，而扬光千载之上，发彩畴昔之外，亦皆未能初自接于至尊也。夫尊者所服，卑者所修也；贵者所御，贱者所先也。故夏屋初成而大匠先立其下，嘉禾始熟而农夫先尝其粒。恨桢所带，无他妙饰，若实殊异，尚可纳也。”

刘桢回答得十分巧妙，用一句话概括就是世间所有的好东西、被贵人们所喜爱的，无不出自贱者之手，像制作国玺的荆山之玉（和氏璧），被众人所仰视的随氏夜明珠，出产于南方的极品黄金，戴在皇帝侍臣头上的貂尾。这四种宝物都是埋在烂石之下或污泥之中，但它们都能脱离昔日的污秽、把光彩传之于千载。最初，它们都没有接触到至尊的皇帝。尊者所穿的，是卑微者所制造；尊贵者所使用的，卑贱者造出来后也要自己先试用。因此高堂广厦最初建造出来的时候，匠人也要先在其中站一站，品质极好的粮食成熟了，农民也要先尝一尝。您留下我的腰带，遗憾的是，它并没有什么特别珍贵装饰，若是您觉得它有特别之处、与众不同，那您就留下用吧！

这篇文字就是驳斥曹丕所说的“物因人为贵，故在贱者之手，不御至尊之侧”的。文章很犀利，然而是以嘲弄语气写的，并非像民谣“举秀才”那样尖锐；也许曹丕因为爱才不以为忤，后来让曹操知道了就很生气，罚刘桢做劳役。

3. 三国时期魏吴关于嘲弄的记载

三国分立时期这类嘲弄见于史书记载的很多，这里举些例子以见当时统治集团中好尚。

《魏略》曰：旧仪，侍中亲省起居，故俗谓之执虎子。始则同郡吉茂者，是时仕甫历县令，迁为冗散。茂见则，嘲之曰："仕进不止执虎子。"则笑曰："我诚不能效汝蹇蹇驱鹿车驰也。"（《三国志·魏志·苏则传》注引《魏略》）

康字公休，安平人。黄初中，以于郭后有外属，并受九亲赐拜，遂转为散骑侍郎。是时，散骑皆以高才英儒充其选，而康独缘妃嫱杂在其间，故于时皆共轻之，号为阿九。康既无才敏，因在冗官，博读书传，后遂有所弹驳，其文义雅而切要，众人乃更加意。正始中，出为弘农，领典农校尉。康到官，清己奉职，嘉善而矜不能，省息狱讼，缘民所欲，因而利之。郡领吏二百余人，涉春遣休，常四分遣一。事无宿诺，时出案行，皆豫敕督邮平水，不得令属官遣人探候，修设曲敬。又不欲烦损吏民，常豫敕吏卒，行各持镰，所在自刈马草，不止亭传，露宿树下，又所从常不过十余人。郡带道路，其诸过宾客，自非公法无所出给；若知旧造之，自出于家。康之始拜，众人虽知其有志量，以其未尝宰牧，不保其能也；而康恩泽治能乃尔，吏民称歌焉。嘉平末，徙渤海太守，征入为中书令，后转为监。（《三国志·魏志·杜恕传》注引《魏略》）

“执虎子”就是今日俗语中所说的“提夜壶”，为了升官去巴结权贵不惜丧失人格干如此勾当，从古至今，为人所轻。苏则为人正直，在朝敢谏，连魏文帝曹丕对他都畏惧三分。他死后被谥为“刚侯”，可见其人格。但是他的老乡吉茂却敢嘲弄他“仕进不止执虎子”，可见当时人们之间的玩笑有时是近于诬的，因为是朋友之间事，苏则也不计较，只是嘲笑他的行进仿佛是推独轮车的，费力而进展特慢。对于孟康也是如此，孟康不论人格还是官品在当时是几近于完美的，他读书多，文章写得“义雅而切要”，在朝敢谏，出为外官，清廉而且能够考虑到治下百姓的利益，尽量减轻百姓的负担，严格管辖手下掾吏，自己出行不仅不麻烦百姓，而且连公家的馆驿都不住，露宿于树下，对于路过其管辖地区的官员一律按国家标准招待，如果是自己亲朋则自己出钱款待，于是苏则做过地方官的地方都是“吏民称歌”。我读史书过程中也很少见这样的官员。因为他与魏文帝郭皇后有血缘关系，就被人们轻贱，嘲为“阿九”。这种嘲弄也属过分。

嘲弄不仅在曹魏集团，南方东吴、西蜀也一样。不过当时中原一带文士较多，曹魏集团又多次主动招贤纳士，相对文化水平较高，文人之间互相嘲弄带有几分文雅气，而东吴统治集团相对较差，蜀国似乎更差一些。我们从一些玩笑中可见一斑：

恪父瑾，面长似驴，孙权大会群臣，使人牵一驴入，长检其面，题曰："诸葛子瑜"。恪跪曰："乞请笔，益两字。"因听与笔。恪续其下曰："之驴"。举坐欢笑，乃以驴赐恪。(《三国志·吴书·诸葛恪传》)

太子尝嘲恪："诸葛元逊，可食马矢。"恪曰："愿太子食鸡卵。"权曰："人令卿食马矢，卿使人食鸡卵，何也？"恪曰："所出同耳。"权大笑。

权尝飨蜀使费祎，先逆敕群臣："使至，伏食勿起。"祎至，权为辍食，而群下不起。祎啁之曰："凤凰来翔，骐骥吐哺，驴骡无知，伏食如故。"恪答曰："爰植梧桐，以待凤凰。有何燕雀，自称来翔？何不弹射，使还故乡！"祎停食饼，索笔作麦赋。恪亦请笔，作磨赋，咸称善焉。

权尝问恪："顷何以自娱，而更肥泽？"恪对曰："臣闻富润屋，德润身。臣非敢自娱，修己而已。"又问："卿何如滕胤？"恪答曰："登阶蹑履，臣不如胤。回筹转策，胤不如臣。"

《江表传》曰：曾有白头鸟，集殿前。权曰：“此何鸟也？”恪曰：“白头翁也。”张昭自以坐中最老，疑恪以鸟戏之。因曰：“恪欺陛下，未尝闻鸟名白头翁者。试使恪复求白头母。”恪曰：“鸟名鹦母，未必有对。试使辅吴复求鹦父。”昭不能答，坐中皆欢笑。（以上皆见《三国志·吴书·诸葛恪传》注引《诸葛恪别传》）

时天旱禁酒，酿者有刑。吏于人家索得酿具，论者欲令与作酒者同罚。雍与先主游观，见一男女行道，谓先主曰：“彼人欲行淫，何以不缚？”先主曰：“卿何以知之？”雍对曰：“彼有其具，与欲酿者同。”先主大笑，而原欲酿者。雍之滑稽，皆此类也。（《三国志·蜀书·简雍传》）

初，先主与刘璋会涪时，裕为璋从事，侍坐。其人饶须，先主嘲之曰：“昔吾居涿县，特多毛姓，东西南北皆诸毛也。涿令称曰‘诸毛绕涿居乎’！”裕即答曰：“昔有作上党潞长，迁为涿令者，去官还家，时人与书，欲署潞则失涿，欲署涿则失潞，乃署曰‘潞涿君’。”先主无须，故裕以此及之。（《三国志·蜀书·张裕传》）

“诸葛子瑜之驴”的故事已经被《三国演义》采纳，作为小说中一个可笑情节。第二个故事则不免有些低级趣味。太子叫诸葛恪吃马粪，鉴于身份的差别，诸葛恪不敢用同样低级的笑料回敬，而是低声下气地说“愿太子食鸡卵”。连孙权都觉得这个回敬不对等。聪明的诸葛恪以“所出同耳”（同是肛门排出），追求双方的对等性。

在接待费祎时，吴主孙权使了一个小花招，在接待宴会上，主宾尚未到达时，吴国君臣已经开始用餐了，而且在客人到达时，只有作为主人的孙权停止用餐，而与宴的大臣仍然闷头吃饭，给费祎制造了些尴尬。此时费祎表现出一个使臣应有的从容，他当场赋诗：

“凤凰来翔，骐驎吐哺。驴骡无知，伏食如故。”他自比为凤凰，古代凤凰被视为吉祥鸟，“有凤来仪”是人们心目中的祥瑞。他对主人孙权也保持了一定程度的尊敬，称他为“麒麟”，对于那些“伏食如故”的大臣则称之为“驴骡”。诸葛恪不服气地回答说：“爰植梧桐，以待凤凰。有何燕雀，自称来翔？何不弹射，使还故乡！”

这个回答缺少风度。费祎时为西蜀使臣，他秉承诸葛亮联吴抗曹外交路线，来到东吴是谈关系国家安危大事的，你有什么权利要对他“弹射”，把他轰回西蜀呢？在这一场嘲弄中诸葛恪是有失分寸的。

诸葛恪对吴国大臣也常常嘲弄。滕胤是颇受孙权信任的官员，当孙权问他与滕胤相比有何短长，诸葛恪回答：“登阶蹑履，臣不如胤。回筹转策，胤不如臣。”似乎滕胤所长就在于会走路，能上台阶。而自己则能筹划安邦定国之策。对于张昭这样的吴国元老，他也不给面子。张昭问他有没有“白头母”？诸葛恪反问既有鹦母（鹦鹉别名），有没有“鹦父”？后诸葛恪被孙峻所杀，死于非命，与他特别爱嘲弄人不无关系。

最后两个故事发生在西蜀，都与蜀主刘备有关。一个“性笑话”本来是关于如何处理有酿酒工具的人。当时多荒年，粮食短缺，曹魏、西蜀都实施过禁酒令，蜀国做得更甚，连有酿酒工具的都要责罚。于是，简雍把这一政策漫画化，要求处理男人、女人，罪名是“行淫”，理由则是：他们都具有作案工具。

另一个故事更为不雅。刘备发难嘲弄张裕。张一脸连鬓胡子，刘备嘲弄他说“昔吾居涿县，特多毛姓，东西南北皆诸毛也。涿令称曰‘诸毛绕涿居乎’”。所谓“诸毛绕涿居”暗示阴毛围绕的男性生殖器。章炳麟《新方言·释形体》：“夫惟涿为阴器，故毁阴曰椓……今江南运河而东皆谓阴器为涿，舌上音从舌头音，读如督。”当时“涿”“蜀”同音读为“督”。刘备初次在刘璋那里见到张裕就开这种低级玩笑，真是表现出他的文化层次太低。张裕回敬得更为恶毒，称之为“潞涿君”。你说我是“诸毛绕”，你是直接裸露。难怪后来刘备报复，杀了张裕，连诸葛亮求情也不允许，就与这次相互嘲弄有关。

4. 善意的嘲弄

区别嘲弄的善意与恶意，要从嘲弄者的主观动机上来看，但主观动机是偶发的，有时很难探其真相，因此人们在区别主观动机时往往是看客观效果。然而有人在嘲弄中用词不当或场合不对，或是被嘲弄者心胸狭小，不能容人，这些都会引发不好的效果。因此区别善意、恶意也是很困难的。大体上善意的嘲弄容易识别。请看下面的例子：

> 傍县尝有报仇者，吏民惊言羌反，百姓奔入城郭。狄道长诣门，请闭城发兵。援时与宾客饮，大笑曰："烧虏何敢复犯我。晓狄道长归守寺舍，良怖急者，可床下伏。"后稍定，郡中服之。(《后汉书·马援传》)

当时作为陇西太守的马援，文韬武略，为一时之选。他的治下发生了一点小乱子，大约也就是民间的械斗，一时搞得沸沸扬扬。狄道县（今甘肃临洮）县长很紧张，坐不住了，以为羌族入侵，跑到马援那里请他关闭城门、发兵镇压。马援正在与宾客饮酒宴乐，他胸有成竹，指挥若定，对手下人说，告诉狄道县县长，羌人不敢来进犯的，请他好好在衙门里待着，不会有事的。如果太恐惧了，可以藏在床底下躲避。后来果然无事，大家都佩服马援。这里马援对他管辖之下的狄道县县长并无恶意，只是嘲笑他太胆小了。

善意的嘲弄是有品位的，尊重对方、不诋毁对方的人格，又能给人留下很深的印象，这往往与嘲弄者的幽默感有关：

> 每朝会，祗次洪坐。嘲祗曰："君马何驶？"祗曰："故吏马不敢驶，但明府未著鞭耳。"众传之以为笑。祗字君肃，少寒贫，为人宽厚通济，体甚壮大，又能饮食，好声色，不持节俭，故时人少贵之者。（《三国志·蜀书·杨洪传》注引《益部耆旧传杂记》）

杨洪是西蜀的地方长官，何祗也是，何曾经是杨的老部下。每次朝会何祗都坐在杨洪的上位，杨洪有些不平衡，但他委婉地嘲弄何说："你的马跑得好快啊！"何更谦和地说："不是我马跑得快，是您让着我，没有用鞭子催您的坐骑快跑啊！"从此"快著鞭"成为一个典故，应用在诗文写作中。何祗不是一个品格完美的人，但他懂得尊重曾经共事的老上级，很会处理人与人之间的关系。

又如打天下的汉光武帝很会了解与使用臣下。他曾召见起于民间的臣子第五伦问以治道，第五伦的回答使他很满意，但又觉得第五伦太憨直似乎不懂得人情世故，于是带有嘲弄意味地问他：

“闻卿为吏榜妇公，不过从兄饭，宁有之邪？”伦对曰：“臣三娶妻，皆无父；臣遭饥馑，米一石万钱，不敢妄过人饭。”世祖曰：“为市掾，人有遗卿母一笥饼者，卿从外来见之，夺母探口中饼出，信有之乎？”伦曰：“实无此，众人以臣愚蔽，故为生此语。”（《后汉纪·孝明皇帝纪》卷十）

第五伦直截了当的回答也使得光武帝刘秀大笑。第五伦三次婚姻娶的都是孤女，可是还有人造他的谣，说他做吏时曾亲自打过老丈人的板子。“不过从兄饭”，不曾到堂兄家吃饭，这在宗法社会中是极没有人情味的行为。第五伦回答得也很实在，当时大饥荒，米一斗一万钱，哪敢到人家去吃饭（经过20世纪60年代初的中国人会有同感）？刘秀也经过那个年代自然会很理解。另一个谣言说他做掌管市场的官吏时，有人为了讨好他，给他母亲饼吃，第五伦从外面回来看到母亲吃别人行贿的饼，便从母亲口中夺了下来。这个谣言似乎在褒扬第五伦的公正无私。面对这些诬蔑第五伦没有生气，而是老实回答，说明没有此事，指出这是别人编造出来的。然而第五伦没有谴责造谣者，而是自我反省。说诸人看到我处世愚昧，所以才造出这些不合情理之事。第五伦为人诚笃，不会弯弯绕，光武帝认可这个人，所以才有这番善意的嘲弄。

曹操虽然人格不算高尚，但不缺少幽默感。在祭祀有知己之感的太尉桥玄时，他在祭文中竟以嘲弄语作结，不仅为文奇特，也表现出曹操的胸襟与气度：

故太尉桥公，诞敷明德，泛爱博容。国念明训，士思令谟。灵幽体翳，邈哉晞矣。吾以幼年，逮升堂室，特以顽鄙之姿为大君子所纳，增荣益观，皆由奖助，犹仲尼称不如颜渊，李生之厚叹贾复。士死知己，怀此无忘。又承从容约誓之言："殂逝之后，路有经由，不以斗酒只鸡过相沃酹，车过三步腹痛勿怪。"虽临时戏笑之言，非至亲之笃好，胡肯为此辞乎？匪谓灵忿，能诒己疾，怀旧惟顾，念之凄怆。奉命东征，屯次乡里，北望贵土，乃心陵墓。裁致薄奠，公其尚飨！（《全三国文·魏三·祀故太尉桥玄文》）

祭文不仅情感真挚，感念这位身居高位，却能高度评价曹操这个名不见经传的人物，称叹桥玄仿佛像孔子、李生那样的老师能够认知自己学生一样了解我。表明自己对这位知己者的敬重，最后写下当年桥玄与他开玩笑的话"殂逝之后，路有经由，不以斗酒只鸡过相沃酹，车过三步腹痛勿怪"。"将来我死后。你要路过我的坟墓。不以斗酒只鸡祭奠我，你的车子过去三步就会肚子疼的，那时你别怪我。"自己敬重的老师却能与学生开没大没小的玩笑，表明二人的亲密无间。这样的嘲弄既可笑又感人。

5. 恶意的嘲弄

作为有权人高高在上，嘲弄一下卑者，大多时候借以显示权力，不惜用重词嘲笑下人，有的还书写下来流传于世，似乎有让读者开心之意。像王褒的《僮约》嘲笑其奴仆须髯奴，其目的并不是写契约，而是给读者大众取乐。用一个词来概括就是哗众取宠。而汉光武帝不是这样的人，他在听到臣下一些可笑的负面消息时，并不趁此取乐，而是认真地听他们辩白，虽然在开始带有嘲弄之意，但最终都化解了恶意的谣言。

所谓恶意嘲弄，从效果上看汉末孔融、祢衡是典型，但从主观动机上看，我觉得孔融未必是有意与曹操对着干，而祢衡则确是自我评价过高，对于有权者有意对抗，在有权者看来，纯属恶意。

孔融（153—208），字文举，是孔子十九代孙孔宙之子。少年时就以早慧闻名，像孔融让梨、冒称与李膺为“累世通家”之好、“小时了了”等。古往今来，几乎家喻户晓。其为人刚直，对曹操独掌朝中大权有所腹诽，多有嘲弄。其中几件确实戳到曹操的痛处：

初，曹操攻屠邺城，袁氏妇子多见侵略，而操子丕私纳袁熙妻甄氏。融乃与操书，称“武王伐纣，以妲己赐周公”。操不悟，后问出何经典。对曰：“以今度之，想当然耳。”后操讨乌桓，又嘲之曰：“大将军远征，萧条海外。昔肃慎不贡楛矢，丁零盗苏武牛羊，可并案也。”（《后汉书·孔融传》）

公当初来，邦人咸抃舞踊跃，以望我后，亦既至止，酒禁施行。酒之为德久矣。古先哲王，类帝禋宗，和神定人，以济万国。非酒莫以也。故天垂酒星之耀，地列酒泉之郡，人著旨酒之德，尧非千钟，无以建太平。孔非百觚，无以堪上圣。樊哙解厄鸿门，非豕肩钟酒，无以奋其怒。赵之厮养，东迎其王，非引卮酒，无以激其气。高祖非醉斩白蛇，无以畅其灵。景帝非醉幸唐姬，无以开中兴。袁盎非醇醪之力，无以脱其命。定国不酣饮一斛，无以决其法。故郦生以高阳酒徒，著功于汉；屈原不馆糟歠醨，取困于楚。由是观之，酒何负于治者哉！（《全后汉文·难曹公表制酒禁书》）

曹操“挟天子以令诸侯”，征讨袁绍本来是以朝廷的名义讨伐“凶逆无道”的战争，在当时的正统舆论中是属于正义战争的，在战争胜利之后怎么能纳叛逆者子媳为自己儿子的妻子呢？其实战争，特别是古代战争的本质说到底就是为了“金帛子女”，不过有的公开，有的隐蔽罢了。孔融弄不懂这个道理，讽刺曹操灭了袁绍后让曹丕收纳袁熙的妻子甄氏（甄氏可能是个绝世美女，曹植也爱甄氏，为她写了《洛神赋》）。他不直接表达自己的意见，而是用嘲弄的口吻说周武王灭殷之后“以妲己赐周公”，曹操听了还很认真地问“出何经典”？然后孔融以嘲笑的口吻说：“以今度之，想当然耳。”史书没有记载曹操听了“想当然耳”之后的反应（宋代苏轼在欧阳修主持的科考中用过“想当然耳”的典故，当时欧阳修的反应是“一笑”），但内心准是非常反感的。

嘲讽曹丕强纳袁熙妻子甄氏为妻还只是批评了曹氏的品德问题，而对于曹操讨伐乌桓的嘲讽则涉及曹操的大政，把曹操为了稳定北方边境而实施的征讨，歪曲为为了弄清肃慎不贡“楛矢”（一种非常粗陋、原始的箭）和丁零盗窃汉代苏武北海（今贝加尔湖）牧羊时的羊只的原因，这种贬低可能是曹操更不能容忍的。

关于禁酒，在当时也是迫不得已，所谓“年饥兵兴”就是连年饥荒，又要兴兵打仗，军民争粮，作为统治者自然是军队优先，这样就不能不禁止以粮酿酒。禁酒不是酒的罪过，而孔融在“酒何负于治者哉”上做文章，却不说那是太平时期，粮食不短缺。曹操回答强调酒的祸害。孔融之死不完全因为他同情汉室，与曹操对立、嘲弄曹操是个重要原因。孔融回答说：“昨承训答，陈二代之祸，及众人之败，以酒亡者，实如来诲。

虽然，徐偃王行仁义而亡，今令不绝仁义；燕哙以让失社稷，今令不禁谦退；鲁因儒而损，今令不弃文学；夏商亦以妇人失天下，今令不断婚姻。而将酒独急者，疑但惜谷耳，非以亡王为戒也。”（《全汉文·难曹公表制酒禁书·又书》）

其实，孔融心里也很明白，禁酒就是因为粮食短缺，可是曹操非要装出周公的样子，为国担忧似的，孔融觉得很好笑。因此，在回答曹操时就用了讥讽的口吻说：古来亡国的原因多了，特别是夏商两朝都因为国君宠幸女人（夏的妹喜，商的妲己）亡国，你为什么不禁婚姻呢？这种回复不一定是恶意，但曹操认为这是对他大政的干扰，也是对权威的挑战，所以孔融被杀，家被族灭。但曹操宣布孔融罪状的文告简直可以看作对孔融恶意的嘲弄：

曹操既积嫌忌，而郗虑复构成其罪，遂令丞相军谋祭酒路粹枉状奏融曰：“少府孔融，昔在北海，见王室不静，而招合徒众，欲规不轨，云‘我大圣之后，而见灭于宋，有天下者，何必卯金刀’。及与孙权使语谤讪朝廷。又融为九列，不遵朝仪，秃巾微行，唐突宫掖。又前与白衣祢衡跌荡放言，云‘父之于子，当有何亲？论其本意，实为情欲发耳。子之于母，亦复奚为？譬如寄物瓶中，出则离矣’。既而与衡更相赞扬。衡谓融曰：‘仲尼不死。’融答曰：‘颜回复生。’大逆不道，宜极重诛。”书奏，下狱弃

市。时年五十六。妻子皆被诛。(《后汉书·孔融传》)

从记传中所载与后来官方所“宣示”的孔融罪状中都没有涉及孔融嘲戏曹操问题，所罗列的是：有反叛汉室之心（孔融没有任何武力如何反叛）；当着东吴使臣诽谤朝廷（汉室）；不遵朝仪，常不戴帽子；对祢衡说一些不孝父母的言论；与祢衡二人互相吹捧。其实当时想取代汉室的正是曹操，曹操生前已经是实际上的皇帝。其子曹丕篡汉自代。曹操还在《举贤勿拘品行令》中说：“负污辱之名，见笑之行，或不仁不孝而有治国用兵之术。其各举所知，勿有所遗。”可见，曹操并不把“不仁不孝”当作严格的道德准则要求每个人都必须遵守，却以“不孝”之名杀孔融。鲁迅就说曹操以不孝的理由杀孔融是很可笑的。

祢衡也是以嘲弄人并因嘲弄得祸而闻名的人。祢衡字正平，平原般县（今山东临邑县）人，汉末避乱一度居荆州。京城许昌是人才所聚的地方，祢衡来到许昌，目下无尘，只认可孔融、杨修，其他都不在话下。他对人说：“大儿孔文举，小儿杨德祖。余子碌碌，莫足数也。”称陈群（九品中正制的建立者）、司马朗（优秀的地方官，司马懿之兄）为“屠沽儿”（杀猪卖酒人），不齿于士人；称曹操所信任的荀彧“可借面吊丧”（因为长得体面）；称曹操同事赵融（与袁绍、曹操并为西园八校尉）只可“使监厨请客”（因为肚囊大，吃得多）。这些都是比他年长，受到当时人尊重的名人，祢衡用如此刻薄的语言嘲弄他们是带有侮辱性的，杀伤力极大。曹操也想羞辱祢衡一顿，叫他在宴会上充当鼓吏，结果祢衡以其高超击鼓技巧取胜，并摆脱了礼法的局限，反而把曹操搞得很狼狈。曹操拿他没办法，杀他吧，得不偿失（祢衡毕竟是个没有权的小人物），于是把他送回荆州，交给刘表。祢衡在荆州狂傲依旧，刘表也曾想杀他，被劝止，于是又把他送到江夏太守黄祖那里。最终因为与黄祖发生语言冲突，被黄祖所杀。

祢衡之所以肆无忌惮地嘲讽有权的大人物，表面上看是恃才傲物，实际上是自卑，因此借嘲弄有权者以维持心理平衡。当时又处在个性张扬的社会环境里，不畏权贵、恃才蔑视王侯的都会得到权力圈子外的人士的赞扬，祢衡的勇气也来源于此。

还有嘲弄文字格调不高，给读者留下恶劣印象的，如繁钦的《嘲应德琏文》：

> 应德温云，昔与季叔才俱到富波，饮于酒肆，日暮留宿。主人有养女，年十五，肥头赤面，形似鲜卑。偶悦之，夜与通奸，便生足下。[1]

---

① 严可均《全上古三代秦汉三国六朝文》此文最末一句均作“便住足下”，意义不明。严可均所辑繁钦文系据《太平御览卷八二八》。查《太平御览》繁钦这篇嘲文最末一句当作“便生足下”，意义明澈。

应德温是应玚的兄弟应瑗，信中说的“小叔”就是收信人的父亲应珣。他是应劭的弟弟。文中说，我听应瑗说，他与您的父亲一同到富波去，尊翁有了“艳遇”。繁钦把女方写得十分不堪：“年十五，肥头赤面，形似鲜卑”。这一篇短文涉及应家三个人：应瑗、应珣和收信人应玚。贬低了应珣父子，挑拨了应氏兄弟的关系。繁钦与应玚等都是属于当时邺下文人集团的，又是同事。历史上没有记载这封信的影响。也许此文出现不久，赶上北方大瘟疫，几位当事者都去世了。

6. 对嘲弄的批评

自汉末以来这种相互嘲讽的风气，西晋的葛洪就很不认同，他认为这是社会上的不正之风，败坏了人与人之间的正常关系：

> 于是驰逐之庸民，偶俗之近人，慕之者犹宵虫之赴明烛，学之者犹轻毛之应飙风。嘲戏之谈，或上及祖考，或下逮妇女。往者务其必深焉，报者恐其不重焉。倡之者不虑见答之后患，和之者耻于言轻之不塞。周禾之芟，温麦之刈，实由报恨，不能已也。利口者扶强而党势，辩给者借鍒以刺瞂。以不应者为拙劣，以先止者为负败。如此交恶之辞，焉能默哉！（《抱朴子外篇·疾谬》）

他说一些浅俗之人对于这种嘲弄风气不仅不能抵制，反而如飞蛾扑火、轻羽随风，追随这种风气。嘲弄的话语甚至上涉及祖宗，深则进入闺房。问者往往觉得话说得不深，回答者唯恐话说得不重。问者不考虑回答之后造成的不良效果，而答者只考虑要堵住对方的嘴。这样仿佛“成周朝的谷子被抢，温地的麦子被割”，目的不是那点粮食，而是心怀仇恨，挟嫌报复。口齿伶俐者依靠强势的团伙，能言善辩者借他人之矛以刺盾。不能回应者就是拙劣，不作辩答者就是失败。在这种情态下，互相激发仇恨的言论怎么能够停止呢？

为什么嘲弄会败坏人与人的关系呢？在互相嘲弄中每个人关注的是他人不如自己的地方。前面我们说到从东汉以来人们更关注个体的人，人们在写作或谈论品评个体的人时才能注意到此人的诸多方面。两汉以前，人们更关心的群体，从等级上分是君子、小人，从地域上分是齐人、秦人还是楚人，从心智上分是上智、下愚，等等。人们大多倾向于认为自己所拥有的才是美好的、优长的，对于他人所拥有的则反是，由此，人们常常是以己之长，攻人之短，因此，嘲弄很容易导致冲突。

只给嘲弄者展示自己才思敏捷、伶牙俐齿的机会，这在传统道德看来就是“佞”。孔子曾说“放郑声，远佞人。郑声淫，佞人殆”（《论语·卫灵公》），可见能言善辩者为儒家传统所不容。

作为道士的葛洪所秉持的正是儒家传统。对于正常的批评答辩，葛洪并不反对，他还专门写了一篇《应嘲》，心平气和地回答论敌对他的诘难。《抱朴子外篇》有许多抨击时弊的文字，对于一些重大的社会问题也提出不同的意见，但很少有刻薄的文字。

如果说，葛洪不同意人们相互嘲弄主要着眼在嘲弄败坏人际之间的正常关系上，而南朝文论家刘勰在《文心雕龙·谐讔》中则从文字写作上批评它无益于世，有害于文：

> 至魏文因俳说以著《笑书》，薛综凭宴会而发嘲调，虽抃笑衽席，而无益时用矣。然而懿文之士，未免枉辔；潘岳《丑妇》之属，束皙《卖饼》之类，尤而效之，盖以百数。魏晋滑稽，盛相驱扇。遂乃应玚之鼻，方于盗削卵；张华之形，比乎握舂杵。曾是莠言，有亏德音，岂非溺者之妄笑，胥靡之狂歌欤！

刘勰说得很清楚，故意搞笑除了让人“笑”以外，没有什么实际作用。曹丕曾就一些俳优说的笑话，编著“笑书”（此书不传于世，有人疑即邯郸淳《笑林》），薛综在招待蜀国使臣的宴会上逞口舌之利[1]，虽然在筵席上博得一笑，但实际上，对两国关系一点好处没有。这个时期，即使有教养的文士也难免此风，像潘岳的《丑妇赋》(失传)、束皙的《饼赋》都是群起而效尤的，其数目盖以百计。魏晋时期专以滑稽为宗旨风气与嘲弄之风互相推动。于是就有了嘲笑应玚鼻子如被盗削的半个鸡蛋（看来应玚在当时是人们嘲弄的焦点），张华头小、脖子细、身体胖，如同捣蒜锤子等充斥了低级趣味的文字出现了。这些有伤德行的文字，简直就是溺水者濒临死亡时的妄笑，身陷囹圄者的狂歌。

7. 嘲弄的目的是取笑

为什么刘勰用如此重量的话批评这种嘲讽之风呢？嘲讽、嘲弄又是如何推动笑话形成的呢？

这两个问题有一个共同的根源，就是人们为什么要互相嘲弄？简单直说，嘲弄的目的就是为了取笑。现今人们之间开玩笑时常会说一句："你把你那些不开心的事说一说，也让我们乐一乐。"这表明人们看到他人一点小小的不开心（不能太大，大

---

① 西使张奉于权前，列尚书阚泽姓名，以嘲泽，泽不能答。综下行酒，因劝酒曰："蜀者何也？有犬为独，无犬为蜀，横目苟身，虫入其腹。"奉曰："不当复列君吴邪？"综应声曰："无口为天，有口为吴。君临万邦，天子之都。"于是众坐喜笑，而奉无以对。其枢机敏捷，皆此类也。(《三国志·吴书·薛综传》)

的不开心就演化为悲惨，悲惨往往伴随着恐怖，恐怖会覆盖一切正面情绪）自己马上产生一种优越感，从而快乐不自觉地从心底流出。从这里我们可以看出古人之间的互相嘲弄就是为了取乐。如果不太过分，还可以接受。

古人也认识到这一点。《三国志·吴书·王蕃传》注引《吴录》曰："皓每于会，因酒酣，辄令侍臣嘲谑公卿，以为笑乐。"吴国国主孙皓是个昏暴之君，在位不仅溺于宴乐，而且令太监戏谑高官，弄得众叛亲离。士人们厌倦过度的嘲戏，但也无法制止。"始奏延露曲，继以阑夕语。调笑辄酬答，嘲谑无惭沮。倾躯无遗虑，在心良已叙。"（应玚《汝颍之士，流离世故，颇有飘薄之叹》，见《昭明文选·杂诗下》）

这是应玚的诗。前面两度提到应玚被人嘲谑，有的还很恶毒，可能他也有回敬，只是不传于世。此诗描写了当时士人们聚会中追求享乐的场景（正像《古诗十九首》中所写的"今日良宴会，欢乐难具陈"），除了必要的宴饮歌舞之外，还有嘲弄（这是《古诗十九首》中没有写到的）。别人嘲弄他，他也予以反击，这种做法是违背传统的，本来是不应该的，但在欢聚中，能使在场者欢笑就是对嘲弄者的褒奖，谁能在口舌上压住对方谁就是胜利者、成功者，这些都给嘲弄者带来精神上的满足，在个性觉醒的时代许多人乐此不疲。作为旁观者大多也对此有兴趣，因为它能给自己带来欢笑，全身通泰，因此除了特别顽强的卫道者外，无不予以赞扬。

魏晋以来包括南北朝时期，无论是官修的史书，还是民间的记载，关于嘲弄的记载是大量的，超出任何历史时期。执笔者把人们的相互嘲弄当作闲情逸致津津有味地记录下来。

嘲弄促发了笑，于是还有了专门论述“笑”的文字，这就是孙楚的《笑赋》：

> 有度俗之公子，总万物之细故。心仿佛乎巢由，以得意为至乐，不拘恋乎凡流。会亲戚于高宇，结宗盟于绸缪。所以交颈偃仰，推匈指掌，亢洪声于通谷，顺长风以流响。气参谭以相属，若将颓而复往。或嚬蹴俛首，状似悲愁，怫郁唯转，呻吟郁伊；或携手悲啸，嘘天长叫，迟重则如陆沉，轻疾则如水漂。徐疾任其口颊，圆合得乎机要；或中路背叛，更相毁贱，倾倚巨我，雕声迄乎日晏。信天下之笑林，调谑之巨观也。(《全晋文》卷六十)

孙楚(约218—293)，字子荆，西晋官员，太原中都(今山西平遥)人。出身官宦世家。史称其“才藻卓绝，爽迈不群”，为镇东将军石苞的参军。晋惠帝初为冯翊太守，元康三年(293年)卒于任上。著有文集六卷。嘲弄嬉笑不符合正道，所以赋中将追求欢笑的主人公设定为“度俗公子”。他要在人间寻找欢笑，就要对社会万千世相有深入细致的了解。他心如巢父、许由摆脱了名缰利锁，所看重的就是满足内心要求的欢笑。因此他要常常与亲朋好友，或聚会在高堂广厦，交流胸臆；或徜徉于山水之间，感受大自然之美；或携手长啸，发出各种奇异的声音，抒发愤懑；或相互嘲弄，搞出许多笑话。

四、魏晋南北朝时期的笑话

1.魏晋南北朝与隋唐五代社会概述

从魏晋南北朝到宋代长达七百余年，在叙述笑话史时，我把它分作两段，魏晋南北朝时期为第一段，隋唐至五代为第二段。前后两段的区别是，前一段战乱历时的比例大一些，后一段相对少一些。

从社会环境上说，魏晋南北朝时期，士人要做官，必须通过九品中正制的评选。九品中正制很快被士族豪门所垄断，形成“上品无寒门，下品无势族”的局面。士族子弟生来不仅不愁吃喝，而且成年后就有官做，什么都不必积极去争取，自来就有。因此，他们热衷“清谈”，谈“老庄”、谈《周易》、谈佛理。好说一些似乎有哲理，细究起来却似通非通的话。从生活角度来看，魏晋南北朝时期的士族豪门大多追逐享乐，而且长期养尊处优也使得衣冠子弟离普通人的生活越来越远。这一切不仅使他们不必积极进取，而且，基本生活能力和初步知识都不具备，所以在实际生活中就会闹出许多笑话。如《晋书》王徽之传所载：

> 徽之，字子猷。性卓荦不羁，为大司马桓温参军。蓬首散带，不综府事。又为车骑桓冲骑兵参军，冲问："卿署何曹？"对曰："似是马曹。"又问："管几马？"曰："不知马，何由知数！"又问："马比死多少？"曰："未知生，焉知死！"尝从冲行，值暴雨，徽之因下马排入车中，谓曰："公岂得独擅一车！"冲尝谓徽之曰："卿在府日久，比当相料理。"徽之初不酬答，直高视，以手版柱颊云："西山朝来致有爽气耳。"（《晋书·王徽之传》）

子猷是王徽之的字，他是"羲之第五子。卓荦不羁，欲为傲达，放肆声色，颇过度。时人钦其才，秽其行也。"（《九家旧晋书辑本·何法盛晋中兴书》）王氏一家都是有清誉的，为士林所羡慕，但其累代簪缨，生活能力极差，而且不通人间大事小情，往往一行一动都会形成笑话。他去做桓冲（桓温之弟）的骑兵参军，也就是今天所说的骑兵参谋，连其官署的名目都搞不清楚；问其职责，管多少马匹，他套用孔子的"不问马"，问他马死了多少，他用孔子成语推脱。在行军中作为骑兵，他骑不了马，进入车子里，而且独占一车。别人批评，他也毫不在意。他在骑兵里混久了，桓冲要他学习与负责一下业务，王徽之避而不答，眼睛望天，用手版（就是“笏”，上朝用以记事）拄着脸颊，说了一句不着边际的“西山早上的空气很好啊”！外人看着可笑，当事者桓冲得气死。像王徽之这一干人等还是当时的精英，也许他们没干什么坏事（也许连干坏事的能力也没有），但他们除了做些令人发笑的事又能干什么呢？因此可以说这个时期是“我本无心说笑话，谁知笑话逼人来”的时期。只要把他们干的事情、说的话原原本本地记录下来就是笑话。所以《晋书》《南北史》以及南北朝的分朝史中就记录了不少笑话。就如鲁迅先生所说，“东晋以后，不做文章而流为清谈，由《世说新语》一书里可以看到。此中空论多而文章少，比较他们三个（何晏、王弼和夏侯玄）差得远了。”（见《而已集·魏晋风度及文章与药及酒之关系》）

隋唐以后，特别是在初唐和盛唐之间，隋代开始创建的科举制度逐渐成熟，大多士人，特别是处于社会底层的士人有了改善自己地位和生活的追求，精神面貌有了改观。读书、参加科举，从而进入官僚系统不仅是底层士人的追求，科举带来的荣誉感也为一些有“门荫”可以入仕的士人所看重，他们也羡慕通过科举出身的荣耀，因此，读书成为唐代士人普遍的功课。唐代士人还可以通过参军、加入幕府（当时有“十年出幕府，自可持旌麾”之说），立功异域，以获取功名富贵。总的说来，在唐代的士人重视实际，勇于在实际生活中积极进取，不特别看重耍嘴皮子的技巧。魏晋南北朝史书中都记录了不少的笑话，而《隋史》与《旧唐书》《新唐书》在这方面的记载就比较少。幸亏此时佛教经典大量译出，出现了许多内容与思想倾向别有意趣的笑话，丰富了传统笑话的宝库。

2. 第一部笑话集的诞生——《笑林》

当时编辑的《笑林》可能不止一部，传说曹魏的邯郸淳编辑了三卷《笑林》，东吴的陆云也编了一部《笑林》（见宋释赞宁《笋谱》卷四），言“汉人煮箦”的笑话即出于此书。

这里说的是邯郸淳的《笑林》，虽然此书已失传，但经过后人的辑佚，现在仍能收到二三十条，勉强成为一本书。这个辑本是从《艺文类聚》《北堂书钞》《太平御览》《太平广记》等唐宋类书中辑来的。魏晋以来名为“笑林”的书不止一种，因此当今所谓邯郸淳编纂《笑林》中各条不一定都出自邯郸淳的《笑林》。《笑林》中有两条提到“伧人”，一是“吴人至京师”条中的“与伧人同死亦无所恨”；二是“伧人欲相共吊丧”条。“伧”是吴人对于中原人带有侮辱性的称呼，三国时始用，三国前不见于史传。可见这些条必是吴人所撰写，作为曹魏官员的邯郸淳绝不会用此称呼，即使原来文字中有，他也一定会做些修正。而且在其他条中也包含有对北人歧视的倾向。例如“汉人适吴”等。

①嘲弄的延伸

正像我在前面所说的，两汉以来人们热衷于相互嘲弄，在嘲弄中人们往往利用相互的缺憾而取笑。在《笑林》中人们嘲弄的就是他人的缺憾。缺憾是多方面的，有的是智力不足或是弱智者；有的是不懂装懂，在庄重场合里弄得笑话百出；有的是贪欲无穷；有的是鄙吝过度……值得注意的是，作者已经懂得利用人物语言刻画人物性格、制造包袱，以博一笑。这在《笑林》中多见，例如：

> 鲁有执长竿入城门者，初竖执之，不可入，横执之，亦不可入，计无所出。俄有老父至，曰："吾非圣人，但见事多矣。何不以锯中截而入。"遂依而截之。（《笑林》）

此篇文字简洁，开始写一个愚昧的"鲁人"拿着一根长竹竿入城"初竖执之，不可入"，然而变为"横执之"，这就够傻了，"亦不可入，计无所出"更使人喷饭。正在为难之际，来了一位有经验的"老父"，老父很热心，愿意帮助鲁人，"吾非圣人，但见事多矣"。老父还很谦虚，称自己不是多知多懂的圣人，但我见过的事情还是不少的，毕竟一把年纪了嘛。最后老父把自己方案拿了出来："何不以锯中截而入"。这位自谦不是"圣人"的老父，可以进入"比傻王国"了。这种层层剥茧的写法是符合搞笑规则的。老父是自以为头脑清楚，尽管他的建议也愚不可及，但与人问答回复还是合乎逻辑的。

《笑林》中的许多蠢人浑浑噩噩的：

> 崔烈辟上党鲍坚为掾，将谒见，自虑不过，问先到者仪，适有答曰："随典仪口唱。"既谒，赞曰可拜，坚亦曰可拜；赞者曰就位，坚亦曰就位。因复着履上座，将离席，不知履所在，赞者曰履着脚，坚亦曰履着脚也。

崔烈是东汉末年的高官，位至司徒、太尉等，可以开府任命属官，可是他招聘的竟是鲍坚一类的糊涂官。古代特别讲求礼仪，谒见高官自然礼仪非常严格，所以有司仪唱念出程序，参与者跟着做就可以了，所以鲍坚向同事问起如何谒见上司时，同事自然回答他，跟着司仪的指示做就可以了。可是头脑中一盆浆糊的鲍坚连司仪与谒见者的关系都搞不清楚，所以他像鹦鹉学舌，司仪唱念什么，他亦步亦趋，笑话百出。唐以前，椅子板凳尚未进入生活领域，人们席地而坐，所以登堂入室都要脱鞋，穿着袜子升席上座，这是生活常态，所以司仪没有喊"脱履"。鲍坚在众目睽睽之下穿着鞋登席。离席时穿鞋是有一定仪式的，所以司仪喊"履着脚"，鲍坚的"履"明明就在他脚上，他离席时也跟着喊"履着脚"。

《笑林》中有的愚人是因为不学习。两汉时期特别注重儒家经典及其所倡导的礼乐制度，对于不通儒家经典、不通礼乐，或是不懂装懂的，就会被社会舆论嘲笑。我们看以下几个可笑的故事：

有甲欲谒见邑宰，问左右曰："令何所好？"或语曰："好《公羊传》。"后入见，令问："君读何书？"答曰："惟业《公羊传》。"试问："谁杀陈他者？"甲良久对曰："平生实不杀陈他。"令察谬误，因复戏之曰："君不杀陈他，请是谁杀？"于是大怖，徒跣走出。人问其故，乃大语曰："见明府，便以死事见访，后直不敢复来，遇赦当出耳。"

伧人欲相共吊丧，各不知仪。一人言粗习，谓同伴曰："汝随我举止。"既至丧所，旧习者在前，伏席上，余者一一相髡于背；而为首者以足触詈曰："痴物！"诸人亦为仪当尔，各以足相踏曰："痴物。"最后者近孝子，亦踏孝子而曰："痴物！"

某甲为霸府佐，为人都不解。每至集会，有声乐之事，己辄豫焉；而耻不解，妓人奏曲，赞之，己亦学人仰赞和。同时人士令己作主人，并使唤妓客。妓客未集，召妓具问曲吹，一一疏着手巾箱下。先有药方，客既集，因问命曲，先取所疏者，误得药方，便言是疏方，有"附子三分""当归四分"。己云："且作'附子当归'以送客。"（《笑林》）

第一个故事讽刺的是个不学之人。《公羊传》是解释经典《春秋》的三传（《左传》《谷梁传》《公羊传》——解释经典的文字称之为“传”）之一，比较深奥枯燥。县令喜欢读《公羊传》是出于个人爱好，某甲不懂《公羊传》也不可笑，因为它不是人人必读的书籍。可笑的是某甲要谒见县令之前问其左右县令读什么书，待见面时好迎合对方。此人既知县令好读《公羊传》，却不去准备一下，待县令发问后，回答得驴唇不对马嘴。清初文士高士奇之所以受到康熙皇帝宠幸就在于他很“博学”，康熙皇帝曾对侍臣说“得士奇，始知学问门径……其裨朕学问者大也”。皇帝每问，高士奇都能回答圆满。据说他之所以能如此，就在于每天都带一兜“金豆子”，向康熙身边的太监打听皇帝今天读什么书，太监告诉他后，他就以一颗金豆子为谢。退下后就熟读此书。这位“甲先生”只知道《公羊传》就完事大吉，所以他说完“惟业《公羊传》”就没词了。也许甲奉迎过了头，他说“惟业”——只读此一书为自己学业根本，自然引起县令兴趣，甚至有点要向他讨教的意思：“谁杀陈他者？”“陈他”即“陈佗”，春秋时陈国公子，一度为陈国国君。因为《公羊传》记载与《左传》有差别，所以县令提出这个问题，但对于某甲来说是一头雾水，以为县令在审案，行使司法权力，因此吓得落荒而逃。

第二个笑话可能产生较晚，是南方人嘲笑中原人的。五族内迁，中原动乱，北方有学问的士人纷纷南迁，唐人所谓“三川北虏乱如麻，四海南奔似永嘉”。北方胡化，没有学问、不懂礼制。“伧人欲相共吊丧，各不知仪”。在悲哀的丧礼上闹出了没文化的笑话。

第三个故事中的“霸府”是魏晋南北朝期间握有实权人物如曹操、高欢等人所开，在这样的府中充当佐吏也是很有权力的。只是这位佐吏对于音乐一窍不通。不过他比那位某甲好的地方在于他“耻不解”，但当时士人饮宴大多有音乐助兴。“今日良宴会，欢乐难具陈。弹筝奋逸响，新声妙入神。令德唱高言，识曲听其真。”佐吏不懂，先是效法南郭先生“妓人奏曲，赞之，己亦学人仰赞和”，亦步亦趋，人云亦云。他做主人宴请他人，怕闹笑话，预先向演出的伎人学习，不耻下问，而且用文字记下来存放在手边的“手巾箱”以备遗忘。千小心、万小心，还出了岔子，忘了手巾箱中还有药方了。最后“且作‘附子当归’以送客”。大家一定笑翻了场。附子是“补火助阳”之药，当归是妇科常用之药，李时珍说“当归调血为女人要药，有思夫之意，故有当归之名”。崔豹《古今注》云：“古人相赠以芍药，相招以文无。文无一名当归。”有这些药文化做背景，当他喊出“且作‘附子当归’以送客”，客人的反应就可以想象了。

②笑话主题的传承

古代的一些笑话今人读起来觉得不可笑了，最大的原因是原来的社会背景、文化背景不为今人所知，即使通过学习介绍明白了、懂得了背景，但初读时的新鲜感又丧失了，也没有读今天的笑话可笑了。

人有所羹者，以杓尝之，少盐，便益之。后复尝之向杓中者，故云盐不足。如此数益升许。盐故不碱，因以为怪。

平原陶丘氏，取渤海墨台氏女，女色甚美，才甚令，复相敬。已生一男而归。母丁氏，年老，进见女婿。女婿既归而遣妇。妇临去请罪，夫曰：“曩见夫人，年德以衰，非昔日比。亦恐新妇老后，必复如此！是以遣，实无他故。”

甲买肉过都，入厕，挂肉著外。乙偷之，未得去，甲出觅肉，因诈便口衔肉云：“挂著门外，何得不失？若如我衔肉著口，岂有失理。”

甲与乙斗争，甲啮下乙鼻。官吏欲断之，甲称乙自啮落。吏曰：“夫人鼻高耳口低，岂能就啮之乎？”甲曰：“他

踏床子就啮之。”（《笑林》）

有的故事真令人怀疑主人公是否弱智。

第一个故事有些像前面谈到过的刻舟求剑，都是用一个固定的标志物测度处在变化中的事物，他永远了解不了当前事物的真相。

第二个故事令我想到鲁迅的一段妙语：“试到中央公园去，大概总可以遇见祖母带着她孙女儿在玩的。这位祖母的模样，就预示着那娃儿的将来。所以倘有谁要预知令夫人后日的丰姿，也只要看丈母。不同是当然要有些不同的，但总归相去不远。”（《华盖集·这个与那个》）

从遗传学道理上说这是千真万确的，但因为这个理由把尚处在妙龄的妻子休了，那真是呆傻了。按这个说法，他永远娶不到女人了，因为所有的女人都有那一天。这位“渤海墨台氏女”可以说在当时是标准的贤妇，“女色甚美，才甚令，复相敬。已生一男”，漂亮、有才、生了儿子，又与丈夫相敬如宾。所以“平原陶丘氏”之愚近于蠢。第二、三个故事中的噱头现今的相声中仍在用，只是做了些许改动。第二个故事把“肉”改作“帽子”，在人群飞掉他人的帽子，戴在自己的头上，只是预先在头上绑上根带子，当人找帽子时便说“我丢了一顶帽子了，现在帽子上钉了根带子，一系上，别人飞不走了。”刘宝瑞、侯宝林的相声里都用过这个小料。可见有些笑话还是有顽强的生命力，两千多年了，仍可以使人发笑。

嘲笑与讽刺悭吝也是后世笑话重要的主题之一。这类笑话在《笑林》就已经出现了。汉末以来，社会动荡不断，人们对于财富的珍惜是人们保障自己生存所必需的。然而有些人、特别是一些有钱人对于财富看得高过一切也是一种变态。

汉世有人年老无子，家富，性俭啬；恶衣蔬食，侵晨而起，侵夜而息；营理产业，聚敛无厌；而不敢自用。或人从之求丐者，不得已而入内取钱十，自堂而出，随步辄减，比至于外，才余半在，闭目以授乞者。寻复嘱云："我倾家赡君，慎勿他说，复相效而来！"老人俄死，田宅没官，货财充于内帑矣。

沈珩弟峻，字叔山，有名誉，而性俭吝。张温使蜀，与峻别，峻入内良久，出语温曰："向择一端布，欲以送卿，而无粗者。"温嘉其能显非。又尝经太湖岸上，使从者取盐水；已而恨多，敕令还减之。寻亦自愧曰："此吾天性也！"

姚彪与张温俱至武昌，遇吴兴沈珩于江渚守风，粮用尽，遣人从彪贷盐一百斛。彪性峻直，得书不答，方与温谈论。良久，敕左右：倒盐百斛着江水中。谓温曰："明吾不惜，惜所与耳！”

有人吊丧，并欲赍物助之，问人：“可与何等物？”人答曰：“钱布穀帛，任卿所有尔！”因赍一斛豆置孝子前，谓曰：“无可有，以一斛大豆相助。”孝子哭唤奈何，己以为问豆，答曰：“可作饭！”孝子复哭唤穷，己曰：“适有便穷，自当更送一斛。”（《笑林》）

这个汉代老人的故事简直就是莫里哀的《悭吝人》或巴尔扎克《欧也妮·葛朗台》的中国版，是勤于工作、舍不得消费的典型。他“侵晨而起，侵夜而息；营理产业，聚敛无厌；而不敢自用”。偶然遇到一个乞求者，仿佛是大难临头。“不得已而入内取钱十，自堂而出，随步辄减，比至于外，才余半在，闭目以授乞者。寻复嘱云：‘我倾家赡君，慎勿他说，复相效而来！’”这段描写生动而真实，特别是“闭目以授”云云，对于钱之外流，他目不忍睹，之后还一再叮嘱求乞者，千万不要泄露天机，我已是倾家荡产了，要再有来者，我是无法打发了。作者写了一个悲惨的结局，以警戒那些悭吝人。

沈峻是东吴的高官，又是江南士族，有地位、有权势、有文化。他也很小气，但不像汉代老人那样鄙琐可笑。张温出使西蜀，他去送别，自古临别“富者赠人以财”，沈峻也要送他点什么。他想选一束粗布，但挑选了半天，没找到，只好拿出一束细布送客，可是内心里有些不情愿，也有点不平衡，所以忍不住对张温说了原委[1]。张温觉得他坦白，又很可笑。

沈峻如此，估计其兄沈珩与沈峻也就在鲁卫之间，所以姚彪对他也有些鄙视。姚彪与张温皆在武昌，沈珩来借盐 100 斛。东汉的 1 斛大约相当于 20 公升，100 斛则相当于 2000 公升，大约相当于4000斤，这在当时是一笔不小的财富了[2]。沈珩的兄弟连一点盐水都要算计，其兄动辄向人借几千斤的盐，是不是有些太过了，难怪姚彪不借。

如果说，汉代老人和他的悭吝还是自我节省，那么这个“孝子”则是借出丧之名，行贪婪之实了。朋友帮他办丧事，给他一斛豆（折合 500 钱），作为礼钱已经不轻。孝子“哭唤奈何”，朋友以为孝子不知道豆子有什么用处，便告诉他，“可以做饭”。孝子看到朋友没有了解他的真意，便“复哭奈何”。朋友以为孝子不缺少做饭的谷物，就进一步说，“可以做豆豉”。豆豉是当时烹饪中重要的调料。孝子一看光哭“奈何”不解决问题，于是赤裸裸地“更哭孤穷”了。此时朋友才明白孝子的真意，于是再送他一斛豆。从这个笑话里可见作者已经懂得利用人物之间的误解来制造笑料了。

另外，《笑林》中还有不少是反映地域歧视的，这虽与当时国家处于分裂状态不同地域的人互相不了解有关，但更重要的还是人性中有肯定自己和排斥他人的倾向：凡是自己所行所做

---

① 魏晋时期尚未有棉布，所谓布是指麻或葛织品，当时可做货币用。

② 再一个参考值：东汉盐价，1 斛 800 钱，100 斛 80000 钱。

都是对的、好的；反之则是错的、可笑的。

南方人至京师者，人戒之曰："汝得物唯食，慎勿问其名也！"往诣主人，入门内，见马矢，便食之；觉恶臭，乃止步。进见败屩弃于路，因复嚼，殊不可咽。顾伴曰："且止！人言不可皆信。"后诣贵官，为设馔，因见视曰："故是首物，且当勿食。"

汉人有适吴，吴人设笋，问是何物？语曰竹也！归煮其床箦而不熟，乃谓其妻曰："吴人䩬䩭，欺我如此！"

吴人至京师，为设食者有酪苏，未知是何物也，强而食之，归吐遂至困顿。谓其子曰："与伧人同死，亦无所恨；然汝故宜慎之。"（《笑林》）

这三则笑话涉及的都是饮食问题，饮食是人的各种习惯中最为顽强的，阿Q嘲笑城里人"油煎大头鱼，未庄都加上半寸长的葱叶，城里却加上切细的葱丝，他想：这也是错的，可笑"！古代的北方人、南方人也都与阿Q一样互相觉得"可笑"。第一个故事是北方人嘲笑南方人的，南方人去京城（指洛阳）之前，"人"竟如此告诫他"汝得物唯食，慎勿问其名也"。所以这位南方人见了马粪竟开口便吃，只是因为太臭才停止进食。后来又吃人家丢在路上的破鞋，也是因为嚼不碎，不能下咽才弃而不食。到了贵官的宴席看到摆在他面前的蒸饼也不敢吃。这个笑话中的南方人简直是个傻子，临行告诫他的那位是个呆子。

第二个故事当是南方人写的，用以嘲笑北方人。这位是吃了竹笋之后回家煮炕席。炕席不能吃，还说吴人都是骗子。

第三个故事的作者以较客观的态度写南方人到北方之后不能适应北方饮食的惨状。“酪苏”即是随着佛教从天竺传入中国的茄子，不仅对于南方人是个新的食物，北方人也刚刚接触这种食物。人们招待他乡来客往往爱用本地熟悉，但对客人来说却很陌生的食品。那么这个“酪苏”当指北方（当时中原一带）奶酪酥油一类食品，所以吃完之后，才会呕吐——“归吐遂至困顿”。可笑的是吴人以为是人吃了酪苏都会有这样的反应，所以对他的儿子说“我与北方佬同死，没有什么遗憾的，你可要注意，再也别吃这些东西了”。以己度人，是这故事的笑点。

另外，传统民间笑话中嘲笑傻姑爷的故事，在《笑林》中已见端倪，都是让傻姑爷在有众人参加的仪礼上当众出丑。如：

有痴婿，妇翁死，妇教以行吊礼。于路值水，乃脱袜而渡，惟遗一袜。又睹林中鸠鸣云：“鹁鸪鹁鸪！”而私诵之，都忘吊礼。及至，乃以有袜一足立，而缩其跣者，但云：“鹁鸪鹁鸪！”孝子皆笑。又曰：“莫笑莫笑！如拾得

袜，即还我。”（《笑林》）

傻姑爷的岳父去世了，媳妇教给他吊唁礼节让他去吊唁。路上遇到河，就脱下袜子蹚水而过，结果丢了一只袜子。他又听到树林中斑鸠“鹁鸪鹁鸪”地叫，就暗中记诵，把吊唁的礼节全忘掉了。等到了目的地，他用穿着袜子的一只脚作单脚独立，把光脚缩起来，只说：“鹁鸪鹁鸪！”孝子们莫名其妙，都笑起来。他又说：“不要笑不要笑！如果谁拾到了袜子，就还给我。”

③笑话创作技术的提高

有的一些段子在《笑林》之前已经出现，到了魏晋时期编者对它们做了改动或予以丰富，收入此书中。例如“胶柱鼓瑟”，“今握一君之法籍，以非传代之俗，譬由胶柱而调瑟也。”（《淮南子·齐俗训》）蔺相如曰：“王以名使括，若胶柱而鼓瑟耳。括徒能读其父书传，不知合变也。”（《史记·廉颇蔺相如列传》）“坚据古文以应当世，犹辰参之错，胶柱而调瑟，固而难合矣。”（《盐铁论·相刺》）或曰：“以往圣人之法治将来，譬犹胶柱而调瑟，有诸？”（扬雄《法言·先知》）这么多人把“胶柱鼓瑟”当作成语来用，可见胶柱鼓瑟作为一个段子广泛流传了很久。《笑林》的作者把人物故事充实其中，使之成为一个笑话：

齐人就赵人学瑟，因之先调胶柱而归，三年不成一曲。齐人怪之，有从赵来者，问其意乃知向人之愚。（《笑林》）

这个笑话里有了人物——“齐人”“赵人”，有了故事情节——齐人到赵学习鼓瑟。学成回家后，为了记住在赵所学的那支曲子，先把调音的瑟柱用胶水固定了，回去之后，再也弹不出新曲子了，因为每支新曲都有其曲调，用瑟演奏必须移动瑟柱改变原来的调子，以适应新曲。

又如：

楚人居贫，读《淮南》，方得“螳螂伺蝉，自鄣叶可以隐形”，遂于树下仰取叶。螳螂执叶伺蝉，以摘之，叶落树下；树下先有落叶，不能复分，扫取数斗归。一一以叶自鄣，问其妻曰：“汝见我不？”妻始时恒答言“见”，经日乃厌倦不堪，绐云：“不见。”嘿然大喜，赍叶入市，对面取人物，吏遂缚诣县。县官受辞，自说本末。官大笑，放而不治。（《笑林》）

这个故事应当是前面所说及的《吕氏春秋·去宥》中“齐人有欲得金者”故事的丰富与充实，其中的人物形象更为丰满，有了更加曲折的故事情节。

齐人有欲得金者，清旦，被衣冠，往鬻金者之所，见人操金，攫而夺之。吏搏而束缚之，问曰："人皆在焉，子攫人之金，何故？"对吏曰："殊不见人，徒见金耳。"（《吕氏春秋·去宥》）

这个故事中的"齐人"除愚昧外就是赤裸裸地对金子的强烈欲求，其个性较为简单，直接到市场"攫人之金"。而《笑林》中的"楚人"在"入市对面取人物"则有充分"准备"，他读《淮南子》得知螳螂捕蝉时树叶可以帮它隐形，使得蝉发现不了（《淮南子》今本没有这个故事），于是与妻子一起找那片能够隐形的树叶。落叶有数斗之多，他与妻子在这数斗叶中拣选那片他认为能够隐形的树叶。最终老婆疲倦不堪，实在支撑不下去了，欺骗他说"看不见了"，楚人大喜（偷着乐），举着这片树叶到市场随意取物，立刻被抓进县衙门。当县官听了他的自述后，知道这个人是个妄想症患者，就放了他。从一个极简单的叙事发展成为有三个人物（楚人、老婆、县官）的故事，其情节安排一改平铺直叙，有了起伏跌宕，而且情节发展在意料之外，又在情理之中。这些是符合笑话创作规律的，说明笑话摆脱了附庸状态后，作为独立的文学体裁的成熟。

从上面的简单介绍，可见《笑林》既是时代的产物，又是笑话创作发展的成就。

魏晋除了《笑林》以外，还有大量“志人”“志怪”“笔记”类型的小说出现。这些小说大多失传，有的虽有后人辑本，但也以只言片语为多。不过就这些辑本中也有一些可笑有趣的故事，值得一记。

3. 文士笑话的确立——《世说新语》

如果说《笑林》收录的笑话是以民间笑话为主的话，那么《世说新语》标志着反映文人士大夫趣味的笑话出现了。在此之前笑话就是笑话，人间万物万事只要可笑都可以拿来说或写。可是自东晋汉族政权建立后，文士，特别是高级贵族（如王谢等豪门）出身的文士在自曹魏以来出现的清谈中逐渐形成有别于其他阶层的独特审美趣味，这种趣味弥漫在整个统治阶层之中，因此这一时期有影响的著作必须适应这个趣味才能受到关注与好评。何况生活在这个时代的写作者自然也会受到这种趣味的熏陶，他们开口立言自然符合世上流行的趣味。《世说新语》的描写对象是以文人士大夫生活、思想、性格、言语为主，因此成为鲁迅在《中国小说史略》中所说的“记言则玄远冷隽，记行则高简瑰奇，下至缪惑，亦资一笑”，也就是自然而然的了。

《世说新语》又称《世说》，成书于南朝刘宋时期（420—479），著者为临川王刘义庆（403—444）。全书原八卷，刘峻注本分为十卷，今传本皆作三卷，分为政事、文学、方正、德行、言语、雅量、任诞、排调、俭啬等三十六门，全书共一千一百余条，记载自东汉末期以来至东晋贵官名士的逸闻轶事。此时流行于士人当中的是评品人物与清谈、谈玄，故书中所记也多是有关人物的评论与关于名理的清谈，以言语机智隽永见长。书中所记许多采自前人或同时人的志人小说，如从裴启《语林》采取了六十四条[①]，从郭澄之《郭子》中采用了七十四条。《郭子》已佚，而鲁迅《古小说钩沉》中的《郭子》辑本仅有八十四条，利用率在85%以上。可见鲁迅在《中国小说史略》中评论说"《世说》文字，间或与裴郭二家书所记相同，殆亦犹《幽明录》《宣验记》然，乃纂辑旧文，非由自造"，有其道理。《世说新语》只是刘义庆根据已有记载重新分类，其间可能还有聚拢在其周围的文士（如袁淑、鲍照等）的功劳。

刘义庆本为刘宋开国皇帝刘裕之侄，原籍彭城，世居京口。少时即任高官，后请外调为荆州刺史，颇有政绩。他"为性简素，寡嗜欲，爱好文义"。除《世说新语》外，还著有志怪小说《幽明录》。

注者刘峻（462—521），字孝标，生于平原郡（今山东平原），幼时家乡被胡人所占，与家人失散，被卖于富人刘实，因

① 皆据今人刘强《世说学引论》。所取六十四条都是根据今人周楞伽整理注释之《裴启语林》一百八十五条之中，因为《语林》全书已佚，周氏整理本基本上是在前人辑本基础上又加搜集编成的。可见《世说新语》采于《语林》的当不止六十四条。

聪慧好学，刘实教其读书。孝标好学不倦，终夜不寝。北齐永明年间外出游学，遍求异书，被称为“书淫”。南朝萧梁初建曾被召“入西省，与学士贺琮校点秘阁”。晚年生活在南方。其注《世说新语》引书四百余种，为世所重。《世说新语》可以看作晋以来文士“清谈”的总结。

《世说新语》中的笑话可以说是文士笑话，它与《笑林》中的笑话不同，《笑林》重视故事情节与情节中的人物表现，而《世说新语》中的笑话则更重视语言的机智与隽永。有许多话语读了或听了以后，余味绵长，思有所得，使人感到智慧同样也能给人带来快乐与欢笑。编纂与写作《世说新语》的目的不在于使人发笑，因此，作者更注重记载的真实性，通过阅读《世说新语》会对那一时代文士的精神风貌与心灵世界有一定的了解。

①赞颂类的笑话

历来的笑话都是以嘲讽为主，揭示人类性格中缺陋的一面，而《世说新语》的独特性在于其中许多富于幽默感或能引人发笑的故事是在赞美其中的主人公。下面我们举几个例子来说明：

> 王恭从会稽还，王大看之。见其坐六尺簟，因语恭：“卿东来，故应有此物，可以一领及我。”恭无言。大去后，即举所坐者送之。既无余席，便坐荐上。后大闻之甚惊，

曰："吾本谓卿多，故求耳。"对曰："丈人不悉恭，恭作人无长物。"（《世说新语·德行》）

王孝伯言："名士不必须奇才。但使常得无事，痛饮酒，熟读《离骚》，便可称名士。"（《世说新语·任诞》）

郗太傅在京口，遣门生与王丞相书，求女婿。丞相语郗信："君往东厢，任意选之。"门生归，白郗曰："王家诸郎，亦皆可嘉，闻来觅婿，咸自矜持。唯有一郎，在东床上坦腹卧，如不闻。"郗公云："正此好！"访之，乃是逸少，因嫁女与焉。（《世说新语·雅量》）

郝隆七月七日出日中仰卧。人问其故，答曰："我晒书。"（《世说新语·排调》）

前两个故事都是讲王恭的。王恭字孝伯，生活在东晋孝武帝（362—396）时期，其妹为孝武帝皇后。他父亲王蕴做会稽内史，王大（即王忱）去看他。当时两人还很友好。两个都是出自王氏豪门（不过一个是"太原王"，一个是"琅琊王"），在生活上肯定是不分彼此，所以看到王恭坐的出产于会稽的六尺竹席（当时还是席地而坐）觉得不错，很随意地向他说："老兄从东面来［会稽即今绍兴，王大此时是在东晋首都建业（今南京）与王恭谈话］，这东西一定不少，送我一领吧。”王恭默然无语，可是在王大走后，即以所坐的那领席送给了王大，而自己则坐在没有席子的草垫子上。王大听说这种情况后，非常惊讶，并带有歉意地说：我以为你很多，才向你要。王恭回答说：“您还是不了解我，我做人从来不置办多余的东西。”从此留下一个词——家无长物。王恭真是这样一个人，后来为了尽忠朝廷在政变中被杀。当查抄他的家产时，果然家无余财。作者用王恭与王大对话以及后来事出意外所产生的笑，赞美了清廉自守的王恭。

这样的王恭当然看不上那些整天饮酒作乐、不做事、也不会做事，还以名士自居的士人。因此他说了那句名言：“名士不必须奇才。但使常得无事，痛饮酒，熟读《离骚》，便可称名士。”这可能是自嘲，但也不妨看作是对当时名士的嘲讽。

第三个是郗鉴与王羲之及其家族的故事，也是意在赞美郗鉴之知人与王羲之为人洒脱、不以小事挂怀的个性。郗鉴当时是朝廷的第一武将，与王导同为朝廷的栋梁，这档婚姻在当时的重要性是不言而喻的，因此王家子弟“闻来觅婿，咸自矜持”就不奇怪了。这个“矜持”不是故作不凡，也非各自修饰，而是表现对于这桩婚事的重视。而王羲之向往的是自由自在的生活，对于豪门之间联姻没有多大兴趣，因此，十分洒脱，坦腹东床，没有故意展示自己美好的一面。恰恰因为这一点，被风流儒雅的郗鉴看中了。

第四个故事是赞美郝隆的。七月七日时届初秋，伏日将尽，气候日趋干爽，此时正是晾晒衣物的时节。有钱人家，绫罗绸缎，摆满庭中，光鲜灿烂。而郝隆是个煞风景的人，他的“晒书”之举不仅自诩经纶满腹，而且嘲弄富贵子弟之不学。这与他讽刺谢安“处则为远志，出则为小草”的心态是一样的。

这四个故事虽然立意在于赞美，但所用的是写笑话的手法：故事情节出人意料，语言充满智慧。

②笑话中的温情

《世说新语》中有一类笑话极富温情，读了之后不仅令人会心一笑，而且感觉到故事中人物之间亲密关系与传达出的爱悦之情。

> 庾小征西尝出未还。妇母阮，是刘万安妻，与女上安陵城楼上。俄顷，翼归，策良马，盛舆卫。阮语女：“闻庾郎能骑，我何由得见？”妇告翼，翼便为于道开卤簿盘马，始两转，坠马堕地，意色自若。（《世说新语·雅量》）

> 王浑与妇锺氏共坐，见武子从庭过，浑欣然谓妇曰：“生儿如此，足慰人意。”妇笑曰：“若使新妇得配参军，生儿故可不啻如此！”（《世说新语·排调》）

元帝皇子生，普赐群臣。殷洪乔谢曰："皇子诞育，普天同庆。臣无勋焉，而猥颁厚赉。"中宗笑曰："此事岂可使卿有勋邪？"（《世说新语·排调》）

王文度、范荣期俱为简文所要。范年大而位小，王年小而位大。将前，更相推在前。既移久，王遂在范后。王因谓曰："簸之扬之，糠秕在前。"范曰："洮之汰之，沙砾在后。"（《世说新语·排调》）

王安丰妇，常卿安丰。安丰曰："妇人卿婿，于礼为不敬，后勿复尔。"妇曰："亲卿爱卿，是以卿卿；我不卿卿，谁当卿卿？"遂恒听之。（《世说新语·惑溺》）

东晋时朝内有四大家族——王谢庾桓，庾翼就是庾家的代表人物，少有壮志，官至征西将军，曾致力北伐，封都亭侯，应该说在当时豪门子弟中是比较有作为的一个，然而他也不能摆脱这些子弟特有的"富贵病"——无能，当然故事重点不在此，其意在表现已经贵为将军的庾翼，在妻子与丈母娘面前仍然像个小孩，听老婆说丈母娘要欣赏一下骑马的技艺，兴奋无比，便在大道上摆开仪仗，自己在马上露一手骑技，哄她们高兴。不料其能力不作美，庾翼刚刚盘了两圈就从马上掉了下来，五体着地，道旁行人肯定笑爆了，不过庾翼本人"脸不变色心不跳”，在镇定上拿了一分。这个笑话中的庾翼是个性情中人。这种性格在后世的高官中不多见。

魏晋南北朝时期，不仅男性意识到自我的存在，许多有文化、有教养的妇女也敢于在人们面前展示自己的性格。

王浑是魏晋时期的将领，娶妻锺氏——锺琰，著名书法家锺繇的曾孙女。这对夫妻的次子是王武子。前面已经说过，王武子是个很杰出的人物，受到很多人的追捧。所以当武子从他们面前走过时王浑不由得对妻子说“生儿如此，足慰人意”。这既是对儿子的赞扬，也是对妻子的感谢。妻子似乎不领情，笑着调侃：“若使新妇得配参军，生儿故可不啻如此！”“新妇”是锺琰自指，参军指王浑的弟弟王沦。意为，如果我嫁了你的弟弟王沦，生出的孩子可能要比武子还要出色呢！这是夫妻间的一句玩笑话，用当今话说是“秀”夫妻之间的恩爱，并成为流传千年的雅谑。魏晋南北朝期间个性开放的不仅是男性，也包括一些知识妇女。清代的李慈铭对此横加讨伐：“此即倡家荡妇，市里淫姐，尚亦惭于出言，赧其颜颊。岂有京陵盛阀，太傅名家，夫人以礼著称，乃复出斯秽语？齐东妄言，何足取也！”世间过去了一千六七百年，士人思想反而越来越退步。

东晋元帝生了个儿子，在皇权专制时代是普天同庆的大事。晋元帝又是在江南立朝的第一个皇帝，自然十分高兴，给朝内大臣颁赏。大臣们也要上表谢恩。殷羡谢恩表中有“皇子诞育，普天同庆。臣无勋焉，而猥颁厚赉”的话语。晋元帝回答也很妙："此事岂可使卿有勋邪？"可见当时君臣之间的融洽气氛。不像清代，不论地位多高的官，在皇帝面前肢体动作偶有细微差错，都属"失仪"，要受到御史的弹劾和朝廷的惩处，更不要说话语失范了。

上面那个故事是写君臣之间的俚戏，而这个笑话就是臣子之间的玩笑了。王文度之名为王坦之，王述之子。这个"王"与王导、王羲之那个"王"不是一个家族，王坦之是太原王氏，王羲之是琅琊王氏。按今天的省份说，一个是山西王，一个是山东王。范荣期名为范启，也是萧梁的高官。梁简文帝邀请他们二人谈事（梁简文帝萧纲只做了两年的傀儡皇帝而且是在侯景羁押之下，恐怕不能从容约请王、范二人谈话。故事应该发生在萧纲做太子主持东宫时——作者注），范的年龄大但官位低，王与范正相反，他官职高年龄小，于是在入宫之时谁先谁后就成了问题。国人传统注重礼制，而"礼"的核心就是尊重差别，不同等级的人处处都要表现出不平等，低的要向高的致敬。怎样区别高低呢？古代以来划出许多条条，例如地位高低。政治地位是指官职高低、爵位尊卑，社会地位是指社会声望的大小。其他如性别差异、年龄大小、所从事职业的社会评价等等，都是把人划为不同等级的依据。《庄子》概括说"宗庙尚亲，朝廷尚尊，乡党尚齿，行事尚贤，大道之序也。"范王被太子找去谈话，既非"朝廷"，更非"乡党"，进出的次序，地位的尊卑、年齿的长幼都不合适。所以王范二人都表现出特别谦虚，范请王在先，因为王官位尊；王请范先进，是因为范年长。最后还是范先王后，问题似乎解决了。但心高气傲的王坦之还是有点不甘心，说了句俏皮话："打谷场上簸箕扬，落在前面的是秕糠。"范也不甘人后："水中淘金涤荡频，冲出的砂砾落后尘。"先是互相谦让，后是互相讥讽，可见范王二位是能够开玩笑的朋友。

我们从这则笑话里看到魏晋时期上层社会妇女个性觉醒的程度以及她们对于男女平等的追求。传统认为夫妇之间最良好的关系莫过于"相敬如宾""举案齐眉"（这个典故出自《后汉书·梁鸿传》）。梁鸿生活在两汉交替之际，家境贫寒，娶妻孟光，后流落至吴，为人佣耕，每天干活归来"妻为具食，不敢于鸿前仰视，举案齐眉"。说是"相敬"实际上是妻子对丈夫单方面的恭敬。因此王安丰（即王戎）对于妻子动辄称他为"卿"（古代往往是地位高对地位低的较为亲切的称呼，如皇帝称其臣为"卿"），有些不爽，于是向妻子说："妇人卿婿，于礼为不敬，后勿复尔。"应该说王的话很温柔：妻子称丈夫为"卿"，从夫妻礼数上说有些不礼貌，以后别这样称呼了。妻子的回答有些咄咄逼人：亲你爱你，所以才这样称呼你。除了我能叫你"卿"之外，谁还能称你"卿"？这里连用了四个四字句，口气急迫。王戎面对老婆的坚持也没办法，"遂恒听之"，就由她这样叫吧！从文字表面上看是夫妻在争论，其实是在"秀恩爱"。

这几个故事有个共同点，就是用笑话表达人物之间友善或亲密的情感，可见魏晋之间尽管战争频繁，生活艰辛更为凸显，但人们并未因此显得更加疏离，与此相反，在个性觉醒的过程中，人们更加重视知音的觅求并追求人们之间的和谐关系。这在《世说新语》中有充分的表达，表现人们之间的温情也可以使读者开心，引起会心一笑。

③揭示人性丑陋的笑话

笑话自一产生就以人性弱点为批评对象，这些我们在介绍先秦笑话时已经做了分析。《世说新语》也有许多这类的段子，但作者的态度一般比较温和，有时还表现出同情的理解。

人类最大的弱点是贪婪、是对于财富的态度。凡是进入《世说新语》的人物，非富即贵，太温和的批评往往降低了批判的力量：

> 和峤性至俭，家有好李，王武子求之，与不过数十。王武子因其上直，率将少年能食之者，持斧诣园，饱共啖毕，伐之，送一车枝与和公。问曰："何如君李？"和既得，唯笑而已。

> 王戎俭吝，其从子婚，与一单衣，后更责之。

> 司徒王戎，既贵且富，区宅僮牧，膏田水碓之属，洛

下无比。契疏鞅掌，每与夫人烛下散筹算计。

王戎有好李，卖之，恐人得其种，恒钻其核。

王戎女适裴，贷钱数万。女归，戎色不说。女遽还钱，乃释然。

卫江州在寻阳，有知旧人投之，都不料理，唯饷“王不留行”一斤。此人得饷，便命驾。李弘范闻之曰：“家舅刻薄，乃复驱使草木。”（以上皆见《世说新语·俭啬》）

王平子年十四五，见王夷甫妻郭氏贪欲，令婢路上儋粪。平子谏之，并言不可。郭大怒，谓平子曰：“昔夫人临终，以小郎嘱新妇，不以新妇嘱小郎！”急捉衣裾，将与杖。平子饶力，争得脱，逾窗而走。（《世说新语·规箴》）

祖士少好财，阮遥集好屐，并恒自经营，同是一累，而未判其得失。人有诣祖，见料视财物。客至，屏当未尽，余两小簏著背后，倾身障之，意未能平。或有诣阮，见自吹火蜡屐，因叹曰：“未知一生当著几量屐？”神色闲畅。于是胜负始分。（《世说新语·雅量》）

上面几则都是与钱财有关的，而且故事都发生在当时的“名士”身上。第一个是和峤的故事。和峤是西晋的重臣，在历史上是一个正面人物，为官没有贪贿的记录，在朝内为官时不赞成把白痴太子（晋惠帝）立为皇储。可是在金钱面前他不像其祖父和洽清贫自守，死无余财。他喜欢积累财产，家里李子品质优良，可是连他弟兄也要按吃了多少算钱。王武子是他的小舅子，伸手向他讨要，和峤也不过就给他几十个。可是王武子是个不拘小节之人，看着姐夫如此小气，气不打一处来，于是乘着和峤在朝内值班，带领着一些贪吃的少年，到姐夫的果园里暴吃李子，吃痛快后，还把树砍了用车运走，还送了一车李子树枝给和峤，并挑衅地问他：“这棵李子树比得上尊府上的李子树吗？”和峤看到这一车树枝，无可奈何地笑了。虽然是苦笑，但也反映了和峤的好脾气。

上面说到王戎，他在妻子面前道貌岸然，在交友上能够与阮籍、嵇康这些一代名流相提并论，可是在财货面前却有难以掩盖的一面，吝啬、贪婪。他对钱的喜爱超过了亲情。他的侄子结婚，他只送了一件单衣，后来还要了回去。他的女儿嫁给了裴頠，向他借了几万钱。自从借钱之后，女儿每次回娘家，他都要给点脸子瞧，直到女儿还了钱，他的脸色才恢复正常。

王戎不是个穷人。他既富且贵，住宅、田地、种田的与放牧的奴隶，一样不少。还有水田水磨，在洛阳也属第一。就这样每天晚上灯下与老婆一起手执算筹，计划理财。

“卫江州”名叫卫展，西晋时任鹰扬将军、江州刺史，也是地方大员了。可是每当有亲朋故旧甚至老部下从江州过，他一律不招待、不资助。只是送他们一斤中药饮片“王不留行”。王不留行这味药以善于行血知名。其命名之意是“虽有王命不能留其行”。卫展的外甥李弘范（李充）对其舅的行为幽默地说“家舅刻薄，乃复驱使草木”。

上面这些悭吝的刻薄行为大多是自己不愿意出钱帮助别人，而王衍（王夷甫）妻子郭氏的贪婪行为则是突破了当时社会风俗的底线。她的小叔子王澄（平子）对她的规劝是正义的。郭氏要她的婢女挑着大粪招摇过市。王澄年轻气盛，不仅制止嫂子的不当行为，而且找出若干理由批评她，这一下子把老嫂子惹火了，拿出老嫂比母的派头对他说：“当年老夫人过世时是把你托付给我管理，不是把我托付给你！”说着抓住王澄的衣裙就要用棍子揍他，幸亏王澄力大挣脱了她，跳窗户跑了。这一幕小喜剧展示了贵族家庭生活的另一面。

4.“志人”“志怪”类小说中的笑话

前面谈到自两汉以来，对于人的个体的关注成为一种潮流，因此写人的作品不断出现。我们可以仿照“志怪”（记录怪异之事）的体例，称之为“志人”。曹魏期间，曹丕在政治上是皇帝，从文化上来说，他就是文坛领袖，不仅仅为文士提供了优良的创作条件，而且在创作上也是堪为示范的。在“志怪”上他写了《列异传》（已佚，有辑文），在“志人”上写了《海内士品》（已佚，有辑文）。

魏晋时期“志人”作品中较有名的还有皇甫谧《高士传》（存）、张显《逸民传》（已佚，有辑本[①]）、郭颁《魏晋世语》《群英论》、裴启《语林》、孙盛《杂语》《逸人传》、袁宏《正始名士传》、习凿齿《逸人高士传》、郭澄之《郭子》、何氏《杂记》、张隐《文士传》，以及吴人所撰《曹瞒传》等等。

“志怪”类则有无名氏《十洲记》（存）、葛洪《神仙传》（存）、《汉武内传》（存）、郭璞《玄中记》、孔约《志怪》、曹毗《杜兰香别传》、干宝《搜神记》以及无名氏之《杂鬼神志怪》等等。

“志人”类作品大多反映了魏晋以来士人们放荡不羁的精神风貌，及其所难掩饰的真性情，即使带有笑话因素的，其中人物也不乏魏晋风度，所谓“魏晋风度”应该包括幽默感。曹魏的创建者曹操虽然集奸诈、残酷于一身，但也不乏幽默感。除了在上面所提到的曹操在为其前辈知己桥玄所写的祭文中所表现出的幽默，就是他的敌对方东吴士人所写的《曹瞒传》中也有表现。下面摘取其中数段，以见曹操性格与为人：

---

① 下面凡属“已佚，有辑本”者，不再标明，只注尚存于世者。

太祖少好飞鹰走狗，游荡无度，其叔父数言之于嵩，太祖患之。后逢叔父于路，乃阳败面㖞口，叔父怪而问其故，太祖曰："卒中恶风。"叔父以告嵩。嵩惊愕，呼太祖。太祖口貌如故。嵩问曰："叔父言汝中风，已差乎？"太祖曰："初不中风，但失爱于叔父，故见罔耳。"嵩乃疑焉。自后叔父有所告，嵩终不复信。太祖于是益得肆意矣。

公闻攸来，跣出迎之，抚掌笑曰："子卿远来，吾事济矣。"既入坐，谓公曰："袁氏军盛，何以待之？今有几粮乎？"公曰："尚可支一岁。"攸曰："无是。更言之。"又曰："可支半岁。"攸曰："足下不欲破袁氏邪？何言之不实也？"公曰："向言戏之耳，其实可一月。为之奈何？"攸曰："公孤军独守，外无救援，而粮谷已尽，此危急之日也。今袁氏辎重，有万余乘，在故市、乌巢，屯军无严备，今以轻兵袭之，不意而至，燔其积聚，不过三日，袁氏自败也。"

太祖为人佻易无威重，好音乐，倡优在侧，常以日达夕。被服轻绡，身自佩小鞶囊，以盛手巾细物。时或冠帢帽以见宾客，每与人谈论，戏弄言诵，尽无所隐，及欢悦大笑，至以头没杯案中，肴膳皆沾污巾帻，其轻易如此。然持法峻刻。诸将有计画胜出己者，随以法诛之，及故人旧怨，亦皆无余。其所刑杀，辄对之垂涕嗟痛之，终无所

活。初袁忠为沛相，尝欲以法治太祖，沛国桓邵亦轻之。（《曹瞒传》）

前两个故事都为《三国演义》所取材，前一个说的是曹操对自己的叔叔与父亲的欺骗。第二个是写曹操对归降的敌方谋士许攸的欺骗。作者虽是曹操的敌对者，但用笔轻巧，把曹操这些在小谋略、小智术方面被有见识者揭穿的事，写得活灵活现。

裴启的《语林》

魏晋“志人”的随笔小说，最早与传世最多的当数裴启的《语林》。裴启，河东闻喜（今山西运城）人，字荣期，处士，与书圣王羲之同时，生活在东晋隆安（397—402）前后。裴启或作裴荣。《九家旧晋书辑本》引《裴氏家传》称裴启“父稚，丰城令。荣期少有风姿才气。好论古今人物。撰《语林》数卷。号曰裴子”。《语林》是魏晋名士风流最早的文本。魏晋士人不仅放达、不为世俗礼法所拘，而且多有幽默感：

嵇康素与吕安友，每一相思，千里命驾。安来，值康不在。兄喜出迎，安不前，题门上作“凤”字而去。喜不悟，康至，云：“凤，凡鸟也。”

王武子葬，孙子荆哭之甚悲，宾客莫不垂涕。哭毕，向灵座曰："卿常好驴鸣，今为君作驴鸣。"既作，声似真，宾客皆笑。孙曰："诸君不死，而令武子死乎？"宾客皆怒。须臾之间，或悲，或怒，或哭。

明帝函封与庾公信，误致与王公。王公开诏，末云："勿使冶城公知道。"既视表，答曰："伏读明诏，似不在臣；臣开臣闭，无有见者。"明帝甚愧，数月不能出见王公。

桓温自以雄姿风气，是司马宣王刘越石一辈器；有以比王大将军者，意大不平。征苻犍还，于北方得一巧作老婢，乃是刘越石妓女。一见温入，潸然而泣。温问其故，答曰："官家甚似刘司空。"温大悦，即出外。修整衣冠，又入，呼问："我何处似司空？"婢答曰："眼甚似，恨小；面甚似，恨薄；须甚似，恨赤；形甚似，恨短；声甚似，恨雌。"宣武于是弛冠解带，不觉惛然而睡，不怡者数日。（《古小说钩沉·语林》）

从以上数条可见魏晋时士人风貌之一斑。

第一条是吕安与嵇康之兄嵇喜的故事。吕安虽然没有嵇康那样有名，但他们也是同气相求、恃才傲物、蔑视礼法的人物。当他思念嵇康时即使在千里之外，也要命驾前往。不料嵇康不在家，其兄嵇喜相迎。嵇喜是个世俗之人，嵇康的同志阮籍能做青白眼，嵇喜来访待之以白眼，嵇康来了就做青眼。吕安比阮籍含蓄些，在其大门上题了一个“凤”字，凤的繁体作“鳳”，嵇喜还很高兴，以为把自己比作凤凰。等嵇康回来一看，告诉他其本意指他是“凡鸟”。吕安这种愤世嫉俗的风格，难怪在嵇康被西晋统治者杀害时，他也同时被害。

第二个故事是讲友情的。王武子（王济）是西晋名人，出身豪门。然而他为人豪爽，文武全才，对于诗人孙楚尤为赞赏。孙子荆（孙楚）太原中都人，当王济做太原大中正[①]时，高度评价孙楚，说他“天才英博，亮拔不群”。两人相知很深，孙楚不愿为官，向往归隐，与王济谈及此事，误将隐士的“枕石漱流”说成“漱石枕流”的佳话[②]。因此王济去世后，孙楚特别悲痛，但在葬礼上，他不顾礼法所拘，做出超常规的行为——学驴叫，而且学得特别认真，像真驴到场一样。常说“驴鸣似哭，马嘶如笑”，但马嘶还有几分威武，驴鸣只有可笑。魏晋时代人们追逐“笑”时，学驴鸣似乎是个不可少的节目，东汉末隐士戴良“母喜驴鸣，良常学之以娱乐焉”（见《后汉书·逸民传》）。在王济灵前，众人都在“临尸恸哭”，突然到来的驴鸣真是令人忍

① 两晋实行自曹魏开始的九品中正制度，大中正是负责一州评定士族品第的官员。

② 《晋书·孙楚传》载：“楚少时欲隐居，谓济曰：‘当欲枕石漱流。’误云‘漱石枕流’。济曰：‘流非可枕，石非可漱。’楚曰：‘所以枕流，欲洗其耳；所以漱石，欲厉其齿。’楚少所推服，惟雅敬济。”

俊不禁，因此到场的士人笑了。笑声在孙楚看来是对自己真性情的亵渎，因此发出“诸君不死，而令武子死乎”的谴责，难怪“宾客皆怒，须臾之间，或悲，或怒，或哭”了。曹魏时文帝也有过这一幕，不过因为曹丕是皇帝，与孙楚受到待遇不同罢了。“王仲宣好驴鸣。既葬，文帝临其丧，顾语同游曰：‘王好驴鸣，可各作一声以送之。’赴客皆一作驴鸣”（《世说新语·伤逝》）。皇帝与臣子之间的关系毕竟与同侪之间不同。

第三个是王导与晋明帝的故事。王导实际上是东晋的创建者，虽然东晋还是司马家族做皇帝，但当时就有“王与马，共天下”之说。所以在晋元帝时，帝旨不能出宫门。到了第二代的晋明帝，王导是顾命辅政大臣，地位更尊，皇帝到王导私宅“拜导妻曹氏，有同家人”。庾亮也是辅政大臣之一，身份又属外戚（他妹妹是晋明帝的皇后），自然与晋明帝关系更近一些。误递到王导手的这封信一定是与重大朝政有关的，所以信中嘱咐庾亮“勿使冶城公知道”。王导不仅是老练的政治家，也深通人情世故。他明明收到信，还看了信，却说“臣开臣闭，无有见者”，给皇帝一个台阶。弄得很重脸面的晋明帝好几个月不敢与王导见面。

第四个是讲东晋桓温的。此人是东晋后期的栋梁，也是他的克星。他为朝廷建立许多战功，西平巴蜀，消灭了成汉政权，扩大了东晋的版图。三度北伐中原，收复了一些北方失地。他有些像曹操既觊觎皇帝的宝座，又有些害怕舆论与遗臭后世。

桓温平时自以为英雄盖世，有人把他比作帮助王导建立东晋政权的大将军王敦，桓温颇不以为然。他推崇的英雄人物是司马懿、刘琨一流。桓温北伐时得到一个干细活的老婢女，年轻时曾伺候过刘琨。她一见到桓温便潸然落泪，说桓温长得很像当年的刘琨。桓温一听十分高兴，赶紧到自己房间换上一套齐整漂亮的衣帽，再让这个老婢女看看自己到底哪里像刘琨，婢女回答说："眼睛很像，遗憾的是您的眼睛小了一些；脸盘很像，遗憾的是，您的脸薄了些；胡须很像，遗憾的是您的胡须红了一些；身量很像，遗憾的是，您稍稍矮了一些；声音很像，遗憾的是您的声音女性化了一些。"这一席话把桓温的兴致一扫而光，回屋里摘了帽子，解了衣带，不觉昏昏然而睡，好几天不高兴。

这几个笑话的共同点，就是故事情节的转折与故事人物的期待发生了冲突，这些转折也出乎读者意料，因此才可笑。不过故事的意外转折正反映了魏晋士人独特的个性。

附　录[1]

志人类型的故事因为流传渠道不同，风貌也有差异，有的短小精悍，类似笑话。如桓温平蜀娶李势女为妾事：

桓温平蜀，以李势女为妾。南郡主甚妒，类聚三十五。不即知之。后知，乃拔刃往李所，因欲斫之。见李在窗梳头，姿貌端丽，徐徐结发，敛手向主，神色闲正，辞甚凄惋。主于是掷刀，前抱之曰："阿子！我见汝亦怜，何况老奴？"遂善之。不即知至此已上并依《世说贤媛篇》注引《妒记》补。(《古小说钩沉·俗说》)

敦煌本《残类书》第二种曰：

桓宣武平蜀，以李势女为妾，甚有宠，私置之后斋。公主初不知，既闻，领数十婢将棒袭之。正值李梳头，发

① 这部《中国笑话史》是王学泰先生的未竟之作，先生尚有部分资料未能成篇，故附于此，以供读者参考。——编者注

委藉地，姿貌绝丽，肤色玉曜，不为动容。徐下地结发，敛手而言曰："国破家亡，父母屠□，偷存旦暮，无心以生。今日若能见杀，实惬本怀。"主乃掷刀杖，泣而前抱之曰："我见汝尚怜爱，心神凄怆，何况贼种老奴耶！"因厚礼相遇。(敦煌本《残类书》)

"与此事同而加详。罗叔言先生《跋》，疑其即采自《世说》。今本经宋人改订，自不能无差异。"嘉锡案："余尝以唐写本《世说》与宋本校，知宋人所删者，刘孝标注耳。其临川正文，但偶有三数字不同，未有刊削如此者。《类书》盖别有所本，非采自《世说》也。然其叙事详赡，过于《世说》及《妒记》矣。"

荀介子为荆州刺史，荀妇大妒，恒在介子斋中，客来便闭屏风。有桓客者，时为中兵参军，来诣荀咨事。论事已讫，为复作余语。桓时年少，殊有姿容。荀妇在屏风里，便语桓云："桓参军，君知作人不？论事已讫，何以不去？"桓狼狈便走。(《太平御览》卷七百一)

车武子妇大妒，夜恒出掩袭车，车后呼其妇兄颜熙夜宿共眠，取一绛裙挂著屏风上。其妇果来！拔刀迳上床发，欲刃床上人。定看乃是其兄，于是惭羞而退。(《太平御览》

卷六百九十六）

王子敬学王夷甫呼钱为阿堵。后既诏出赴谢公主簿，过会下，与掷散。当其夕，手自抱钱，钱竟。明日已后云："何至须阿堵物！"（《太平御览》卷八百四十九）

狄希，中山人也，能造千日酒，饮之千日醉；时有州人，姓刘，名玄石，好饮酒，往求之。希曰："我酒发来未定，不敢饮君。"石曰："纵未熟，且与一杯，得否？"希闻此语，不免饮之。复索，曰："美哉！可更与之。"希曰："且归。别日当来。只此一杯，可眠千日也。"石别，似有怍色。至家，醉死。家人不之疑，哭而葬之。经三年，希曰："玄石必应酒醒，宜往问之。"既往石家，语曰："石在家否？"家人皆怪之曰："玄石亡来，服以阕矣。"希惊曰："酒之美矣，而致醉眠千日，今合醒矣。"乃命其家人凿冢，破棺看之。冢上汗气彻天。遂命发冢，方见开目，张口，引声而言曰："快哉，醉我也！"因问希曰："尔作何物也？令我一杯大醉，今日方醒，日高几许？"墓上人皆笑之。被石酒气冲入鼻中，亦各醉卧三月。（《搜神记·千日酒》）

南阳宋定伯，年少时，夜行，逢鬼，问之。鬼言："我是鬼。"鬼问："汝复谁？"定伯诳之，言："我亦鬼。"鬼问：

"欲至何所？"答曰："欲至宛市。"鬼言："我亦欲至宛市。"遂行数里，鬼言："步行太迟，可共递相担，何如？"定伯曰："大善。"鬼便先担定伯数里。鬼言："卿太重，将非鬼也。"定伯言："我新鬼，故身重耳。"定伯因复担鬼，鬼略无重。如是再三，定伯复言："我新鬼，不知有何所畏忌？"鬼答言："惟不喜人唾。"于是共行。道遇水，定伯令鬼先渡，听之，了然无声音。定伯自渡，漕漼作声。鬼复言："何以有声？"定伯曰："新死，不习渡水故耳。勿怪吾也。"行欲至宛市，定伯便担鬼著肩上，急执之。鬼大呼，声咋咋然，索下，不复听之。径至宛市中，下著地，化为一羊，便卖之，恐其变化，唾之，得钱千五百，乃去。当时石崇有言："定伯卖鬼，得钱千五。"（《搜神记·宋定伯卖鬼》）

左慈，字元放，庐江人也。少有神通。尝在曹公座，公笑顾众宾曰："今日高会，珍羞略备。所少者，吴松江鲈鱼为脍。"放曰："此易得耳。"因求铜盘贮水，以竹竿饵钓于盘中，须臾，引一鲈鱼出。公大拊掌，会者皆惊。公曰："一鱼不周坐客，得两为佳。"放乃复饵钓之。须臾，引出，皆三尺余，生鲜可爱。公便自前脍之，周赐座席。公曰："今既得鲈，恨无蜀中生姜耳。"放曰："亦可得也。"公恐其近道买，因曰："吾昔使人至蜀买锦，可敕人告吾使；使增市二端。"人去，须臾还，得生姜。又云："于锦肆下见公使，已敕增市二端。”后经岁余，公使还，果增二端。问之，云：“昔某月某日，见人于肆下，以公敕敕之。”

后公出近郊，士人从者百数，放乃赍酒一罂，脯一片，手自倾罂，行酒百官，百官莫不醉饱。公怪，使寻其故。行视沽酒家，昨悉亡其酒脯矣。公怒，阴欲杀放。放在公座，将收之，却入壁中，霍然不见。乃募取之。或见于市，欲捕之，而市人皆放同形，莫知谁是。

后人遇放于阳城山头，因复逐之。遂走入羊群。公知不可得，乃令就羊中告之，曰：“曹公不复相杀，本试君术耳。今既验，但欲与相见。”忽有一老羝，屈前两膝，人立而言曰：“遽如许。”人即云：“此羊是。”竞往赴之。而群羊数百，皆变为羝，并屈前膝，人立，云：“遽如许。”于是遂莫知所取焉。（《搜神记·左慈显神通》）

后　记

“笑话”这个妇孺皆知、人人都会使用的概念，在我看来有点遗憾，就是没有人专门为它作一部“笑话史”，探讨其产生与流变。我自幼喜欢笑话，因为生活中多有不开心的事情，惟有借笑以解之，而笑话是最便捷、最廉价的获得笑的资源，因此注意收集笑话。1956 年 12 月，王利器先生出版了《历代笑话集》，将他所收集的历代笑话书 70 余种，择优者编为一书，经过数次编订后增至 80 余种，书后又附《历代已佚或未收笑话集书目》，共收 30 余种，前后共百余种，洋洋大观。把这么多的笑话书编在一起，还是空前的，为研究笑话史提供了方便。过去每读此书都会产生为“笑话”作史的冲动，退休以后，虽然也还是为各种杂事所扰，但毕竟能有较连贯的时间思考这一问题了。因此不揣谫陋，决心为“笑话”写一部史，为中国笑话产生和发展的进程勾画出一个大致的轮廓。前几年写了几万字，一直没拿出发表，这些日子稍有暇，打算把它写完。

王学泰